SV

Joachim Helfer
Nicht Himmel, nicht Meer

Roman

Suhrkamp

Satz: TypoForum GmbH, Nassau
Druck: sachsendruck, Plauen
Printed in Germany
Erste Auflage Frühjahr 2002
1 2 3 4 5 6 – 07 06 05 04 03 02

Joachim Helfer

Nicht Himmel, nicht Meer

1

An der Sonne schien es mir für März zu warm zu sein, und Silvio hatte auf dem Heimweg von der Schule außer Schneeglöckchen und den Scheinwerfern eines ohne Kennzeichen an den Straßenrand gestellten Wartburgs auch ein Gewächs zertreten, das sonst bis zum Wochenende die Osterferien eingeläutet hätte. Daß mich mein Vater aber mit der Ankündigung bei den Garagen abfing, er wolle mit mir zum Baden fahren, war trotz allem übertrieben. Bei Tagesanbruch hatte er sein Rad hervorgeholt und es zwischen den neuen Autos der Nachbarn auf den Sattel gestellt; jetzt waren Kette, Ritzel, Naben geölt und die Speichen der alten Mühle blitzblank geschmirgelt, und wenn er das Hinterrad sirrend auf Hochtouren brachte, tanzten die Frühlingsstrahlen darin. Mir wurde kalt ums Herz, als ich ihn so sah: in der hellblauen Jacke, in der er früher morgens als erster aus dem Haus gegangen und oft erst spätabends vom Dienst heimgekommen war, die nun aber verschmiert und ausgebeult an ihm herabhing. Eine Kindheit lang hätte ich es genossen, ihm beim Werkeln zuzusehen, wenn er einmal Zeit für mich gehabt hätte, die ewige Sonntagsgemütlichkeit jedoch, die er seit Monaten Tag für Tag zelebrierte, fand ich längst nicht mehr lustig. Also maulte ich etwas von »Mathe lernen« und setzte, da meine Laune schon die nächste Wende nahm, fröhlich hinzu: »Falls du inzwischen den Überblick verloren hast, heute ist Montag!« ›Und übernächstes Jahr um diese Zeit mache ich Abi!‹ konnte ich mir gerade noch verkneifen – aber zu spät: Mein armer Vater richtete sich auf und schlug mir, was er noch nie getan hatte, mit der Hand ins Gesicht, daß mein Kopf nur so davonflog und gegen ein Garagentor krachte und dann brauste und rauschte, als kreisten einander speisende Wasserfälle darin. Als der Schwindel sich nach einer Weile legte und ich es wagte, die Augen trockenzuwischen und aufzuschlagen, ihm ins Gesicht zu sehen, mich zu entschuldigen – da war er mitsamt seinem Fahrrad verschwunden, war ich allein mit dem tauben Gefühl auf der Wange, den spottenden Spatzen auf den Dächern und mit einem Himmel, an dem sich höchstens Kondensstreifen kreuzten, aber nicht die flüchtigste Spur einer Schwalbe zeigte. Ach, hätte mir doch nur die Haut gebrannt, und die Haut nur vor Wut! Ich hätte dem Stahlkasten einen ordentlichen Tritt versetzen, das umherfliegende Werkzeug fluchend aufräumen und dann mit verstauchten Zehen, aber verrauchtem Zorn an meine Hyperbeln humpeln können ... oder. Was mich jedoch rot werden ließ, weil es tief in mir brannte, und nicht erst seit heute, war Scham! Ein Schuldgefühl, das mich um so leichter auffraß, als es aus keiner größeren Schande erwuchs als der, jung zu sein: ausgerechnet jetzt jung zu sein, da auch alles um mich herum, ja die ganze Welt neu wurde und entweder aufbrach oder zusammen. Wie sollte sich mein Vater je mit dieser Ungerechtigkeit versöhnen? So war ich kopflos vor trüben Gedanken aus dem Schatten der Siedlung ins Brachland dahinter gelaufen. Bei der ausgebrannten Baracke hingen wie immer ein paar von den anderen herum, und im Vorüberhasten glaubte ich auch Silvio zu erkennen, aber mir stand der Sinn nicht nach Diskussionen wie »Eh, Zecke, ich denk, du mußt unbedingt diese Scheißkurven büffeln – bist du gegen ne Faust gerannt!?« Daß unser Club letzten Sommer dichtgemacht worden war, hatte Silvio noch egal sein können, weil er nachmittags ohnehin nach B. fuhr, übers Wochenende dort blieb, oft auch unter der Woche fehlte, während der Ferien ganz verschwand. Anfangs hatte er versucht, mich zum Mitkommen zu überreden, aber ich hatte ein ungutes Gefühl dabei gehabt, keine Bedenken, eher eine Art von Stolz, und desto trotziger »Keinen Bock!« gesagt, je begeisterter Silvio von seinen Streifzügen erzählte. Als er im Herbst wieder auftauchte, war er verändert, abgebrüht, ver-

schlossen … und fand die Fenster und Türen zugenagelt, hinter denen wir rauchen und saufen gelernt hatten. Als der Club in der Silvesternacht abgefackelt wurde, dürfte er schon dabeigewesen sein, und jetzt war er kaum noch auszumachen unter den glänzenden Köpfen derer, die da vor sich hin starrten und mit irgendwelchen Knüppeln, angesengten Billardstöcken oder brandneuen Baseballschlägern im verkohlten Schutt stocherten: bemüht, die Schnürstiefel nicht zu zerkratzen, die seit Weihnachten auch er trug. Mir war noch, als werde hinter mir hergerufen, aber ich kümmerte mich nicht darum und lief weiter, ohne mich noch einmal umzusehen.

Als ich endlich ins freie Feld hinauskam, fiel eine Last von mir ab, an die ich mich so sehr gewöhnt haben mußte, daß ich sie kaum noch gespürt oder vielmehr für naturgegebene Schwermut gehalten hatte. Bevor im Röntgenbild meiner Hand zu lesen war, daß ich die nötige Körpergröße nicht erreichen würde, hatte ich ein paar Jahre lang im Volleyball-Kader gestanden, wo wir genau wie die Großen mit Bleiwesten trainierten. Erleichtert, befreit, erfüllt vom Hochgefühl, fliegen zu können, waren wir im Wettkampf zuverlässig über uns hinausgewachsen. Hier aber war weit und breit kein Netz gespannt, nur direkt über mir eine Hochspannungsleitung; dies war kein Spiel! Und so kletterte ich mal wieder auf die neben der Straße brusthoch aufgeständerten Fernwärmerohre, breitete die Arme aus und flog mit hellem Freudengeheul über das stumpf schimmernde Aluminiumkleid der Dämmschicht, die das Prasseln meiner Schritte schluckte. Als mir aber die Luft ausging und ich langsam Seitenstechen bekam, hörte ich es plötzlich hinter mir lachen. Ein komischer, flach auf den Boden geduckter Wagen, die Schnauze halb Haifisch, halb Pantoffel, folgte mir im Schrittempo, mochte schon wer weiß wie lange hin-

ter mir hergefahren sein und schloß jetzt ganz zu mir auf. Die Beifahrerscheibe war heruntergelassen, eine vornehme Dame schaute heraus und sprach mich an: »Wir dachten, die Tiefflugübungen hier wären mittlerweile eingestellt worden! Wüßtest du uns denn vielleicht zu sagen, wo es zu Schloß W. geht?« Schloß Wahnwitz, wie es in der Gegend genannt wurde, war das örtliche Irrenhaus, und ich kannte es nur vom Hörensagen, aber die Lust am Alleinsein war mir schon vergangen, und so wie sie das ›Du‹ betonte, fühlte ich mich nicht nur verpflichtet, sondern auch geehrt, ihr behilflich zu sein. Also rief ich, »So ein Zufall! Genau da wollte ich gerade hin!«, und sprang aus schierem Übermut mit einem Salto von meinem silbernen Schwebebalken ab. Schon in der Luft kam mir die allzu eilfertige Rolle halsbrecherisch überdreht vor, und die Landung auf Knien und Händen fiel sogar noch härter aus als erwartet, weil ich im Vornüberfallen auch mit der Stirn auf den Asphalt kam, aber ich stand gleich wieder auf und versuchte mir nichts anmerken zu lassen. Neinnein, schwindelte ich, die Hose war auch vorher schon zerrissen, als nun die Fahrerin ausstieg, die ich, trotz ihrer Jeans, und auch ohne das gleiche schwarze Samtband im gleichen dunkelblonden Haar auf den ersten Blick als Tochter der anderen erkannt hätte. Jaja, alles in Ordnung, nur die Hand wollte ich ihr so blutig nicht geben, aber sie klappte schon den Sitz zurück, ließ mich einsteigen und reichte ein feines Stofftüchlein nach hinten. Dann warf sie den Gang ein, daß es knirschte, und wir schossen mit einem Quietschen los. Wie fremd die altvertraute Landschaft aus einem derart tiefliegenden Gefährt aussah: das sanft wogende Auf und Ab von Feld und Wiesen, die sich abwechselnd am Horizont verliefen und an einen Waldrand stießen … Und dabei verzerrte der flache Blickwinkel wohl nur deshalb alles fast bedrohlich, damit die schiere, gemeingefährliche, gemeinsam als Rausch erfahrene Geschwindig-

keit die träge Grenzenlosigkeit des Landes um so unbedenklicher überwand! Am liebsten hätte ich geschrien aus lauter Lust, wollte mir vor den Damen aber keine Blöße geben; außerdem mußte ich hinter ihnen meine Streckenanweisungen laut genug durch das Motordröhnen brüllen, die Hände an ihre Sitzlehnen geklammert, den Kopf bald zwischen ihren Ohren, bald von der nächsten Bodenwelle gegen den niedrigen Stoffhimmel geschleudert. Als ich sie aber am Kraftwerk vorbei- und um das Sperrgebiet herumgelotst hatte, schien die Ältere sich selbst auszukennen. »Ja!« rief sie, »Rechts!« und »Langsam, Kind!«, »Ja, genau, natürlich!« und »Die Kirche, mein Gott – Lauritzens Scheune!« Weil ich nicht viel mehr verstand, als wenn sie ins Chinesische gewechselt hätte, und im Moment offenbar weder gemeint war noch gebraucht wurde, lehnte ich mich zurück – oder streckte mich vielmehr, da mir der Kopf schwirrte und für Beine dort hinten eigentlich kein Platz war, auf die Notsitze lang aus. Wie ich dann aber so durch das Kunststoffenster im Verdeck in den verschrammten Himmel sah, vor den sich jetzt die kahlen Wipfel einer Lindenallee schoben – da mußte ich plötzlich an meinen Vater denken, an unsere Laube im Schatten des Kiefernwalds am See, an den Bootssteg, den wir im Frühjahr endlich hatten ausbessern wollen. So mulmig war mir auf einmal zumute, daß ich »Halt!« rufen wollte und daß ich auf der Stelle aussteigen und umkehren müsse. Als ich aber wirklich den Kopf hob, um mir Gehör zu verschaffen, wurde es finster um mich herum …

Stille. Ein Vogelzwitschern. Und wieder Stille. Ich lag und lauschte. Der Ton, der mich geweckt hatte, schien aber in mir zu sein: Ein langgezogenes, tiefes Brummen wie von einem Nebelhorn – und der Nebel waberte in meinem Schädel. Vermutlich kam ich gerade zu mir, doch war das Federbett, unter dem ich lag, schwerer als die Steppdecke zu

Hause. Auch roch alles anders, halb klamm, halb frisch, nach Wasser, Rosenseife, Essig, Holz. Also träumte ich bestimmt nur, in einem fremden Bett aufzuwachen, nackt, nein, offenbar in einem Nachthemd. Da schwoll der dunkle Ton wieder an, der also doch von außen kam, stand eine Weile als Schwingungssäule um den Körper, ehe er wieder zusammenfiel und nichts zurückließ als einen schmerzhaften Widerhall im Kopf – wie das Nachleuchten der Sonne auf der Netzhaut, nachdem man die geblendeten Augen zugemacht hat. Vorsichtig schlug ich die Augen auf. Bett, Schrank, Tisch, Stuhl, auf der Kommode eine Karaffe Wasser, vor der Fensterluke ein geblümter Vorhang, der zum Glück nur gedämpftes Licht durchließ. Auch wenn ich nichts davon erkannte, gefiel mir doch, was ich in der Kammer mit der schrägen Decke und den schönen alten Möbeln sah. Und wenn ich auch keine Ahnung hatte, unter wessen Dach ich mich wohl befinden mochte, fühlte ich mich doch gut aufgehoben. Zweifellos war es am besten, den Kopf hübsch langsam ins Kissen zurücksinken zu lassen und mich bis auf weiteres nicht mehr zu bewegen. Wie um mich darin zu bestärken, tutete das Nebelhorn noch einmal, jetzt aber viel leiser, wie von viel weiter her. Oder wie durch Watte. Wie weich ich lag …

2

Erik wäre mal wieder lieber woanders – oder am liebsten gleich ein anderer, hier nicht gemeinter, kein bißchen zuständiger... Das Schreiben jedoch, das er in den letzten Tagen so oft aus dem fahlgrünen Dienstumschlag geholt, auseinander- und wieder zusammengefaltet hat, daß es davon ganz lappig geworden ist, läßt auf keinerlei Mißverständnis hoffen: Mag sein Name ihm auch seit jeher nicht ganz zeitgemäß vorgekommen sein, steht er doch um so unverwechselbarer auf dem wappenverzierten Wisch. Es geht um ihn – und er könnte sogar noch pünktlich erscheinen, denn wenn er die auf seinen Fahrschein gedruckte Ankunftszeit mit der mutmaßlichen Dauer seines bisherigen Umherirrens in der fremden Stadt addiert, ergibt sich höchstens 8 Uhr 45. Die gelbliche Verfärbung dort muß wohl die Sonne sein, aber was hilft das schon? Wo Osten ist, könnte ohnehin nicht klarer sein: nämlich rings um ihn herum, im vollen, kloßbrühtrüben Dunstkreis eines Morgendämmerns, das noch ein paar Stunden dauern dürfte, bis es die nächste Märznacht gnädig schluckt – und mit ihm jene noch kaum angetaute Tundra, in die man ihn bestellt hat. Es ist zum Lachen – und er lacht tatsächlich auf: Selbst Ellen, die es längst aufgegeben hat, ihm verlustträchtige Dinge wie Uhren oder Landkarten zu schenken, könnte hier nicht nach dem Weg fragen. In den Straßen dieses Städtchens, wie in der Hoffnung auf eine große Zukunft breit und planmäßig im Sandkasten angelegt, aber von keinem Kiosk, gar Café gesäumt – ist um diese Zeit außer ihm einfach niemand mehr unterwegs! Innerhalb der Ringstraße längs der alten Mauer fahren, eine Stunde nach Arbeits- und Schulbeginn, noch nicht einmal genügend Autos, um ernsthaft von Verkehr zu sprechen. Sein Fehler, sich einfach darauf zu verlassen, daß in jedem Bahnhof für gewöhnlich irgendwo ein Stadtplan aushängt. Sein Problem, wenn er zu scheu war, sich einem der Fahrer anzuvertrauen, die beschäftigungslos in ihren schönen neuen Taxis auf dem Vorplatz saßen: aus lauter Sorge, ihm womöglich eine allzu kurze Tour zuzumuten. Oder hat er nur sein Ziel nicht nennen mögen? Jedenfalls kommt ihm die kleine Verzögerung ganz recht. Fröstelnd stopft er die Fäuste samt Brief in die Manteltaschen: nur froh, daß er Ellen in dem Drängen einmal nicht nachgegeben hat, nun standesgemäß auf Trench und Borsalino umzusteigen; und statt dessen bei jenem Dufflecoat geblieben ist, den sie für ihn ausgesucht hat, als er noch grüne Parkas trug. Als wäre sie eine Tarnkappe, zieht er die Kapuze über den Kopf und stapft weiter. Auf den zweiten Blick entdeckt er in der fußgängerlosen Fußgängerzone doch etliche Läden und Lokale: Milchbar und Sanitätshaus wirken in ihren schlammfarbenen Fassaden noch immer wie aus Furcht vor Nachfragenden getarnt. Er erinnert sich an die Klassenfahrt nach Weimar, sein unbedarftes »Ich hätte gern Orangensaft!« in einer Kaufhalle, an das schneidende »Den hätten wir auch gern!« der Verkäuferin – und geht rasch weiter. Der Jeans-Shop mit den eilig angepappten Westreklamen sieht dagegen aus, als hätte er letzthin großes Geschäft gemacht: beschissen. Betrogen um einen nicht zählbaren Mehrwert, den vielleicht nur der Mangel erzeugen kann? Was weiß denn Erik – außer daß er nichts mehr verabscheut als Shopping. Nur vor dem Plakat im Schaufenster eines Reisebüros bleibt er kurz stehen: Rom, Venedig, Pisa ... Wohin es ihn jedoch zieht, das ist die riesige eingerüstete Ruine einer gotischen Hallenkirche: »Wiederaufbau von St. Marien als Konzertsaal – Mit Unterstützung der Bundesrepublik Deutschland und der Europäischen Gemeinschaft.« Na bitte, denkt er, es wird doch! Dahinter öffnet sich eine zugige Freifläche, die als der Marktplatz am falschen Wochentag, nach dem sie aussieht, hier ja kaum gemeint sein kann: umrahmt von greulichen Wohnhochhäusern, wie man sie dort, wo er herkommt, hübsch an den Stadtrand verbannt hätte, scheint sie ihm nichts als reine Leere zu verbreiten. Schnell schlägt er sich in den nächsten Innenhof, den das naturgetreue Standbild zweier Kinder und ein Kreis steinerner Ruhebänke darum herum als Spielplatz ausweisen. Ein paar Seitenstraßen später findet er sich wieder am bewaldeten Graben der mittelalterlichen Stadtbefestigung: jenes so verwirrende Stück heile Welt, Turm, Zinne, Mauer, das die vom Krieg zerfetzte Kreisstadt faßt wie ein falsch echter Rahmen um ein echt falsches Bild. Wenigstens bilden Ringstraße und Tangenten hier, wenn schon keinen Verkehrsknotenpunkt, so doch eine Kreuzung: Obwohl sie weit und breit verlassen daliegt, ist sie doch mit hellbraun gestrichenen Stahlgeländern so gegen den Bürgersteig abgeriegelt, als sollte jeder Passant gezwungen werden, sich an Ort und Stelle als Rebell oder Untertan zu bekennen. Keine Frage, daß Erik die paar hundert Meter Umweg zur Gegenseite in Kauf nimmt: wie billig, heute noch, nachdem die Kameras längst abmontiert sind, deren Halterungen er hoch oben an den Laternenmasten zu erkennen glaubt, auf Barrikaden zu klettern, die er weder mitergestürmt, noch miterrichtet hat. Die Ödnis, die er durchmißt, mag ihn ja zwangsläufig zum Westler machen: wie dort, wo ringsum Norden ist, der Südpol sein muß. Aber schließlich ist er nicht als Tourist hier, wie am Wochenende mit Ellen und Louise in Berlin. Und auch dort haben sie immerhin nicht mit zerlumpten Straßenhändlern um letzte bemalte Betonbrocken gefeilscht ... »Wetten, daß sie die längst in Rumänien machen!«: Bissige Enthüllungen sind Ellens Spezialität, aber er ist sich beim Lachen vorgekommen wie ein Köter. Wäre der Umweg noch länger, wer weiß, er verstiege sich am Ende sogar zu dem Geständnis, daß er ihn wohl selbst dann machen dürfte, wenn er hier aufgewachsen und dies etwa sein täglicher Schulweg wäre.

Doch da steht er schon vor dem Gebäude, das er seiner finsteren wilhelminischen Fassade wegen für die gesuchte Adresse hält: ein letzter schwarzer Zahn in einer alten Fluchtlinie, die von der Front kurz vor Kriegsende niedergewalzt worden sein muß. Allerdings scheint man vor kurzem mit den meisten Straßennamen auch die Schilder am Eingang entfernt zu haben – rußfreie Flecken und frische Löcher zwischen verwitterten Geschoßnarben in den Sandsteinquadern sind eindeutige Spuren. Sogar die Hausnummer ist verschwunden. Bevor er sich entscheiden kann, ob er gleich weitergehen oder doch erst ins Gesimse steigen soll, um vorsichtshalber einen Blick ins Hochparterre zu werfen, wird die Tür von innen aufgestoßen. Mit dem Rücken voran stolpert ihm eine Latzhose mit Island-Pullover und blondem Pferdeschwanz vor die Füße: ein junger Mann, in den Händen ein klobiges, dunkelbraun gebeiztes Klavier. An der anderen Seite des Ungetüms versucht ein zweiter, älterer, zu bremsen: »Vorsicht! Du rennst ja alles übern Haufen, Rico – tschuldigung!« Erik ist einer von den Blassen, die sogar rot werden, wenn sie sich schämen: da hat er sich im ersten Moment doch tatsächlich gewundert, in der Fremde Deutsch zu hören! Siehste, auf Ibiza wäre dir das nicht passiert! würde Ellen vermutlich triumphieren … Am liebsten verginge er wie ein Nachtschatten im Morgengrauen: vor diesen beiden, die aussehen wie seine Lehrer, vor allem der ältere, der sich mangels Haupthaar schon durch einen wallenden Bart ausdrücken muß, und die vom Alter her doch eher seine Kommilitonen sein könnten. Jedenfalls schleppen die beiden schwerlich von Berufs wegen eckige Möbel, sondern im Zweifel, um einen Kulturladen damit auszustatten. Lieber will er sich endgültig verlaufen, als ausgerechnet sie nach dem Weg zu fragen! »De Nada!« brummt irgendein Blödmann in seiner Brust, während er schon davonhastet; besser, ihnen spanisch vorzukommen, als in ein Gespräch über

Direktimportkaffee aus Nicaragua verstrickt zu werden … Er will jetzt endgültig nur noch weg – und findet sich keine hundert Meter weiter unversehens am Ziel: STAATSANWALTSCHAFT – seltsam, wie anheimelnd er das doch fremde neue Wappen des neuen Bundeslandes findet! Ohne das polierte Blechschild am Eingang wäre er an dem schemenhaft aufgetauchten, tief im Grundstück liegenden Gebäude zweifellos vorbeigelaufen, das selbst durch die Verkleidung mit dem gleichen schmutzigen Türkis der offenbar schon immer von hier aus verschickten Briefe leichter zu übersehen als zu erkennen ist. Wie das Wesen in der Portiersloge ihn jetzt mustert, mit einem Ausdruck, in dem sich Ungeduld und Langeweile wechselseitig auslöschen, möchte er es am liebsten fragen: »Verzeihung, ist dies nicht die Erweiterte Oberschule?« Schließlich kann es ja nicht wissen, was auf dem schweißnassen Papierknäuel in seiner Tasche steht – und oft genug schimpft Ellen ihn ja einen Oberlehrer … Nur, wie sollte er es, wenn er jetzt kneift, dann ihr, Louise oder erst seinen Eltern beibringen? Verdammt, es ist doch seit Jahren abzusehen, daß es irgendwann so weit kommen würde – jetzt muß er sich der Sache stellen! »Staunsdorff!« sagt er also durchs halboffene Schiebefenster des Kabuffs, aus dem ihm der allen Blumen spottende Gestank eines Luftverbesserers entgegenschwappt – oder bellt es vielmehr vor lauter Selbstüberwindung, so daß es fast wie »Schnauze!« klingt. Dann, mehr noch als vor seinem Ton über die Selbstverständlichkeit erschrocken, mit der das stumpfe Gesicht hinter der Scheibe übergangslos beginnt, etwas wie Beflissenheit zu spiegeln, wiederholt er leiser und so langsam, als müßte er sich selbst davon überzeugen: »Erik Staunsdorff – man erwartet mich hier zum Dienst!«

So hat er sich sein Leben immer vorgestellt: Spätabends in einem klapprigen russischen Streifenwagen, dessen Besatzung ihn zum Glück eisig anschweigt, durch die stockdunklen Straßen einer fremden Stadt zu seiner Unterkunft gefahren zu werden. Im Ohr das Rauschen und Pfeifen des Polizeifunks, in der Nase eine Mischung aus Sprit, Hund und Fritten, im Magen nicht viel mehr als das Einstandskirschwasser vom Chef zum Feierabend, vor Augen aber, in der Seitenscheibe, das ebenso zufriedene wie müde eigene Gesicht. Ellen, könnte sie ihn so sehen, hielte es bestimmt für Galgenhumor, er aber hat zum ersten Mal seit dem Zivildienst das Gefühl, richtig am Leben teilzuhaben: ohne Zweifel das ohne Zweifel Notwendige zu tun. Der Empfang im besten, einzigen Hotel der Stadt fällt entgegen seinen Befürchtungen weder herrisch aus wie früher an der Grenze, noch unterwürfig, was wahrscheinlich noch schwerer zu ertragen wäre. Und als er dann alles Weitere wie erwartet antrifft, also zwischen Möbeln, Vorhängen und Tapeten, wie er sie eher aus Jugendherbergen kennt, auf seinem Zimmer auch sein Gepäck – da fällt das letzte Erschrecken vor seinem Entschluß von ihm ab. Ein Gefühl von Stärke und Selbstvertrauen durchrieselt ihn, während er seine Sachen in den Preßholzspind räumt: den neuen schwarzen Anzug von Leineweber, die akkurat auf Aktendeckelgröße gefalteten Oberhemden, zwei blütenweiße Seidenbinder ... Stöhnend vor Behagen wirft er sich auf die Matratze und stellt sich mit einer gewissen Ehrfurcht die Generationen nicht minder pflichterfüllter Stirnarbeiter vor, die darauf schon gelegen haben. Dann aber, aufgeräumt wie er ist, verspürt er doch den Wunsch, zu Hause anzurufen, um vom ersten Tag in Amt und Würden zu berichten. Nur, daß es in einem Hotel wie diesem, das, zumal fernab der See, wohl zu tief im Osten liegt, um einen Investor anzulocken, natürlich kein Telefon auf dem Zimmer gibt. Was bleibt ihm übrig, als hinunter zu gehen und die weinrot Uniformierte am Empfang um eine Verbindung nach Hamburg zu bitten? »Na, endlich! Hast du noch keinen Anschluß im Büro?« Die antike Technik mag sie einander mondenfern klingen lassen, aber Ellen weiß doch ganz genau, wo er steckt: schließlich muß sie selbst im Lauf des Tages hier gewesen sein, um wenigstens seinen Koffer abzusetzen, wenn er sie schon nicht in aller Frühe aus dem Berliner Hotelbett scheuchen wollte und lieber die Bahn nahm. Warum nur wirkt sie so erleichtert, daß er sich meldet? Dabei hätte er es kaum besser treffen können: der Oberstaatsanwalt ein gesetzter Schwabe, der sich kurz vor der Pensionierung noch für ein paar Jahre Entwicklungshilfe entschieden hat (»Das war sein Wort, Sweetheart! Hat wahrscheinlich keine Familie...«), also selbst nichts mehr werden muß und den ›vielversprechenden jungen Mann‹ spürbar wohlwollend aufgenommen hat. »Was weiß ich, ob er schwul ist – wieso? Meinst du, ich sollte bei Gelegenheit versuchen, ihn anzubaggern?« Auch wenn sie auf seine Witzchen einsteigt, klingt ihr Lachen abwesender, als es ein noch so langer Kupferdraht erklären könnte. Erst beim Stichwort »Leiche« merkt sie einen Moment lang auf – wenn auch nur, weil sie nicht richtig zugehört hat: »Nein, nein, ich sage doch gerade, ›soweit ich sehe, habe ich keine Leiche vom Vorgänger auf dem Schreibtisch‹ – kein liegengebliebenes Verfahren, alle Vorgänge korrekt abgearbeitet. Die einzige Leichensache heute hab ich eingestellt, das war nach Aktenlage ein glasklarer Suizid.« Die breitschultrige Brünette mit der langen Nase und den großen, immer größer werdenden Augen tut hinter ihrem Tresen inzwischen nicht einmal mehr so, als würde sie Meldezettelchen sortieren. Er würde das unergiebige Gebrüll gern beenden (»Wieso Anklage? Nein, ich habe ›Aktenlage‹ gesagt!«), ehe es zu erheblicheren Mißverständnissen kommt, aber jetzt ist erst einmal Ellen mit ihrem Tagesbericht dran.

Soweit er ihr folgen kann, hat sie sich zunächst wie seit längerem geplant und oft verschoben mit ihrer Mutter Louise auf die Suche nach deren Kindheitsspuren in Pommernland-ist-abgebrannt begeben. Dann aber muß ihnen etwas oder vielmehr jemand durchaus Heutiges dazwischengekommen oder über den Weg gelaufen sein. Aber nein, er könne sich wieder abregen, sie habe niemanden über den Haufen gefahren: eine leichte Gehirnerschütterung sei zwar mit im Spiel, aber das Ganze nicht eigentlich ein Unfall, eher schon ein Fall von Kindesmißhandlung. Andererseits handle es sich aber um kein Kind mehr, und jedenfalls liege es jetzt erst einmal, und schlafe, zu Hause in Hamburg unterm Dach! »Aha«, sagt er. Und: »Trotzdem müßt ihr die Eltern informieren! Nichts dagegen? Na, dann ...« Ziemlich ratlos gibt er den klobigen Telefonhörer zurück – und wird aufmunternd angelächelt: »Ärger?« Wenn er daraufhin nicht nur wahrheitsgemäß »Nein – ich hab nur kaum etwas verstanden!« sagt, sondern auch noch »Aber das bin ich von mir gewohnt ...« hinzuflunkert, so vermutlich wirklich nur, um ja keinen anderen Eindruck zu machen als jenen, den man gemeinhin ›nett‹ nennt. Und selbstverständlich ahnt er sofort, hat es heimlich wohl erhofft, daß sie herb darauf reagieren würde: »Kann ja noch werden – wie man hört, sind Sie ja zur Entwicklungshilfe hier!«

Und dann ist er wieder in Afrika. An der Erde hat er es immer zuerst erkannt – und am besten aus der Luft: Afrika, das ist der Ocker der wogenden Savanne unter ihm, der Silberglanz des Dornakaziengestrüpps, das Aschgrün versteinerter Kakteen, die grau bemehlten Kronen vereinzelter Affenbrotbaumriesen; Afrika, das ist das Ziegelrot der sich von Horizont zu Horizont durchs Grasland schlängelnden Staubpisten, das Purpur rund geschliffener Felskuppen, der violette Schlagschatten von Termitenhügeln. »Willkommen daheim!« aber, das ist erst das sich unvermittelt von einer Kopfhörermuschel zur anderen ausbreitende Grinsen des Piloten, der den Steuerknüppel langsam nach vorn drückt, immer weiter, bis die alte DC 3, den Laderaum voller schlampig verzurrter Maschinenteile, fast lotrecht in die Tiefe stürzt, während der Typ mit der verspiegelten Sonnenbrille unentwegt zu ihm hinüber grinst und »Can you see them? Can you see them?« brüllt – so als müßte sein einziger, doch weder blinder noch mit Safarioptik bewaffneter Passagier die davongaloppierenden Elefanten jetzt durch die laufenden Stuka-Propeller schießen ... Damit fängt es meistens an: daß die Erde, die je näher sie kommt, desto tiefer rot wird; und dieses wunderbar erleichternde Wieder-schwer-Werden des Körpers, wenn der freie Fall ein paar hundert Fuß über ihr abgefangen und zum Steigflug umgebogen wird. Schon sieht er sich dabei zu, wie er das auf dem Tiefpunkt der Parabel heruntergekrachte Seitenfenster wieder hochklappt und lässig in den kühlen Flugwind spuckt, hört, wie er fragt, »Haben die Mistviecher dieses Jahr schon wieder so viel Mais zertrampelt?« Um so besser, wenn ihm dabei Blut ins Gesicht steigt, so daß er um die Nase herum wenigstens nicht noch blasser als ohnehin schon aussieht ... ›Willkommen in Afrika!‹, das ist, obwohl sie auch den hier Aufgewachsenen nach der Landung wie ein Keulenschlag trifft, weniger die Mittagshitze als die dünne Luft auf dem Hochplateau – von dem er im übrigen so gut wie der lustige Kunstflieger weiß, daß es knapp tausend Fuß höher liegt, als der Höhenmesser anzeigt. Und dann sieht wirklich alles genauso aus wie immer: Die Flugplatzbaracke und die blühenden Bananenstauden auf dem sattgrün bewässerten Rasenrondell davor, die verbarrikadierte Bude von Tony's Bottle-Store und der Glaspavillon der auch erst frühestens um vier wieder öffnenden Barclay's Bankfiliale gegenüber, die orangefarbenen Wirbelwinde, die sich im Sog der aufsteigenden Heißluft bilden und wie letzte Lebewesen durch weithin ausgestorbene Quartiere torkeln. Das einzige, was im Bild des kurz nach seiner Geburt aus dem Lehm gestampften Städtchens fehlt, ist seine Mutter, die ihn abholen wollte. Seltsamerweise weiß er jetzt schon, daß sie genau in dem Moment erscheinen wird, da er sich endlich aufgerafft hat, seine Koffer zu dem flaggengeschmückten Kreisverkehr in der asphaltierten Hauptstraße der Hauptstadt zu schleppen – schließlich kannten ihn die meisten Autobesitzer des Landes schon als Kind. Und tatsächlich, kaum spürt er die Griffe in den Händen, da rauscht sie auch schon heran, diesmal in einem dunkelblauen Benz und einem umwerfend knallgelben Kostüm. »Bei dir wird ja auch immer alles ne Nummer größer ...«, will er frotzeln, aber er liegt schon an ihrer Brust und bringt keines der verfroren um Distanz ringenden Worte heraus, echot nur gequetscht »Happy!« auf jedes »Baby!«, das sie ihm ins Gesicht küßt. Und wenn ihr »Was ist mein Baby für ein ernster junger Herr geworden!« auch so seltsam nachdrücklich in ihm hallt, als riefe sie es nicht unmittelbar neben, sondern mitten in seinem Kopf, ist er jetzt doch wieder ganz klein: Und die schöne dunkle Stimme gehört zu der großen starken Frau, die ihn dem selbst fast heulenden Kindermädchen aus der Hand nimmt und einfach hoch über den Kopf hebt. Lachend hält sie ihn dort oben fest, vor das in dünnen Streifen ins abgedunkelte Kindheitszimmer fallende Staublicht, bis auch er lachen muß und nach dem Flugzeug-Mobile unter dem träge kreisenden Ventilator greift und vergessen hat, warum er je geweint hat – ehe sie ihn in ihre weichen Arme fallen läßt und wieder hochhebt und wieder fallenläßt, bis er müde wird und an ihrer Schulter einschläft ... Doch dann ist es wieder eiskalt, sie sitzen nebeneinander im Lederfond des wirklich fabelhaft klimatisierten Wagens, sie redet vom nächsten Termin mit UNICEF und der letzten Gartenparty bei Ministers, er guckt durch die getönten Scheiben und muß niesen, denkt »Ganz schön viel gebaut seit dem letzten Mal …« und »Geht das etwa jetzt schon los mit der Grippe …«, weil ihn die klassische Tropenkrankheit bisher noch jedesmal erwischt hat. »Schickt denn dein Vater keine Grüße – wie geht es ihm überhaupt?« – »Doch, natürlich – na, wie immer, mal so, mal so …« Als nächstes dämmert ihm, daß er im Bett liegt. Der Luftzug kann kaum vom stillstehenden Propeller an der Decke kommen, vielmehr aus der nicht abzustellenden, unerbittlich rauschenden Klimaanlage, die die Modellflieger darunter tanzen macht – aber eigentlich fiebert er und schwitzt. Er hat Durst. Er ist mit einem Mal ganz schrecklich durstig und will nach dem Mädchen rufen, aber er kann sich an den Namen nicht erinnern, sieht nicht einmal ihr Gesicht vor sich. Dennoch hat er keinen Zweifel, daß ihm eines der Mädchen sein altes Zimmer hat überlassen müssen, von denen seit jeher die eine oder andere mit im Haus der Mutter wohnte, ohne daß er je sicher gewesen wäre, wer von ihnen Tante, wer Cousine war. Wie unwichtig das jetzt ist … Hauptsache, irgendeine kommt und bringt ihm frischen Guavensaft! Er kann jetzt nur noch an gekühlten Guava denken und will etwas rufen, aber die Zunge klebt ihm unlösbar am Gaumen. Dann sieht er nichts mehr als Guavenfarbe vor sich, diesen ebenso zarten wie intensiven, flüchtig süßsauren Ton zwischen Rosa und Orange, den so nur das Dünsten und Abseihen vollreifer Guaven hervorruft. Langsam verliebt er sich in den Gedanken (und fängt schon an, sich weis zu machen …), daß er auf die eigenen, von außen durchleuchteten Lider sieht – und reißt endlich mit einem lauten »Gwawa!« die zugeklebten Augen auf.

»Wa!? Was'n los …? Mann … Träumst du vom Urwald oder was?« Ellen ist das bestimmt nicht, die da neben ihm hochschreckt im Bett. Ellen hätte niemals etwas Derartiges gesagt – und riecht außerdem morgens anders, appetitlicher, mehr nach Tütenpudding als nach Schlaf. Ausmachen kann er im dunklen Zimmer nichts, schon die unverstellt raunzende Stimme aber erfrischt und stärkt ihn wie eine kalte Dusche. Neugierig beugt er sich hinüber – und erkennt in den prallen Lippen, die diese große Klappe zieren, sogar endlich etwas wieder: »Wer, bitte, träumt hier? Ich fürchte, du bist in Wirklichkeit unter die Menschenfresser gefallen ...« Und so steigt in der reinen Gegenwart der Haut allmählich die Erinnerung an den gestrigen Abend in ihm auf: Angefangen hat alles damit, daß er Hunger gehabt hat, die Hotelgaststätte aber schon seit Monaten geschlossen und auch sonst in der Gegend um diese Zeit wohl nichts mehr zu bekommen gewesen sei: So die Auskunft der weinroten Personaleinheit von Rezeptionistin und Barkeeperin hinterm Tresen, die dabei erkennbar nicht deshalb mit den Schultern zuckte, weil es ihr wurscht, sondern im Gegenteil unangenehm war: »Bier wäre da, und vielleicht finde ich Brot und Aufschnitt vom Frühstück – Setzen Sie sich doch zu den anderen Herren!« Das hat gesessen. ›Die anderen Herren‹, das war eine lärmende Runde in mint- und auberginefarbenen Sakkos, die er für Skatspieler gehalten hatte, bis er ihrem Gejohle entnahm, daß es die heute verkauften Versicherungspolicen waren, mit denen sie sich wechselseitig übertrumpften ... Und so ist er ihr lieber durch die Schwingtür »Zutritt verboten!« in die Küche nachgetrottet und hat dort abgewartet, bis sie mit ein paar zellophanverklebten Tellern aus dem benachbarten Kühlraum zurückkam: »Sehe ich etwa aus wie einer von denen?« Ihr Versuch, den Mund genervt in die Breite zu ziehen, endete unwillkürlich in einem Lächeln: »Der nächste Spiegel hängt in der Toilette – scusi, aber wir haben es uns abgewöhnt, die Dinge nach dem schönen Schein einzuschätzen!« – »Einverstanden – und

Danke für die Blumen ... Wobei übrigens selbst unsereins kein Ding ist ...« Er hätte sich eins aufs Maul geben können; bevor er aber entscheiden konnte, welche seiner Marotten die verächtlichere war – die, jedes Gespräch auf sich zu bringen, oder jene, das rhetorisch Mögliche immer auch zu tun und nie zu lassen –, nahm sie den Fehdehandschuh sportlich auf: »Oh, Pardon, der Herr sind empfindlich .... Bürgerlicher Humanist, ja? Homo homini lupus?« Ihre Augen glänzten jetzt vor Streitlust, und aus dem Lächeln war ein herausforderndes Grinsen geworden; offenbar fing die Sache nicht nur ihm an, Spaß zu machen: »Das einzig Wölfische an mir ist mein Hunger – gibt's auch Besteck, oder wollen Sie's mir in ein Freßschälchen geben?« – »Ach nee! Dann soll ich jetzt wohl etwas winseln wie: ›Wir haben auch vor der Wende schon mit Messer und Gabel gegessen!‹?« Den Spruch hatte er tatsächlich schon gehört; es schien, als spürte sie genau, auf welche Vorlage er gelauert hatte – und lieferte sie ihm, bloß auf das Gefühl hin, daß er wiederum das spürte, trotzdem? Oder gerade deshalb? Natürlich hat er kein Spielverderber sein wollen, eine unwillkürliche Verbeugung vor ihrer Großmut, ein schelmisches Schieflegen des Kopfes bei der obligaten Antwort aber auch nicht unterdrücken können: »Nur, wenn Sie mich zwingen wollen, mit Soljanka und Goldbroiler zu kontern ... Dabei ist die Teewurst da nicht übel; original Ostprodukt, will ich hoffen?« Jetzt ging es um die Wurst: Wer hatte nun wem die Kehle dargeboten, wer wen gezwungen, sie zu küssen? Sie war am Zug, schien sich zum nächsten Schritt aber erst durchbeißen zu müssen. Mit einem Augenblick Verzögerung kroch der schönste Ernst in ihren Ausdruck: »Alles von verdienten Genossenschaftsschweinen ... Und – wie geht's weiter? Wollen Sie auch noch das fabelhafte Ostbier loben, oder soll ich uns doch lieber einen Barolo aufmachen?« Als dann der Korken aus der Flasche und der erste Muff verflogen war, konnte man einander stundenlang am Küchentisch gegenübersitzen und sich sprechend in das ungewisse Gelände hinter den jeweiligen Gräben wagen. Wobei in Wahrheit meist sie gesprochen hatte, von Siena und Mantua, von Plätzen, Palästen und Rezepten, den Fresken in Arezzo und Orvieto, die sie ihm um so farbiger ausmalen konnte, als er bedauern mußte, noch nie in Italien gewesen zu sein: zum Sonnenbaden bevorzugt Ellen Spanien, und Kultur vermutet sie außerhalb der USA höchstens in London – aber das hat er denn doch für sich behalten. Überhaupt hat er vor allem gekaut, genickt und getrunken, und sich dabei nicht einmal gefragt, ob er nun vor Müdigkeit, von ihrer Stimme oder von dem schweren Wein benommen war, den sie aus ihrem Privatlager geholt hatte: »Hab ich direkt von der Kooperative – hier kostet das Zeug ja ein Schweinegeld ...« Spätestens, als sie zum Nachtisch eine Mango hervorzauberte und er, während sie das Ding schon schälte, einfach nicht den Mut oder die Kraft aufbrachte, ihr zu sagen, daß er Mangos schon als Kind nie mochte, hat er sich darein gefügt, ihr nun nicht mehr ausweichen zu können. Und natürlich faßte sie seine Zurückhaltung (»Kennst du doch bestimmt!? Schmeckt geil!«) schon bald als Ermutigung auf, ihm die Frucht mit dem Kerosingeruch Stück für Stück in den Mund zu schieben. Sobald sie aber nicht mehr zu reden brauchten, war ihm alles so vertraut und zugleich verboten vorgekommen, als wären sie miteinander groß geworden und verständigten sich seit jeher in derselben, nur sie beide meinenden Sprache. Und jetzt, kaum hat er sich die Augen einmal gerieben und das Hotelzimmer wiedererkannt, scheint es so selbstverständlich, neben Karin aufzuwachen, als könnte es gar nicht anders sein. Er muß unwillkürlich den Kopf geschüttelt haben, denn sie hält ihn fest und hebt sein Gesicht vor ihres: »Was hast du?« – »Nichts; ich wundere mich nur, wie leicht es ist, in ein anderes Leben zu schlüpfen ...« – »Von wegen!« Ruckartig wirft sie ihn ab und steht auf. »Du kannst gern nachts zu mir kommen, aber ›neues Leben‹ und so ist nicht – damit habe ich auch allein noch genug zu tun!« Kleidung fällt auf seinen Rücken. »Duschen kannst du am besten in deinem eigenen Zimmer – und mach hin, das warme Wasser reicht meistens nur bis sieben!« Sinnlos, ihr den Abgehärteten vorheucheln zu wollen. Mit einer wortlosen Umarmung entlassen sie einander verschworen wie Bruder und Schwester in den Tag.

Dienst, Dienst, Dienst – je länger er es sich vorsagt im Takt der Schritte, desto mehr beflügelt ihn das Wort. Der Tag verspricht klar und schön zu werden, am Himmel hängt nur ein Morgenschleier, den die über Nacht aufgefrischte Brise sicher bald zerfetzen wird, die Luft ist kühl, aber nicht mehr kalt, und riecht nach Gülle, Frühling, Aufbruch. Warum bloß fühlt er sich so beschwingt? Kann er sich denn wirklich nichts Erhebenderes denken, als kurz nach Sonnenaufgang auf dem Weg zum Dienst zu sein? Als Karin ihn gestern abend mit »Und Sie wollen also bei uns ihre nationale Verantwortung austoben?« anmachte, hat ihr als Rechtfertigung die halbe Wahrheit »Ach, hier war halt ne Stelle frei!« genügt: »Für Sie vielleicht – Kunststück, nach den Entlassungen ...« Und Themenwechsel. Soviel ist klar: Er mag den neuen Dienstausweis mit seinem Lichtbild, den er als scheckkartengroße Verhärtung überm Herz durchs Seidenfutter des Jacketts ertasten kann. Und er hat der Einfachheit halber schon als Student stets mit der ehrlichen Auskunft kokettiert, daß er die Dienstwagenliga anstrebe – was ihn an einem Tag wie diesem nicht daran hindert, den Fußmarsch zur Dienststelle zu genießen. Nur hätte bei seinem Examen die Mauer für sein Fortkommen ebensogut stehenbleiben können. Jetzt ist der bisher nur unebene Bürgersteig vor ihm der Länge nach aufgerissen; er muß auf die andere Straßenseite wechseln – und kann sich gerade noch mit einem Satz vor einer Batterie aufblendender Rallyscheinwerfer retten: heller Golf, verschmutzte Kennzeichen – ums Eck. Als er zu Hause endlich damit herausgerückt ist, wohin er sich beworben hatte, schienen es alle für eine Art Opfer zu halten: Ellen verschlug es vor lauter Erleichterung darüber, daß sein letzthin ziemlich erschlaffter Ehrgeiz doch wieder zu erwachen schien, jede hämische Bemerkung, Louise aber, die es sonst tunlichst vermied, die Entscheidungen ›der Kinder‹ zu kommentieren, lobte ausgerechnet das Pflichtbewußtsein ihres künftigen Schwiegersohns: »Das ist brav von dir! Recht so!« Unmöglich zu sagen, vor wem er sich schäbiger vorgekommen war: Wenn sie ahnten, wie sein Herz beim bloßen Gedanken gehüpft ist, aus Hamburg noch einmal wegzukommen! »Schönen guten Morgen!« schmettert er in die Pförtnerloge, stürmt die Treppe hinauf in sein Büro, das er lieber Dienstzimmer genannt hätte, wirft sich auf den kaputten Drehstuhl und schaltet den Computer an.

»Tüchtig, tüchtig – abends als letzter weg, morgens als erster da – wenn ich jünger wäre, müßte ich mir ja direkt Sorgen um meinen Sessel machen!« – »Dienst ist Dienst und Schnaps ist Schnaps ...« – Erik weiß sofort, daß er einen Fehler gemacht hat, einen Fauxpas von der Sorte, wie er ihm seit jeher am liebsten unterläuft: genau das fröhlich auszuplappern, was zu bemerken er sich verboten hat. Dr. Banz, der so aufgeräumt wie rotgesichtig bei ihm reingeplatzt ist, versteinert vor seinen Augen förmlich zum Vorgesetzten: »Bitte? Na schön, aber fangen Sie bloß nicht an, im Büro zu übernachten. Erreichbar sollten Sie allerdings sein; haben Sie eigentlich kein Handy?« – »Muß ich? Die Dinger sind nicht so mein Fall!« – »So? Gutgut, aber dies wären dann für heute ihre Fälle – frohes Schaffen!« Wenn das Letzte eine Gemeinheit gewesen sein soll, mit der er im Sich-Abwenden schon zum zweiten Mal eine auffallend fleischige Hand flach auf die vor Erik gestapelten Akten fallen läßt, kennt er seinen Neuen schlecht: Mochten andere ihren Obstler lieben oder ihre Leberwerte, teure Freunde oder treue Vorurteile, von ihm aus ebensogut ihr Vaterland wie ihre Frau. Erik ist, seit er denken kann, vernarrt ins Recht: als Schüler vielleicht in die Gerechtigkeit, spätestens seit dem Studium aber ins Strafrecht, seit dem Referendariat in die komplexe Schönheit der Strafprozeßordnung ... Er freut sich auf jeden einzelnen Vorgang in den abgeschabten Deckeln – und er wird auch nicht enttäuscht: Um wieviel mannigfacher im Vergleich zu seinem Altonaer Dezernat die Delinquenz doch auf dem Lande ausfällt! Allein deshalb hätte er weggemußt: Alles, nur sich nicht noch ein Jahr lang im aussichtslosen Kampf gegen kriminalisierten Drogenbesitz und Beschaffungskriminalität abstrampeln, jenem Perpetuum mobile der Arbeitsbeschaffung für im Hamsterrad zerschlissene Justizbeamte. Tag für Tag ein Dutzend Einbrüche und Straßenraube so geschäftsmäßig und leidenschaftslos, so ohne Zorn und ohne jede Hoffnung auf Besserung bald einstellen, bald anklagen, wie sie auch verübt worden waren. Hier dagegen ist von Routine keine Spur – sowenig bei den Sparkassenräubern, die für dreitausendundvierhundert DM zwei Kalaschnikows leer schossen, wie bei den Polizeibeamten, deren Strafverfolgungsjagd im neuen Streifenwagen an einem Alleebaum endete. Zorn steht dagegen zwischen jeder Zeile, auch Haß als einzige Droge neben Schnaps und Bier. Beim Fall des LPG-Vorsitzenden, der fast in der Jauchegrube ersoffen wäre, weil er in der schärfsten Kurve weit und breit einfach geradeaus gerutscht ist, nachdem er gleich alle vier Räder auf einmal verloren hatte, dafür also, daß ihm jemand die Muttern gelockert hatte: mag Erik das Motiv mehr ahnen als erkennen, wie einen geschwärzten Grundbucheintrag unter Röntgenlicht. Dagegen bei jenem

Lehrbuchfall von juvenilem Vandalismus, hier heißt es seltsamerweise Rowdytum, der sich als Brandstiftung am eigenen Clubhaus austobt, weiß er aus Erfahrung, daß es wohl keinen vernünftigeren Beweggrund gibt, als den, das Fehlen einiger Bierkisten zu vertuschen. In jedem Fall aber züngelt, schwelt und stinkt hier alles eindringlicher als zu Hause, scheint jeder dieser Fälle eine Geschichte zu haben, keiner nur ein Witz des kaltschnäuzigen Zufalls zu sein. Es ist, als gehe hier alles jeden irgend etwas an, als atmeten noch die wechselseitigen Anschwärzungen eine unbedingte Zusammengehörigkeit: Nähe, die Erik nach zwanzig Jahren Hamburg fast als Zärtlichkeit empfindet. Was ihn da derart aus den Akten anrührt, erklärt er sich als die Brüderlichkeit des wilden Ostens: als die Blutsbande zwischen alten Pionieren, die einander eher über den Haufen schießen als einfach aus dem Weg gehen können. Und sie beklemmt ihn zugleich, weil er ja spürt, daß er hier stört.

Wäre ihm dies Gefühl nicht gleich am ersten Tag entgegengeschlagen, als er bei der Suche nach der Versorgungseinrichtung in dem weitläufigen Gebäude wie irgendein Glücksritter nach dem ›Kasino‹ fragte, hätte er sich mittags kaum vor die Tür getraut. So aber stellte er sich doch für ein Würstchen an die Imbißbude – auch wenn er so gar keine Karten in dem selbstgerechten Spruch ihres Besitzers hatte: »Was wissen Sie denn schon von uns!« Ein zackiger Typ, von dem er sich bestens vorstellen kann, daß und wie er früher einmal in, nicht vor der Dienststelle des MfS gewirkt hat... »Na, nichts!« sagt er sich dann im stillen, »Genau deshalb kann ich den Job machen!«, und verkrümelt sich derart gestärkt wieder ins Büro. Mag Dr. Banz dem Streber die Begegnung mit Zeugen und Beschuldigten als den vermeintlich spannenderen Teil der Arbeit vorenthalten: Erik ist bloß froh, daß er ihm Verhöre und Verhandlungen einstweilen erspart. Im Papierreich hölzerner Polizeiberichte und vergleichsweise um so klarerer Gesetze und Bestimmungen fühlt er sich mehr als je zuvor im Leben in seinem ureigensten Element. Blind wie Justitia selbst, gerade, weil er ahnt, daß er hier nur jedermann gleichmäßig ungerecht werden kann; daß das größte Unrecht, wollte man es nicht gerächt sehen, beinahe ungeahndet bleiben muß. Wie ein Maulwurf vergräbt er sich in seine Arbeit, geht in der Morgenfrische hin, kommt spätabends ins Hotel, spricht mit Hamburg, ißt mit Karin, schläft mit ihr, hofft nur, daß alles so reibungslos weitergehe. Im Grunde ist es ihm lästig, daß der Chef Tage später kurz vor Dienstschluß noch einmal in besserer Laune bei ihm vorbeisieht: »Sie sind ja immer noch da – fahren Sie denn nicht nach Hause? Kommen Sie, ich will Ihnen etwas zeigen!« Erik zuckt die Achseln, schaltet den Computer ab und stülpt die silbrige Schutzhaube über den Monitor. Als nächstes sitzt er in einem Benz mit Heilbronner Kennzeichen, vor sich am Handschuhfach Mutti samt Hund und Kindern vor dem Eigenheim, und bekommt eine kleine Stadtrundfahrt geboten. »Wissen Sie, was das ist?« fragt der Vati und zeigt aufs Rathaus, einen auffallend ansehnlichen, viel zu groß geratenen Neubau: »Da saß früher die Partei.« Aha. Zu der von einmalig tristen Betonkästen gesäumten Ausfallstraße erfährt Erik, daß der Boß es sich dort gemütlich gemacht habe – und sieht bereits einem netten Herrenabend bei Spätzle und Trollinger entgegen ... Die Bildungsreise führt jedoch weiter an den Stadtrand, Richtung Kraftwerk, endet erst auf einem Brachland hinter Maschendraht, wo zwischen Teerplacken und Unkraut Baracken aus bröckelndem Asbestbeton stehen. »Und was glauben Sie, ist das hier?« fragt Banz und stellt den Motor ab. Die Dämmerung hat längst eingesetzt, ein unwirtlicher Wind pfeift, und alles wirft unnötig lange Schatten. Erik rutscht auf seinem Lammfell hin und her, fühlt sich prüfenden Blicken ausgesetzt, weiß aber nichts zu sagen: weil es das Arbeitslager, nach dem es aussieht, ja kaum sein kann. Seine Gedanken schweifen ab zu Karin, zu der seltsamen Beobachtung, daß er sich zwischen ihren Schenkeln wieder wie in der ersten Zeit mit Ellen vorkommt: beobachtet. Als sähe ihm jemand lächelnd zu – nein, nicht er selbst, eher die Mutter – oder doch der Vater? »Das, mein lieber Staunsdorff, war zu DDR-Zeiten und ist bis auf weiteres noch immer – unser Landgericht!« Banz scheint zufrieden mit der kleinen Lektion zu sein und chauffiert ihn in bester Laune zum Hotel: »Also dann, schönes Wochenende! Von mir aus nehmen Sie sich Montagmorgen frei!« Frei. Seltsames Wort. Hat es ihm je etwas bedeutet? Frei …

3

Mich weckten Töne, wie ich sie nie zuvor vernommen hatte – und je länger ich ihren Läufen, Sprüngen, jähen Stürzen folgte, desto wacher schienen sie mich zu machen. Es waren Tänze – und mein Herz hüpfte auf der Stelle mit! Trotzdem glaubte ich kaum, was ich da hörte: daß da nur eine Geige spielte, selbst den Takt schlug, zu dem sie sang. Konnten Menschen solche Töne machen? Und wenn Menschen nicht – wer dann? Wo war ich? Schon sprang ich aus dem Bett, fuhr in meine Kleidung, die sauber gefaltet auf einem Stuhl lag, und öffnete jene Kammertür, die den verdunkelten Raum meiner Erinnerungen der letzten Tage abschloß. Dahinter kam mir nichts mehr bekannt vor: Eine hölzerne Treppe führte hinunter in eine Halle, von der verschiedene Türen abgingen; durch die einzig offenstehende trat ich in ein großes Wohnzimmer mit riesigen bunten Bildern an den Wänden. Links führte eine Flügeltür in ein Durcheinander aus Büro und Bibliothek, wo man sogar hätte Billard spielen können, wenn nicht auch der grüne Filztisch voll Bücher und Papier gelegen hätte. Rechts ging es in ein Eßzimmer, das im Vergleich dazu fast steif wirkte. Vor mir aber, neben einem mit Notenheften bedeckten Flügel, vor der gläsernen Terrassentür, stand der Geiger. An seinem Rücken vorbei blickte ich in einen überwachsenen Garten, hinter dessen Hecke ein größeres Gewässer zu glitzern schien – und war mir sicher, daß er die Augen geschlossen hielt. Die Musik schien auch ihn zu verhexen, denn er zuckte und zappelte beim Spielen fast wie Silvio beim Pogo; und obwohl er bestimmt doppelt so viel wog, sah er nicht einmal täppisch dabei aus. Einzelne Töne summte er leise mit, plötzlich aber brach er ab, brummte etwas und wiederholte eine Stelle, an der meine Ohren keinerlei Anstoß genommen hatten. Der Zauber war für mich trotzdem gebrochen, denn was er da in den Bart gebrummt hatte, klang wie »Gav-

noi!«, was auf russisch nichts Schöneres heißt als Scheiße. »Ach, da ist ja auch unser Findelkind! – Schön, daß es dir besser geht!« Ich fuhr herum und erkannte jene Dame, die mich also nicht nur in verwirrten Träumen tagelang gepflegt hatte. Schamhaft schlug ich die Augen nieder – direkt auf einen herzförmigen Lederflicken, der meine Jeans früher bestimmt nicht geziert hatte. »Habt ihr euch schon bekannt gemacht? Kostik wird heute abend für uns spielen ... Ob Sie mit dem Instrument zurechtkommen, muß ich Sie, nach allem, was ich höre, wohl nicht fragen!?« Der Geiger, der sich zugleich mit mir umgedreht hatte, musterte abwechselnd mich, sie und die Geige; er war jünger, als ich angenommen hatte. Endlich zog er aus allem, was er sah, das gemurmelte russische Fazit »Altes Holz brennt am besten!«, wandte sich wieder ab und spielte weiter. Weil ihr Lächeln etwas hilflos wurde, übersetzte ich schnell: »Er sagt, er kennt kein besseres Stück altes Holz!« Sie konnte noch losprusten wie ein Mädchen: »Nicht übel für eine Guarneri! Na, da haben wir ja jetzt sogar einen Dolmetsch – Kostik spricht zwar ganz gut deutsch, aber mitunter vergißt er einfach, daß er nicht zu Hause ist...« Draußen mußte die Sonne eine Wolkenlücke gefunden haben: Licht flutete durch die Räume, schwappte spiegelnd übers Parkett und brachte soviel Leben in die Farbkleckse an den Wänden, daß ich an das blühende Unkraut denken mußte, das ich als Kind putzeimerweise heimgeschleppt hatte. »Ach, übrigens, falls du dir Sorgen machst: dein Vater ist von allem unterrichtet – er hätte nichts dagegen, wenn du über die Osterferien bliebest...« Kostik ließ ein ärgerliches Zischen hören, sie legte einen Finger über die Lippen und zischte halb im Spaß zurück; dann faßte sie mich bei der Hand und führte mich flüsternd nach nebenan: »So, jetzt wird erst einmal gefrühstückt, und dann kannst du mir, wenn du magst, bei den Vorbereitungen für unser Konzert helfen!« Ich ließ alles widerspruchslos geschehen, ja ich konnte noch nicht einmal zustimmend nicken; denn ich war starr vor Staunen wie eine Puppe, die eben wahrnimmt, daß ihr Schmetterlingsflügel wachsen. Das einzige, was mir im Augenblick unmöglich vorkam, war zu vergessen, daß ich nicht zu Hause war.

Bis zum Abend hatten wir ziemlich viel zu tun: Der Eßtisch mußte ausgezogen und mit einem Tuch verhüllt, die Stühle aus dem Eß- ins Musikzimmer getragen, schließlich auch der Billardtisch abgeräumt und mit Sperrholz und besticktem Leinen in ein weiteres Buffet verwandelt werden. Dann stürmte die Dame, die ich einfach Louise nennen sollte, mit dem Schlachtruf »Kalte Platten bestellen kann jeder!« in die Küche, während ich all das schöne Porzellan, Kristall und Silber aus Schränken und Anrichten auftischen durfte. Es waren verschiedene Services und jedes einzelne schien mir zu kostbar zum Benutzen, aber Louise sagte »Nimm, was da ist – wir erwarten sechzig Gäste, und Pappteller kommen mir nicht ins Haus!« Als mich jedoch der Ehrgeiz packte, all die Messer und Gabeln erst einmal zu putzen, bis das Wappen auch am letzten Griff wieder zu erkennen war, schüttelte sie erstaunt den Kopf. So saßen wir am Küchentisch beisammen, sie pulte Garnelen, wiegte Kräuter, schnitt Paprika, Eier und Tomaten, ich machte aus jedem Löffel einen Hohlspiegel, um mich darin kopfstehen zu sehen; sie lächelte und sagte nichts dazu. Plötzlich aber sah sie mich auf eine Weise an, daß mir ganz weich zumute wurde, strich mir eine Strähne aus der Stirn, berührte vorsichtig den tauben Fleck, der von der Beule übrig war, wollte wohl etwas über den Zufall sagen, der mich hierher verschlagen hatte, fand aber kein anderes Wort als »Schön …« Ehe mein Blick vollends glasig wurde, guckte ich auf die Außenseite von einem Löffel – und konnte nicht umhin, ihr recht zu geben:

»Stimmt!« Damit verzog ich mich erst einmal in den Keller – und wäre am liebsten für immer dageblieben, weil ich im Aufstehen etwas wie »Bier« in den Mund genommen hatte ... Kaum wagte ich mich mit Wein- und Wasserkisten bepackt wieder ans Licht, kam Louise zum Finale: begleitet von Tuschs scheppernder Tabletts zog sie hier einen eingelegten Lachs aus einem Bottich, dort eine Pute aus dem Ofen wie aus Taschentuch und Zylinder. »Und wo sind die gebratenen Tauben?« wollte ich fragen, aber mir stand der Mund offen – und sie steckte gleich ein paar Kostproben hinein, die beim Aufschneiden abfielen. Im selben Moment tauchte auch der junge Virtuose wieder auf, von dem in den letzten Stunden nichts mehr zu hören, geschweige denn zu sehen gewesen war. Mit ihm trat nun auch die jüngere der beiden Gastgeberinnen in die Küche: Mochte ich ihr bei unserer ersten Begegnung nicht die blutverschmierte Hand reichen, hatte ich diesmal den Mund voll Fisch – und beide Hände vor den Mund voll Fisch geschlagen: wollte ich ihr nicht auf die lackierten Zehen kotzen, mußte ich sofort an die frische Luft.

Schon stand ich auf der Straße. Oder ich schlenderte vielmehr unter alten Bäumen, durch Hohlwege aus hohen Hekken und vorüber an blühenden Sträuchern wie durch einen Park, der sich aus den immer neuen Blicken, Beeten, Rasenflächen großer Einzelgärten zusammensetzte – in denen statt Lustlauben und Liebestempeln aber herrschaftlich strenge Villen standen. Ja, hier war bestimmt schön leben; gleich stellte ich mir vor, wie ich bei den Glücklichen ein und aus gehen würde, hielt mich spaßeshalber so gerade, daß mein Vater Freude daran gehabt hätte, und ertappte mich sogar dabei, beim Einherschreiten höfliche Floskeln vor mich hin zu murmeln. Wobei ich mir Haltung, Miene, Redensarten mangels Vorbild schon bei mir selbst abgucken mußte, weil hier außer mir kein Mensch zu Fuß ging, niemand vor seinem Haus in der Sonne saß, in den Gärten nicht einmal Kinder spielten. Nach einer Weile stellte ich fest, daß die Karossen samt Straßenrand verschwunden waren, daß ich auf grobem Sand statt Pflastersteinen, und also wirklich durch einen Park ging. Hier nun allerdings gab es Menschen: auf dem gestampften Kies quälten sich Dicke bei einem Laufstil, der ihnen auch in den teuersten Turnschuhen Hüften und Knie zermürben mußte, auf dem Gras lagerten Paare zwischen Hunden und Hundekot. Unter einer gewaltigen Blutbuche aber stand ein hagerer Alter und vollführte unendlich langsame Bewegungen, die er auswendig gelernt haben mußte und nun stur und steif herunterspulte: ein Kind, das Verse aufsagt, deren Sinn es noch nicht empfinden kann. Irgend etwas an seinem Anblick zwang mich, vor ihm stehenzubleiben und mich auf der Stelle zu entscheiden, ob ich seinen Mut bewundern, seine Lächerlichkeit bedauern oder seine Aufdringlichkeit verachten sollte. Und ich rettete mich vor diesem Rätsel zu den Kindern und den Tieren, deren Anblick mir voraussetzungslos vertraut war; über die ich nichts wissen mußte, um ihre Anmut zu verstehen. Pfauen und Rehe wohnten in einem weitläufigen Gehege beieinander, kleine Jungen und Mädchen steckten ihnen in jedem unbeobachteten Moment die Finger durch den Maschendraht zu – vielleicht, weil die Mutter es unablässig untersagte, vielleicht, um Geschöpfe zu berühren, die sie noch für ihresgleichen hielten. Ich mußte lächeln und ging rasch weiter, wie beflügelt zwischen Doppelreihen haushoher Linden hindurch, die freundlich und voller Vögel um mich rauschten – und drehte mich, als ich es hinter mir gellen hörte, noch einmal um: Daß Pfaue radschlagen können weiß wohl jedes Kind, aber ich hätte nie vermutet, wie markerschütternd sie dabei schreien... Dann verdichteten sich die Bäume zu einem Wald – nur um sich, kaum hatte ich in seinem Schatten zwei-, dreimal tief durchgeatmet, vor mir bereits wieder zu lichten. Was da durch die Zweige blitzte, war nicht nur Luft, sondern auch Wasser: Das Land brach an einer Böschung ab und gab den Blick frei auf ein Gewässer, fast so breit wie der Tollensesee, am Ufer entlang aber womöglich noch etwas unabsehbarer. Eine langgestreckte, wohnblockhohe Kaimauer, an der nur ein orangefarbenes Bötchen festgemacht lag, während auf ihr zahllose bunte Bauklötze, groß wie Reisebusse, gestapelt standen – erwies sich, da sie so langsam wie lautlos durchs Panorama zog, als Schiff; und ein silbrig glänzender Buckelflugwal kreuzte in geringer Höhe seine Fahrt, um kurz darauf am gegenüberliegenden Ufer aufzusetzen. Das schnittige weiße Segel aber, das jetzt um den Bug des Kolosses herumstrich wie eine Möwe vor einem Fischerboot, gehörte wohl wirklich zu einer Jolle. Jedenfalls gab das bedrängte Ungeheuer, ein Elefant, der Angst hat, ein Mäuschen zu zertrampeln, einen Sekundenbruchteil lang diesen Hunderttausend-Tonnen-Ton von sich: als akustisches Äquivalent seiner maßlosen, von nichts zu bremsenden Masse die kleinste, mehr fühl- als hörbare Dosis jenes Dröhnens, das auch noch immer im Nebel zwischen meinen Ohren nachklang. Und das nun nicht nur den träumenden Freizeitkapitän, sondern auch mich zurück ins Leben riß. Schlagartig ging mir auf, daß der Strom, über dem ich stand, nur derselbe sein konnte, der noch bei Magdeburg so schmal, krank, und übelriechend vor sich hin floß wie die Tante, die ich dort manchmal hatte besuchen müssen; daß ich also wirklich am Tor zur Welt stand! Elektrisiert sprang ich die Treppe am Steilhang hinab – und fand mich nach hundertachtzig Stufen statt am Hafen an einer eleganten Strandpromenade wieder. Vor den weißen Fassaden aber lag der feine Sand: schon hatte ich Schuhe und Socken in der Hand und strolchte an einer Brackwasserkante entlang, wo zwar Kippen und Kondome, nicht aber Tang und Muscheln dörrten, stromabwärts auf Amerika zu. Ich muß acht oder neun gewesen sein, als ich zum ersten Mal auswandern wollte: Wir hatten den Sonntag am See verbracht, auf dem Heimweg schwappte im Eimer ein fetter Wels, jetzt lag die vordere Hälfte vor mir auf dem Teller. Das hartgekochte Auge war das Appetitlichste daran, der Rest ein faulig riechender Haufen Glibber. Ich starrte um so regloser zurück, entschlossen, mich so lange tot zu stellen, bis mein Vater die Gabel beiseite legen und ich ausnahmsweise ohne langes Maulen abräumen würde. Statt dessen hatte ich plötzlich seine Pranke an der Gurgel, zwischen linkem Daumen und Mittelfinger zwang er meine Kiefer auseinander, mit der freien Hand schaufelte er mir das Zeug in den Mund. Es lag keinerlei Unbeherrschtheit, gar Brutalität in seiner Geste, der Griff war wirksam, aber nicht schmerzhaft, mein kleiner Dickkopf lag sicher in seiner Hand, das Genick war kunstgerecht fixiert, das Würgen und Schütteln allein auf meiner Seite, es gab kein Gebrüll oder Geschimpfe, alles geschah sachlich, kompetent und zweifellos aus Fürsorglichkeit; und wenn ich fast erstickt wäre, dann nicht am Abendessen, sondern am eigenen Mageninhalt.

»Guck dir die Pottsau an – voll besoffen, ey!« Die Promenade war längst zu Ende, und hier, abseits der Häuser, beim gebleichten Gerippe einer Weide, lagerte im Strandhafer eine Gruppe Gleichaltriger. Der Wortführer war selbst ziemlich grün und steckte sich, als ich zu ihm hochsah, schnell eine Art Pfeife ins Gesicht, damit nicht noch mehr großkotziges Zeug herauskam – oder als glaubte er, sie müßte ihn wie eine Brille vor einem verdienten Satz Ohrfeigen schützen. Dabei fand ich die Clique auf den ersten Blick ganz nett – und die Gelegenheit nicht übel, den galligen Nachgeschmack wegzuspülen. Also ließ ich mich mit einem

»Noch nicht!« neben sie hinfallen, griff mir eine Flasche aus der Kiste, ploppte den altmodischen Porzellanverschluß auf und trank: »Ahoi!« – »Hai... Was noch nicht?« – »Besoffen; ich werd' nur immer seekrank, wenn ich zu viele Fischköppe sehe.« – »Fischköppe!« äffte mich eins der Mädchen nach, »Wo kommst du denn her?« Natürlich deutete ich nur lässig mit dem Daumen über meine Schulter, auf die Spuren hinter mir im Sand... »Ach ne! Komisch, dabei redest du, als kämest du gerade aus dem Osten!« Hatte ich etwas falsch gemacht? Wenn die Sonne auch noch nicht flach stand, schien sie mir doch eindeutig auf den Rücken; und in einem Kreis, wo man statt Jeans halblange Popelinhosen in hellem Beige zu dünnen Segeltuchschuhen trug, auf blauen Polohemden maritime Wappen, verstand man von Dingen wie der Navigation nach den Gestirnen ohne Zweifel mehr als ich. Bevor mich der Orientierungsverlust aber hätte beunruhigen können, gab der Grüngesichtige, da ich einmal in der Runde saß, die tönerne Friedenspfeife auch schon an mich weiter. Und nach zwei, drei tiefen Zügen waren mir alle Himmelsrichtungen egal, weil sich ja doch alles um mich drehte und ich mir vorkam wie eine Kompaßnadel am Pol: gerade weil sie keinem alles beherrschenden Einfluß mehr unterliegt, frei, von jedem Zittern der Hand, in der sie sich befindet, in die nächste Richtung gelenkt zu werden. Wie locker und trocken doch das Gespräch im feinkörnigen Elbesand verlief! Nicht nur, daß niemand auf die Idee kam, mich auszufragen, mir gar Antworten aufzudrängen, auch sonst klebte hier kein Wort fest genug am andern, um zu etwas wie zusammenhängenden Gedanken zu verklumpen. Plätscherte die Bugwelle einer vorüberfliegenden Katamaranfähre an Land, kicherte man zwar »Buxtehude«, fiel aber »Regatta«, war dies keineswegs der Startschuß für schneidiges Seglerlatein, sondern nur das Codewort dafür, den kaum noch tragbaren Transistor anzuwerfen; und als

ich auf den leisen Seufzer »Scheiß Klausur morgen...« hin »Kurvendiskussion?« in die Runde warf, weil ich da ja hätte mitreden können, fand keiner es halb so lustig wie zu Hause. Tatsächlich fiel mir auf, daß sich die Mädchen von den Jungs hier fast nur an der Stimme unterscheiden ließen – von der aus Rücksicht auf die Stimmung aber niemand groß Gebrauch machen zu wollen schien. Vielleicht herrschte in ihrer Klasse ja stillschweigendes Einverständnis, daß alles, was zu sagen, denken, tun wäre, längst von älteren gesagt, gedacht, getan war. Und so ließ ich mich nach hinten fallen, sah in einen hellblauen Babyhimmel mit rosa Bändern und genoß eine Weile lang das Gefühl, an der Oberfläche zu treiben: die Hände flach auf den Sand gepreßt, der mich anders als an der Ostsee nicht reizte, darin zu wühlen, bis alles feucht und klebrig würde. Dann aber wurde es mir zu kühl, und ich sprang auf, daß es spritzte, ohne jedoch sonderlich Aufsehen damit zu erregen. Am meisten bekam das Mädchen ab, das mich vorhin an der Sprache erkannt hatte: Durch auffallend große Zähne, zwischen denen es jetzt wohl knirschte, zischte sie etwas wie »Unk-Uhl, Alltä!« Weil wir ja doch im gleichen Plattland zu Hause waren, konnte ich es mir mit »Alte Kröteneule!« oder »Alter Froschkauz!« übersetzen – und fand mich, als Fabelkreuzung von weisem Greif und feiger Beute, zwar wenig zeitgemäß, aber nicht unpassend beschrieben. Der einzige, der länger aufschaute, war der Junge, der zuerst zu mir herübergepöbelt hatte. Inzwischen hatte er wieder eine gesündere Farbe angenommen, ja, er schien mir unter der flachen Hand, die er sich jetzt als Schutz vor dem Gegenlicht wie salutierend an die Stirn legte, sogar zu erröten: »So long...« – »Nee, da lang!« grinste ich zurück und wies ins Ungewisse hinter ihm. »Na denn« – er streckte mir die freie Hand hin. Als ich sie, erstaunt über die Förmlichkeit, ergreifen wollte, entwand er sich mir jedoch, schien auf andere

Griffe hinauszuwollen, eine komplizierte Gruß-Choreografie, deren Schrittfolge ich nicht kannte; er zog und bog an meinen Fingern herum, ergab sich dann aber in einen schlaffen Händedruck, der ihm so peinlich zu sein schien, daß er die Augen niederschlug. Ich ging – und erwischte mich dabei, daß ich versuchte, die tapsige Rechte möglichst unauffällig an der Jeansnaht abzutrocknen; nur für den Fall, daß er mir hinterhersah …

Das Wasser war inzwischen zu einer Art Stillstand gekommen, lag zwar nicht gerade spiegelnd wie ein See, zappelte vielmehr nervös auf der Stelle, bestätigte aber jedenfalls den Verdacht, daß, was ich für die Fließrichtung des Flusses gehalten hatte, nur das Zurückfluten der Gezeiten war. Die Armbanduhr von der Jugendweihe hatte mich, warum auch immer, an die Handschellen erinnert, die mein Vater mit den anderen Dienstinsignien abends als erstes im Schreibtisch weggeschlossen und morgens als letztes, ehe er aus dem Haus ging, wieder hervorgeholt hatte, als ich noch ein Kind war. Und so hatte ich das Teil aus Ruhla nach Möglichkeit im Nachttisch liegenlassen. Trotzdem oder gerade deshalb wußte ich seit jeher genau, wann ich spät dran war: wollte ich rechtzeitig zum Konzert zurück sein, mußte ich mich jetzt auf den Rückweg machen. Warum auch sollte ich noch länger zeitvergessen umherstromern? Verbissen stromaufwärts streben, als steckte noch etwas von einem Lachs in mir? Wo ich mich doch seit den ersten Ferien an der See für eine Möwe gehalten hatte! Wo doch jeder weitere Schritt landeinwärts für mich eine Umkehr gewesen wäre – während umgekehrt umzukehren und mit dem Strom ins Offene hinauszuziehen bedeutete, den eingeschlagenen Weg fortzusetzen. Vermutlich sah der Weg es ebenso: sei es, weil schon zu viele vor und nach mir an der Wasserlinie entlang getrampelt waren, sei es, weil die Flut diese den Strand hinauf ver-

schoben hatte – jedenfalls war keine Spur von mir zu finden! Ja, an diesem Holzpfahl war ich vorbeigekommen: offenbar ein Kerbholz mit den Pegeln und Daten von Sturmfluten, an das ich mich erinnerte, weil der letzte und oberste Eintrag in Augenhöhe aus meinem Geburtsjahr stammte. Jetzt hatte eine Möwe darauf Platz genommen, als ich ihr aber zu nahe kam, flog sie mit höhnischem Lachen auf und segelte vor mir her zum nächsten; wenn ich wirklich auf den Atlantik wollte, brauchte ich ihr bloß zu folgen. Und dann zog genau in diesem Augenblick auch noch ein weißer Passagierdampfer vorbei, kein Kreuzfahrer, sondern ein richtiges Linienschiff, denn am Rumpf war ›Hamburg – Harwich‹ zu lesen. Hunderte Fahrgäste standen an Deck, zu weit entfernt für mich, um zu unterscheiden, ob ihr Winken wirklich mir oder dem ganzen Festland galt; und so winkte ich zurück, bis sie außer Sicht waren. Nein, ich mußte weg vom Strand und die Treppe wiederfinden – und da war sie ja schon! Der Zweifel, ob es auch die richtige war, kam mir erst, als sie sich zum ersten Mal verzweigte; doch ich mußte ja nur nach oben kommen, in jenen Park, den ich vorhin vor Gärten fast übersehen hätte. Dann aber stieg ich eindeutig zu lange zwischen schmalen Vorgärten voll Stock- und Kletterrosen treppauf, quer durch ein Geschlinge an den Hang geschmiegter Gassen, an denen hübsche, verwinkelte Häuschen standen: jedes so über das andere gebaut, daß alle in den Genuß eines Ausblicks kamen, der nach oben zu immer atemberaubender wurde. Und auch ich blieb jetzt ab und zu außer Atem stehen, ohne aber die Aussicht, nie mehr zurückzufinden, dabei allzusehr zu genießen… Nicht, daß mir niemand begegnet wäre: hier, wo es aussah, wie ich mir ein Dorf in Italien vorgestellt hatte, saß vielmehr mancher auf der Bank vor seiner Tür – nur was hätte ich denn fragen sollen? Ich wußte doch weder Namen noch Adresse! ›Entschuldigung, wüßten Sie vielleicht, wo heute abend Haus-

konzert ist?‹ – ›Entschuldigung, könnten Sie mir sagen, wo die Damen mit dem komischen kleinen Sportwagen wohnen?‹ Die Stufen hatten endlich statt im Park in einer Geschäftsstraße geendet, aber die Zeitungshändlerin schien zu glauben, daß ich ihr etwas verkaufen wollte, und der Tankwart ließ mich nach einem kurzen, aber genauen Blick wortlos in der Landschaft stehen wie ein Wrack, an dem nichts mehr zu schrauben war: nur noch Schrott unter der Haube. Als Nächstes versuchte ich es im Postamt: Zwei Damen, wohl Mutter und Tochter, wohnen in einem schönen alten Haus mit etwas ungepflegtem Garten. »Na, hör mal, da könnte ja jeder kommen! Solche Auskünfte dürfen wir nicht geben!« Allmählich bildete sich eine Traube um mich, braungebrannte junge Mütter und Omis mit säuerlich besorgten Mienen schnatterten ratlos durcheinander, ein geschniegelter Schlaufuchs hatte im Vorübergehen sogar einen vernünftigen Gedanken: »Ein Fest soll es dort heute geben? Dann braucht man doch bloß bei den Feinkostläden nachzufragen, irgendein Partyservice wird ja etwas geliefert haben!« Ich war geliefert. Jeden Augenblick mußte ein Polizist auftauchen und nach meinen Papieren fragen. ›Doch doch, auch bei uns mußte man sich jederzeit ausweisen können; genau deshalb wird mein pflichtbewußter Vater meine Papiere auch inzwischen auf den Postweg zu jenen Damen gebracht haben, bei denen ich zwar wohne, deren Name und Adresse mir aber unbekannt sind‹ – nicht auszudenken. Ich mußte lachen: »Man soll eben nie zugeben, daß man den Weg zur Klapse kennt …« Der Kreis um mich wurde merklich weiter, und ich sah mich statt mit der Staatsgewalt schon mit bulligen Krankenpflegern ringen. Also fing ich an zu erzählen, wie ich dorthin gekommen war – und hatte mich, während ich meinen Erläuterungen lauschte, im stillen längst damit abgefunden, daß man mir diese Geschichte sowenig glauben würde, wie ich sie einem anderem abge-

nommen hätte; wenn ich ehrlich war, hoffte ich nur noch darauf, daß man kopfschüttelnd auseinanderlief. Statt dessen hatte ich kaum »Schloß W.« gesagt, als sich auch schon alles zum Besten wendete: »Ach, bei Frau von W. wohnst du – na, das hätte man sich ja fast denken können!« Ein Wesen mit kariertem Hütchen, das ich seiner knochigen Gestalt wegen zunächst für einen Mann gehalten hatte, packte mich am Arm, schubste mich in eine dunkle Limousine und wies mich wenige Minuten später, taub für meine Dankesworte, mit einem stummen Fingerzeig auf das ersehnte Gartentor wieder hinaus.

So trat ich denn durch die Pforte des Paradieses. Bevor ich hätte klingeln können, wurde mir geöffnet: die jüngere meiner beiden Damen bewachte die Tür und zog mich, einen Finger über die Lippen gelegt, ins Haus, das bereits überquoll von Menschen und Musik. Sie hatte sich inzwischen hübsch gemacht, und als ich hinter ihrem Rücken die von dunkelblauem Tuch umspannten, von bunter Seide umspielten Rücken der geladenen Gäste sah, fand ich mich schon zum dritten Mal mit niedergeschlagenen Augen vor ihr stehen. »He, was los mit dir? Hast du etwa Angst vor mir?« Sie hatte es mir mit gesenkter, fast tiefer Stimme ins Ohr geraunt und entschieden besser als ich dabei gerochen. »Quatsch!« flüsterte ich schnell zurück, und fragte mich im stillen, ob ich nicht flunkerte, »ich wünschte nur, ich wäre anständiger angezogen ...« Erst machte sie bloß eine knappe, fast abweisende Kopfbewegung in Richtung Himmel oder zweiter Stock, als ich sie aber lange genug ratlos aus dem verschwitzten T-Shirt angeguckt hatte, faßte sie meine Hand und führte mich an der augenlosen Rückenwand der Lauschenden vorbei die Treppe hoch. Natürlich mußte ich erst einmal duschen, und dann war es gar nicht so einfach, in dem Kleiderschrank, den sie den Klamotten nach mit einem Zehnkämpfer teilen mußte, etwas Passendes für mich zu finden. »Geh doch so…« kicherte sie endlich, als ich mal wieder als nackter Kleiderständer und mithin in meinem Lieblingskostüm vor dem Spiegel stand. Kostik geigte derweil aus Leibeskräften, alles strebte rasch und kraftvoll auf ein abschließendes Crescendo zu, pünktlich mit dem aufdonnernden Applaus zur letzten Zugabe mischten wir uns wieder unters Publikum: ich am Ende doch lieber barfuß und in der eigenen Jeans, von der ich erst das Lederherz und dann, weil es so erst recht doof aussah, die Beine am Knie abgerissen hatte. Zusammen mit einer halb aufgeknöpften weißen Bluse, einem bunten Seidenschal als Gürtel und zwei Sprühstößen Parfum aus Ellens Fundus genau das richtige Seeräuberzivil, um die Gesellschaft des Klassenfeinds zu entern…

Auch ohne daß ich eins der Messer mit den beschlagenen Riesenklingen zwischen die Zähne genommen hätte, ließ mir jeder am Buffet den Vortritt. Als ich mir aber den Teller mit allem vollgepackt hatte, was nie durch Kiemen geatmet hatte, und mich gerade in den Garten verziehen wollte, um es in Ruhe zu verdrücken, da fand ich mich plötzlich umringt von Menschen, die mich freundlich interessiert beäugten – fast, als wäre ich der Hauptgang. Louise, die alle ›Gräfin‹ nannten, war neben mich getreten, die Hand so fest auf meiner Schulter, daß es kein Entschlüpfen gab, und sagte so laut, daß alle Umstehenden es hören mußten, ich weiß selbst nicht mehr, wer oder wunder was für ein toller Hecht ich sei. Also kein Wort von den wahren Umständen unserer Begegnung und meiner mißglückten Hechtrolle, dafür um so mehr davon, wie schön, wie freundlich und aufgeschlossen sie den neuen alten Osten, Mecklenburg, Vorpommern, ihre Heimat, gefunden und gerade auch dank der Jugend wiedergefunden habe. Wobei sie mit »der Jugend« ganz allein mich zu meinen schien, als hätte ich eigenhändig und extra für sie Seen ausgehoben, Hügel aufgeschüttet und Wälder angepflanzt ... »Ja, und jetzt, liebe Freunde, ist es an uns zu zeigen, was unser Teil der Welt zu bieten hat – wie heißt es so schön: damit zusammenwächst, was zusammengehört!« Je voller sie den Mund nahm, desto weniger war dabei daran zu denken, von den Leckerbissen zu probieren, auf die ich nun seit Ewigkeiten starrte. Als sie aber endlich geschlossen hatte, war ich ihr sogar dafür dankbar, daß sie mir sofort mit dem schönsten Lächeln Glas und Teller abnahm, damit ich die Hände frei bekam, um allerlei fremde zu schütteln: denn so konnten ihre Freunde die ihren wenigstens nicht länger lärmend ineinander schlagen. Unmöglich, mir die Namen und Gesichter alle auf einmal einzuprägen; zum Glück wandten sich die meisten, nachdem sie mir entweder ihre Rechte so huldvoll wie den vaterländischen Verdienstorden überreicht, oder aber meine so aufmunternd zerquetscht hatten, als stünden wir an einem Grab, rasch wieder einander zu. Um so unerbittlicher war der Wettbewerb um meine Aufmerksamkeit zwischen Irmhild und Herrn Professor Dr. Dr. Giergenson entbrannt: »Eigentlich bin ich ja drei Doktoren, aber der letzte ist nur ehrenhalber, den erlasse ich dir!« Der Professor hatte die schlechtere Ausgangsposition, denn er war kleiner als Irmhild, deren Mund genau auf Höhe meines Ohres lag, während er mir, so aufrecht er sich auch an seinem Stock hielt, nur knapp bis übers Herz reichte. Andererseits hatte er mindestens hundert Jahre Übung darin, sein kleines Handicap mit Unverschämtheit auszugleichen: »Bleib ruhig stehen, ich hab es ganz gern, wenn man sich vor mir verbeugt – und du bietest zauberhafte Einblicke dabei ...« Irmhild dagegen, offenbar gehörte sie zu einem der gewichtigen dunkelblauen Herrn, die im Hintergrund die Köpfe zusammensteckten, hatte sich nur mit »Ich bin die Irmhild!« vorgestellt und schien ein furchtsames Wesen zu sein: Jedenfalls wanderten ihre großen blassen Augen unablässig hin und her, als vermutete sie einen Spion hinter jedem Winkel. Dabei fingerte sie nervös an der Kette aus bunten Kieselsteinen herum, die ihren hageren Hals wie den eines Galeerensträflings drückte: »Mein Gott, hoffentlich kommen nächste Woche nicht auch so viele Leute – Louise möchte ja unbedingt eine Ausstellung mit mir machen, aber ich habe doch seit Jahrzehnten keine Arbeit mehr öffentlich gezeigt ... Wirst du denn dann noch dasein? Du könntest mir doch sicher bei der Auswahl helfen ... Meinst du, du findest irgendwo noch ein Glas Wein für mich?« – »Gern!« sagte ich. Und: »Bitte sehr!« Und: »Ich versteh aber nichts von Kunst!« – »Um so besser«, kicherte der Professor, »dann seid ihr ja wie geschaffen füreinander!« Ehe ihre ohnehin farblosen Augen noch wäßriger hätten werden können, sah zum Glück Louise nach dem Rechten: »Irmchen, ich glaube, dein Göttergatte sucht dich ... Na, Professor, zeigen wir uns wieder mal im besten Licht?« – »Aber gewiß doch, meine Liebe! Eben hat dies reizende Kind erklärt, es verstehe nichts von Kunst – wozu auch, solange man selber schön ist! Jedenfalls scheint mir dieser ja veränderliche Zustand, also beides, Unwissenheit und Jugend, die Einladung geradezu herauszufordern, sich in den nächsten Tagen meine Sammlung anzusehen: zum einen darf ich so hoffen, daß mein Geschmack widerspruchslos anerkannt wird, zum andern erhöht ein gewisses Desinteresse an toter Materie die Neigung, sich hernach auch dem Naturschönen zu widmen ...« Er überreichte eine Visitenkarte: »Also, bitte zum Tee – und, bitte, unbedingt in diesem Aufzug!« Ich mußte lachen, aber ich errötete auch ein bißchen, und so schnell, wie ich den komischen kleinen Kassiber wegsteckte, ahnte ich wohl schon, daß ich hingehen würde. Einstweilen aber bugsierte mich die Gastgeberin durch die Gesellschaft wie durch eine Flotte auf Reede vor sich hindümpelnder Frachter, ging bald bei dieser, bald bei jener Gruppe längsseits und schien seltsamerweise genau zu wissen, daß gerade die dunkelblauen Herren auf das Aufkreuzen einer pommerschen Piratenbrigg gewartet hatten: wie sie sagten, um ihren Wissensdurst zu löschen, so wie sie sprachen aber doch wohl eher, um selbst etwas Ballast abzuladen. Und so nickte ich fleißig zu manchem Vortrag über die Infrastruktur- und Produktivitätsdefizite in den neuen Ländern, freute mich, darüber einmal etwas aus erster Hand und von Fachleuten zu erfahren, und bestätigte freimütig mein großes Glück, just jetzt am Leben und nicht tot zu sein.

Als alles auseinanderzulaufen begann, kam dann auch ich endlich zum essen: Da offenbar keiner mehr etwas haben wollte, trug ich, Louise nannte mich im Vorübergehen einen Schatz, gleich ein paar von den abgegrasten Platten in die Küche. Hatte ich aber gehofft, mich dort nun in Ruhe über die Reste hermachen zu können, so sollte auch daraus so rasch nichts werden. Am Küchentisch nämlich saß Kostik mit einem Typen zusammen, der mir in den Vorderzimmern ganz bestimmt aufgefallen wäre: in einer ausgebeulten Tweedhose und einem Pullover wie Heide im Oktober, die nackten Füße in Sandalen, das angegilbte Haar aus der Stirn gestrichen und zu einem dünnen Zopf gebunden. Nein, dies war kein ordentlicher Kaufmann, hier saß die Kultur beisammen! Während aber Kostik ohne seine Geige seltsam bieder aussah, wie ein müder Bauer, schien der andere, befeuert von je einer Flasche Korn und Wodka, die ihm Stoff für lange Reden über die russische und deutsche Seele boten, in seinem eigentlichen Element zu sein. Vielleicht ein Dichter? Neugierig setzte ich mich dazu: »Ihr Russen seid ein Volk von Geist, und deshalb trinkt ihr auch soviel Wodka, denn Wodka ist wirklich ein geistiges Getränk: es benebelt den Kopf nicht, sondern macht ihn klar, verscheucht die trüben Gedanken und hilft den müden Lebensgeistern auf – Nass troffche!« Er trank und schenkte sich dann aus der anderen Flasche nach: »Korn dagegen ist ein Getränk für den Körper, der Kopf wird endgültig dumm davon, duun sagt man bei uns im Norden; aber das fällt erstens nicht weiter auf und hilft zum anderen der Verdauung. Die Deutschen sind nämlich ein dumpfes Volk, das im Leben vor allem an Verstopfung leidet; deshalb hockt es meistens reglos da und hat schlechte Laune, wenn es aber mal hinten hochkommt, macht es dafür um so größere Scheiße... Prost!« Der Ausdruck seines schönen, geistvollen Gesichts schwankte gefährlich zwischen großer Verletzlichkeit und dem noch größeren Wunsch, zu verletzen, und so nippte Kostik vorsichtshalber höflich an seinem Wodka, ehe er rasch einen Schluck Wasser nachtrank. Dann aber, vielleicht, weil ich hinzugekommen war, was er im Gegensatz zum Dichter wahrgenommen hatte, ließ er sich doch zu lahmem Widerspruch hinreißen: »Aber Bach, lieber Freund! Beethoven! Und Goethe, Schiller! Das ist doch nicht alles dumpf!« – »Ach Gott, Schiller, Scheiße! Freude schöner Götterfunken im Luftschutzkeller, und der Bruder mit den Räubern im Tornister an die Ostfront! Nein, glaub mir, Gorbatschow hat zwei Riesendummheiten gemacht: euch den Wodka zu verbieten und uns die Wiedervereinigung zu erlauben – na, ihr werdet schon noch sehen, was ihr davon habt – Nass troffche!« – »Na sdorowje!« versuchte ich mit meinem Riesling das Bild ein wenig zu korrigieren, das Kostik da von uns gewinnen sollte, aber der schien ohnehin nicht sonderlich beeindruckt und lächelte auf eine Weise, die mir sehr russisch schien, weil sich leiser Spott und eine noch leisere Traurigkeit zu lauter Großherzigkeit vermischten: »Lechaim!« Und plötzlich, ich weiß selbst nicht, warum, fingen wir einfach an zu singen. Kostik hatte mehr für sich zwei, drei angenehmere Töne gesummt, ich hatte, noch bevor ich das Lied erkannte, sofort gespürt, daß mich sein Baß in einer Oktave Abstand sicher durch die schwierigsten Melodien tragen würde – und eingestimmt: »Sah ein Knab' ein Röslein steh'n« – seltsam, wie gegenwärtig mir der altertümliche Text noch von den Pioniernachmittagen war. Auch der Dichter schien erstaunt: mit offenem Mund stand er vor dem umgestoßenen Stuhl und ruderte hilflos mit den Armen, bis er endlich »Scheiße, wie seid ihr denn drauf – ich glaub, ich bin im falschen Film!« hervorstieß, rasch noch einen Korn kippte und sich dann rückwärts aus dem Staub machte – die Augen aufgerissen, als wäre ihm ein Untoter begegnet ... Wir aber saßen noch lange beisammen und sangen »Kleine weiße Friedenstaube« und »Der Mond ist aufgegangen« und was uns sonst noch alles einfiel. Bald kamen auch die Damen hinzu und sahen uns ganz verliebt an – fast wie verzaubert. Und als ich weit nach Mitternacht endlich im Bett lag und in den Sternenhimmel schaute, und in mir noch immer alles voller Klang war, und das Weltall eine einzige Musik, in die auch ich einstimmen durfte, in die meine Stimme ebensogut hineingehörte wie die unverwechselbare Note, der unendlich dünne Ton von irgendeinem andern Stern – da mußte ich plötzlich weinen, denn es war fast, als ob ich heimgefunden hätte ... So schlief ich ein.

4 Endlich erwacht das Schiff zum Leben. Die Maschine ist schon die ganze Zeit auf kleinsten Touren warmgelaufen, was auf dem Oberdeck zwar nicht zu hören, am Vibrieren des gewaltigen Schornsteins aber zu spüren war: Erik lehnt, das Gesicht in der Abendsonne, mit geschlossenen Augen dagegen. Der Anblick der dünnen Rauchfahne, dieses Signal des unmittelbar bevorstehenden Aufbruchs, hat ihn überhaupt erst zum Englandkai gelockt; als er dann im neuen gläsernen Fährterminal gestanden und auf das weiße Schiff davor geschaut hat, ist aus der spielerischen Überlegung, wie es wohl wäre, einfach mitzufahren, längst ein Wunsch, schließlich ein unwiderruflicher Entschluß geworden. So wie das Personal sich anstellen zu müssen glaubte, als er um eine Passage bat, konnte das Ablegen nur noch eine Frage von Minuten sein: aber nein, so gehe das nicht, man müsse wenigstens eine Woche im voraus buchen! Natürlich hat sich, sobald er die Kreditkarte aufs Counter knallte, im Computer doch noch eine letzte freie Kabine der teuersten Kategorie gefunden; das ist nun eine Stunde her... Jetzt aber läuft ein Beben durch den Rumpf: Erik zuckt zusammen, als hätte ihn jemand auf den Rücken geschlagen, dann schlendert er zum Heck des Schiffes, um dem Manöver zuzusehen: Ach was, den Möwen sieht er zu! So fesselnd ist es ja wieder nicht, wie nun ein einzelner Mann im Overall genügt, den Koloß loszumachen, in dessen Unterdecks inzwischen reihenweise Sattelschlepper, Reisebusse und Caravans verschwunden sind. Einmal zugepackt, und auch die letzte der armdicken Hanfschlingen rutscht übern Poller und klatscht, die dünne Wurfleine im Schlepptau, ins hochstehende Brackwasser. Aber der Blick! Diese nie versiegende Sensation, in See zu stechen: sobald die erste Bugwelle spüren läßt, daß man nicht länger auf festem Grund steht! Diesel, Salz, Schlick, Teer, Öl, Brat-

wurst, die in die Nase stechen wie von einem ununterbrochenen Fest des Abschieds! Vor allem aber dieser Blick: vom Fahrwasser des Hafens aus auf Kaimauern und Schwimmdocks, Löschbrücken und Containerfrachter, Tanker, Tanklager, Raffinerien, auf Kräne, Schuppen, Schlepper, Schuten, an Backbord die Hängebrücke über den Köhlbrand, an Steuerbord die Landungsbrücken, die paar Türmchen darüber stehen für die Stadt: Die Elbe, Hamburgs einziger Boulevard, auf den Erik noch jeden Besucher geführt hat, um die Stadt selbst hin und wieder einmal als die Metropole zu erleben, die sie nur vom Wasser aus, an Land aber nie im Leben ist. Jetzt drängen mehr und mehr Passagiere aus den Kabinen und Salons nach oben, ins Offene, und er beeilt sich, einen stillen Platz am Bug zu finden, steigt sogar etliche Decks ab, um möglichst weit nach vorn zu kommen.

Wie fremdenführergerecht nett und proper die vor Neumühlen vertäuten Wohnschiffe doch von der Seeseite aussehen: Asylbewerbersammelunterkunft... Morgens Punkt sechs mit einer Hundertschaft Polizei und einer Kohorte Staatsanwälte in enge Stahlgänge voll Gestank, Geschrei und Kaltlicht stürmen: Alles bleibt bis zur Durchsuchung auf den Zimmern, die Fenster sind zwecks Beweissicherung zu verschließen. Nein, auch wimmernde Kinder dürfen vorerst nicht aufs Klo! Kann der kurdische Übersetzer auch afghanisch? Wieso denn auf einmal albanisch? Muß dieser Hund wegen zehn Gramm Haschisch so viel bellen? Nein, Sie können jetzt nicht ins Bad; Entschuldigung, ich verstehe Sie doch sowieso nicht; ja doch, Sie können nachher mit ihrem Anwalt reden! Scheiße, der Kerl schluckt gerade irgendwas herunter, wir brauchen hier sofort einen Arzt; Obermeister, Sie begleiten den Herrn ins Krankenhaus und sorgen dafür, daß der Stuhl durchsucht wird! Warum läuft die Frau da im Gang auf und ab, gib doch endlich jemand dem Tier einen Maulkorb, achten Sie auch auf Hieb- und Stichwaffen, Kollegen, alles, was sich nicht zweifelsfrei einem einzelnen Verdächtigen zuordnen läßt, nützt uns vor Gericht sowieso nichts: Erik erinnert sich lebhaft an seinen ersten Ortstermin. Das Schlimmste waren die Blicke, diese grenzenlose Verachtung in den Augen der jungen Burschen, deren ganzer Stolz es ist, es irgendwie bis hierher geschafft zu haben: aus Nigeria oder Liberia, je nachdem, was bei den Behörden gerade besser ankommt, Papiere haben sie ja ohnehin nicht. Und dabei sind sie meist wohl wirklich kaum älter als jene magische dreizehn, die sie ausnahmslos angeben, wenn sie beim Heroinverkauf verhaftet werden. Natürlich hätte er zur Bestimmung des Lebensalters in manchen Fällen gern die Durchleuchtung der Handwurzel angeordnet, was wegen des gesundheitlichen Restrisikos aber ebenso verboten ist wie die Verabreichung von Brechmitteln, um an verschluckte Beweismittel zu kommen. Was er aber auf Dauer nicht ertragen hat, war weder, daß er sie immer wieder laufen lassen, noch was er den untersuchenden Beamten manchmal zumuten mußte; in ihrem Dezernat wühlte man täglich in der Scheiße, und der Kollege, den das nicht nur metaphorisch traf, bekam dafür Schmutzzulage. Was Erik am Ende mürbe gemacht hat, waren die Blicke dieser Jungs: die Art, wie sie gerade ihn ansahen – oder vielmehr durch ihn hindurch, als besäßen sie die Röntgenaugen, die er sich wünschte. Ihm ist dabei gewesen, als stünde sein brüchiges weißes Skelett restlos durchschaut und abgenagt vor ihnen, schlimmer, er begann, sich mit ihren Augen, also sich selber so zu sehen: was er gerade noch für sein Rückgrat gehalten hatte, nun als fleischlos verknöcherten Kalk. Zum Glück ist ihm keiner begegnet, als er vorhin von Blankenese her auf dem Elbuferweg an den halb verfallenen Speichern von Neumühlen vorüberkam. Auf dem Gelände mit den überwucherten Geleisen und brachliegenden Laderampen lagerten zwar hier und da Gruppen von Armseligen im Dreck, stets streng getrennt nach Hautfarbe und Herkunft, nicht selten auch nach dem Geschlecht, aber es war offenbar niemand mehr darunter, der sich hätte an ihn erinnern können. Die von Mal zu Mal anders fremd klingenden Gespräche jedenfalls sind in keiner Zunge feindselig verstummt, bloß weil er in die Nähe der dürren Feuer gekommen ist. Mag sein Herz auch gepocht haben dabei, er ist dort so unbeachtet hindurchgegangen, als gehörte er dazu. Und dann hat er auch schon die Rauchfahne der Englandfähre entdeckt, und jetzt – jetzt treibt das alles mit Volldampf an Steuerbord vorbei, ist schon vorüber, liegt querab. Am Ufer zieht sich statt dessen ein Streifen Strand hin, die Häuserzeile der Övelgönne, darüber der grüne Geesthang, die Villen und Parks der Elbchaussee.

Erik genießt den Anblick und die besänftigende Wirkung, die davon ausgeht. Mit dreizehn ist er nach Hamburg gekommen, die Ehe der Eltern zerbrochen, der Vater in die Heimat zurückgekehrt, die Mutter in Afrika geblieben. Er hat sich wohl mehr gegen ihren neuen Mann als für den Vater, folglich aber widerwillig für Deutschland entschieden; die ersten Jahre in Blankenese waren schwer. Damals hat er sich angewöhnt, hinunter zur Elbe zu gehen, wann immer er wütend war oder traurig; ängstlich, weil er mal wieder etwas verhauen hatte, ob nun eine Arbeit oder eins dieser Blankeneser Söhnchen; durcheinander, weil er selbst nicht wußte, was er war und was er hatte – ob nun Heimweh oder Fernweh. Der Blick aufs stetig davonfließende Wasser hat ihn noch jedesmal versöhnt, und auch heute, einen Tag später als erwartet zu Hause eingetroffen, mußte er erst einmal an den Fluß. Der Vorort lag im üblichen Sonnabendnachmittagskoma, der Marktplatz, die angrenzenden Einkaufsstraßen besenrein. Höchstens, daß sich vor der Kirche nach und nach der Damenchor zur Probe einfand, ein Skater seine Sprünge auf den Stufen zum verschlossenen Postamt übte, auf der Bank am Kriegerdenkmal ein Alter mit Schifferklavier seinen bis Ladenschluß zusammengeschnorrten Rausch ausschnarchte. Und doch erschien Erik alles anders, beinahe fremd, als wäre er nicht eine Woche, sondern ein Jahr lang fort gewesen. Wie herausgeputzt hier alles aussah! Er versucht sich vorzustellen, wie sich einer aus dem Osten vor den Schaufenstern der exklusiven Boutiquen fühlen muß: ausgeschlossen eben. Oder vielmehr fiel ihm plötzlich ein, wie er selbst sich hier zuerst empfunden hat: die gläsernen Jahre, als er noch wußte, klar, kalt, hart, daß er hier nie dazugehören würde. Weil er aus einer Welt kam, die verschlungen war wie ein Dschungel, wo Familie, Sippe und Gemeinde untrennbar ineinander übergingen, so daß jeder jeden nicht nur kannte, sondern sich auch um ihn kümmerte, jedes Kind also unter der Aufsicht von ein paar Dutzend Eltern stand. Wo der größtmögliche Freiraum die eigene Hälfte des Tennisplatzes war, während »Laß uns ein paar Bälle schlagen!« hier maximale Annäherung bedeutete. So lebte er in einer verkehrten Welt, zu deren Sinnbild ihm der Club im Hirschpark wurde: Ziegelaschenplätze im Grünen, wo er Rasenplätze im roten Staub gewöhnt war.

Nur, daß sich dann irgendwann statt einer Jane die Schulsprecherin seiner annahm, die er bis dahin wie alle andern für unerreichbar gehalten hatte. Und ihre Mutter begann auch noch sofort, ihn mit feineren Stricken als Lianen in ihre Freundesfamilie einzubinden: Schon war es aus gewesen mit dem Entschluß, ungeliebt durchs Leben zu stapfen ... Er ist zum Treppenviertel gekommen und die Stufen zum Strand hinab gehüpft wie das Kind, daß er dort nie war – gut, daß er Karins Rat befolgt (»Schmutzige Wäsche waschen kann hier jeder«) und keinen Koffer mitgenommen hat. Natürlich ist er auf dem Strandweg als erstes auf Heiner gestoßen, der noch immer ohne jeden Grund wie auf Knopfdruck so laut lacht, als gäbe es dafür Prozente, es aber inzwischen vom Verschrotter väterlicher Geburtstagskabrios zum Juniorchef in dessen Schiffsmaklerei gebracht hat, am Wochenende Fahrrad fährt und in dem aufstrebenden Juristen offenbar einen Klassenkameraden sieht, der zu begrüßen ist wie seinesgleichen: »Hi, Rick – na, wie stehen die Aktien – du machst ja steile Karriere, hört man!« Nichts wie ans Wasser und der auflaufenden Flut nachgehen... Sieh da, bei der alten Weide trifft man sich also noch immer: schon von weitem ist ihm der feine Hanfgeruch in die Nase gestochen – und er hätte im ersten Moment fast vergessen, daß er kein Gymnasiast mehr ist, sich nicht mehr einfach dazusetzen kann. Dabei blieb er damals meist für sich, auf Waldläufen rund um den Falkenstein, erfüllt vom Traum, einmal etwas Bedeutendes zu werden. Und heute ist er, Plädoyers in eigener Sache murmelnd, die er für alle Fälle geübt haben wollte, stur immer weiter geradeaus gelaufen. So ist er schließlich zur Övelgönne gelangt, nach Neumühlen, auf dieses Schiff. Und jetzt nähert sich das Schiff Blankenese.

Weil gerade alles oben steht und winkt, findet er unter Deck zum Glück sofort eine freie Fernsprechzelle. So schnell wie Ellen abhebt, muß sie neben dem Apparat gewartet haben: »Eric! Endlich... Ist etwas passiert?« Neinnein, alles in Ordnung... Sehen kann er zwar nur das im Gelblicht einer Funzel speckig glänzende Holzimitat der Zelle, aber er nimmt an, daß die Fähre in diesem Augenblick die weiße Sandnase passiert, die dem Fischerdorf den Namen gegeben hat. Sie klingt, als hätte sie sich ernstlich Sorgen gemacht; was ist er aber auch für ein dummer Junge, der nun auch noch stumm wird und verstockt. »Was heißt alles in Ordnung? Warum bist du dann nicht hier – du weißt doch, das wir heute abend Gäste haben! Wo steckst du überhaupt? Was rumort denn da im Hintergrund so komisch?« Nur die Maschine. »Na, die Maschine – guck mal aus dem Fenster. Ich fahre gerade an euch vorbei.« Er sieht sie vor sich, wie sie das Telefon greift und ans Fenster zerrt – gegen den Widerstand der Schnur, verdreht und zusammengeschnurrt von ihrer Angewohnheit, bei Gesprächen mit der Redaktion im Zimmer auf und ab zu tigern. Er hätte sie jetzt gern von hinten umarmt und auf den flaumigen Nacken geküßt. »Eric, was soll das??« Natürlich, sie hat ja längst auf schnurlos umgestellt... Er spürt förmlich den Ellbogen im Bauch: »Ist etwas mit deinem Vater?« Rettung. Es war, als hätte sie sich zwar aus der beschwichtigenden Umklammerung gelöst und zu ihm umgedreht, hielte nun aber seine Hände und sähe ihn eher forschend als wütend an. Nicht, daß ihm die allzu naheliegende Ausrede gefallen hätte, und sie ist ihm ja auch gar nicht eingefallen, aber wenn Ellen schon darauf besteht: »Na, du kennst ihn doch, er redet ja nicht über sich, aber gestern war er so aufgekratzt, daß ich ein komisches Gefühl dabei hatte...« Das ist nicht einmal gelogen – oder nur insofern, als sein Vater seit zwanzig Jahren mit einem gewissen grimmigen Vergnügen vor sich hin stirbt und Erik bloß wegen eines am Telefon sarkastisch vorgetragenen Hustenanfalls kaum nach London eilen würde. »Ja, aber wieso hast du das denn nicht erzählt – und warum fliegst du nicht, mit dem Schiff dauert das doch ewig!« Die Sache ist gewonnen – und Erik, kaum hat er Oberwasser, wird schon wieder übermütig: »Kannst du mich sehen – ich stehe ganz vorn auf dem Oberdeck und winke!« – »Was? Nee... weiß nicht, ist schon zu weit weg – seit wann hast du ein Handy?« – »Nur geliehen; also sei mir nicht böse und sag Louise, es tut mir leid wegen heut' abend!« Auch das ist wenigstens halb wahr: so sehr ihn das bessere Hamburg anödet, so peinlich ihm die Gönnermiene des Versicherungsdirektors gewesen wäre, den Louise becirct hat, einem jüdischen Nachwuchsvirtuosen frisch aus Rußland für den Anfang ein dessen Talent würdiges Instrument aus dem Besitz seiner Gesellschaft zu überlassen, so gern hätte er diesen Kostik spielen hören. Nur wäre er hinterher ja doch nur wieder mit Walter in der Küche abgestürzt; und ehe er allen das Wochenende verdirbt, ist es doch besser, er bleibt einstweilen für sich und nimmt das nächste Schiff zur Insel. »Wahrscheinlich Montag mit der ersten Maschine nach Berlin ... Ja, ich melde mich morgen ... Nein, du mußt dir keine Sorgen machen, Ellen ... Ich dich auch!« Am Ende geht alles glatt, aalglatt wie ein oft geübter Kuß, geht fast so reibungslos vonstatten, und ohne Anstoß zu erregen, wie ihr jenes rasche englische »Eric« über die Lippen kam, das sie seit jeher für die richtige Aussprache seines Namens hält. Er hängt ab und fühlt sich statt erleichtert leer. Erst als er aus der engen Kabine tritt, steigt in ihm, er bemerkt es beinahe freudig, oder gerührt wie ein stolzer Vater den Stimmwechsel des Sohnes, eine von früher her vertraute Traurigkeit auf, die ihm vor langer Zeit verlustig gegangen sein muß. Wann ist er zuletzt ein ganzes Wochenende lang allein gewesen? Tapfer unterdrückt er den Impuls, gleich wieder umzukehren, erneut abzuheben und blind zu wählen, als gäbe es unter Milliarden möglicher Nummern für ihn in Wirklichkeit keine Wahl: diesmal nicht, um Ellens Stimmung zu belauschen, sondern nur, um ihre Stimme noch einmal zu hören. Hat er insgeheim gehofft, sie werde die Beherrschung verlieren? Verlangen, daß er auf der Stelle zu ihr komme? Er wäre ohne zu zögern über Bord gesprungen ...

Als er sich nach oben geboxt hat, gegen den Strom der Mitreisenden, die nun wieder unter Deck, in den Verteilungskampf um die Fensterplätze in Bar und Restaurant stürzen, während ihm der Sinn nach frischer Luft steht, zieht mit den roten Lichtern am Schlot des Wedeler Kraftwerks gerade das letzte Kennzeichen der Stadt außer Sicht. Und auch der Frachter, dessen Bugwellen ihn noch auf der Treppe zwischen englischen Fernfahrern und skandinavischen Oberschülern hin und her geworfen haben, verschwindet gegen Osten rasch in der bereits heraufziehenden Dämmerung. Zudem wird der Strom allmählich breiter, so daß die zunächst gestochen scharfe Deichlinie am entlegeneren Ufer vor den Augen doppelt rasch verschwimmt, aufquillt zu einer grünen, bald schon graustichigen Schraffur. Jetzt steht Erik wieder da, wo er hingehört: ganz vorn und allein, den Blick fest auf das Ziel gerichtet – welches auch immer. Was liegt näher, als die übergroße, ihn kaum blendende Sonne? Voraussichtlich geht sie zwar bald unter, aber schließlich könnte sie in jedem einzelnen Augenblick ebensogut aufgehen ... Tatsächlich scheint sie sich, obwohl das Schiff jetzt hohe Fahrt macht, überhaupt nicht zu bewegen: es ist, als führe er, je näher er ihr kommt, immer tiefer hinein in einen Stillstand, in dem er jedes Zeitgefühl verliert. Unmöglich zu sagen, ob es nun eine oder drei Stunden lang durchs nicht gerade unberührt oder ausgestorben daliegende Flachland geht, das doch mit jeder Meile mehr aus Blick und Zeit gerät: vorüber an unbewohnten Sandbänken in der Strommitte und den Fähranlegern von Städtchen, die dem Fluß den Rücken zuzuwenden scheinen, an Leuchttürmen, Jachthäfen und Atomkraftwerken. Dann aber berührt die rote Scheibe plötzlich doch das kaum gewellte, fast still wie ein See liegende Wasser. Im selben Moment verliert sich nach dem fernen linken nun auch das nahe rechte Ufer endgültig im Zwielicht. Die Welt ist jetzt nur noch eine unabsehbare Fläche, ein Spiegel aus zähflüssigem Metall, vollkommen schön, weil bei Betreten tödlich; und er fährt so entrückt darauf hinaus, als ließe er hinter sich sein Leben ... Neben ihm stöhnt jemand leise auf. »That's really a bit too thick, isn't it?«

Der Typ, der die Inszenierung der großen Naturoper da bemäkeln zu müssen glaubt, scheint selbst eher im Vorstadt-Varieté daheim zu sein – und zwar um so lieber, als er wohl weiß, daß es derlei längst nicht mehr gibt. Ein blasser Fünfkäsehoch von einem Mann, noch dünner gemacht von den breiten Längsstreifen des Jacketts: Erik glaubt im Halbdunkel Himmelblau und Orange auszumachen, kennt aber den Code nicht, der diese Farben mit dem Namen einer Public-School verbindet. Die Krawatte in den gleichen Tönen quergestreift, dazu Flanellhosen und Strohhut: alles in allem ein korrekter Aufzug für den Eliteschüler, der er vor einem Jahrzehnt gewesen sein mag. Natürlich spricht er den zu dieser Old-Boy-Tracht passenden Slang der alten Oberschicht, jenes La-di-da, das sich auch Erik in Afrika noch rasch aneignete, in jenen ersten zwei Oberschuljahren auf dem Internat, mit der altersgemäßen Begeisterung für Rülps- und Würggeräusche. Wie ein für alle Demütigungen entschädigendes Adelsprädikat hat er es noch durchs Blankeneser Gymnasium getragen – nur, um während der Gastsemester in Oxford zu lernen, daß dieser großkotzige Tonfall in Frau Thatchers Britain eher ein Karrierehemmnis darstellt. So gesehen, ist der Kauz ja schon wieder fast sympathisch. Trotzdem schätzt Erik es nicht sehr, von Fremden wie selbstverständlich auf englisch angesprochen zu werden. Also bescheidet er ihm auf deutsch: »Die Natur kann gar nicht kitschig sein. Unser Geschmack, wenn wir denn welchen haben, leitet sich ja am Ende immer aus der Natur ab – ob nun unmittelbar oder vermittelt durch die Kunst. Also ist im Grunde jedes Naturphänomen schön und jede Kritik daran vermessen!« Statt abzuschwirren lacht der komische Vogel auf: »Very well! Goethe oder Hegel?« – »Sie sprechen unsere Sprache?« – »Leider bei weitem nicht so gut, wie ich gern wollte. Sie haben so hübsche Wörter, aber oft verstehe ich sie nicht ganz ... Was zum Beispiel bedeutet genau ›erhaben‹?« Will der Kerl ihn verarschen? Sein Deutsch ist für einen Briten staunenswert mühelos und fast akzentfrei – etwas gestelzt vielleicht, aber bestimmt nicht ungebildet. Andererseits: was spricht dagegen, vor einem solchen Sonnenuntergang, der, so nördlich langsam er auch begonnen hat, inzwischen doch ziemlich rasch vorangeht, einem offenbar nicht zu unterschätzenden Exzentriker noch schnell das Erhabene zu verdeutschen? Daß es allein vom Betrachter abhängt, ob er darin nur das über ihn Erhobene, ihn zu Boden Drückende, oder auch das Erhebende, nach oben Mitreißende sehen kann und will. »Ja, ja, so viel habe ich verstanden – aber was bedeutet das bei Rosen?« – »Bitte?« – »Rosen! – Was muß ich mir unter ›erhabenen Rosen‹ vorstellen?« Die Dämmerung wird zur Finsternis, und Erik rückt, um nicht ins Dunkelblaue hinein zu sprechen, dichter an seinen Reisegefährten heran; aus der Nähe bemerkt er, daß dessen Schulzeit doch eher zwanzig Jahre zurückliegt. »Erhabene Rosen? Sagt mir nichts ... Klingt aber wie Schwulst aus dem letzten Jahrhundert.« – »Wenn, dann vorletztes – anhand der Punzen in den Klingen kann man die Messer in die Mitte des achtzehnten datieren!« – »Welche Messer??« Erik spürt plötzlich, daß er hungrig ist, und wird des Geredes langsam überdrüssig. »Oh, Verzeihung, ich sollte wohl erklären, daß ich frühe Porzellanbestecke sammle; nun, und gestern habe ich in einem Auktionskatalog ein paar Meißner Messer gesehen, die mich interessierten; nur muß ich leider schon zurück und konnte nicht gleich nach München fahren. Von diesen Messern heißt es, ihre Porzellangriffe trügen erhabene Rosen. Seltsam, nicht?« Erik verliert den Boden unter den Füßen, glaubt einen Sekundenbruchteil lang abzuheben und zu schweben, fast, als sinke er in Ohnmacht – und wundert sich dabei, weshalb: schließlich ist er es gewohnt, tagsüber so gut wie nichts zu essen. Aber es war nur der Anprall der Weserströmung, die hier draußen, in der Blauen Balje, auch bei Flaute für etwas Dünung sorgt. Schon hat er sich gefangen; mit einem knappen »In diesem Fall handelt es sich wohl um ein Hochrelief – wünsche angenehm zu ruhen!« bricht er die Unterredung ab, macht eine ebenso spöttische wie überflüssige Verbeugung ins nun tiefe Schwarz hinein und sucht die Cafeteria auf. Beim Anblick des stumpf glänzenden Edelstahlbestecks auf dem verschrammten Selbstbedienungstablett muß er unwillkürlich grinsen; dann fällt ihm Louises Staatssilber ein, das er früher vor großen Abenden so gern für sie geputzt hat, und er spürt einen feinen Stich; spätestens beim Lachssteak mit Zuckererbsen aber hat er auch das vergessen. Er trinkt den Bocksbeutel rasch aus und geht bald ins sogar ihm nicht zu kurze Bett in der Komfortkabine, wo er unverzüglich einschläft. Nur einmal muß er in der Nacht kurz raus: Offenbar halten die Klassenfahrer ihre Fete ausgerechnet im Gang vor seiner Tür ab. Obwohl er sein »Wäre es Ihnen vielleicht möglich …« im feinsten Oxfordsingsang vorbringt, scheint keines der angeheiterten Kids ihn zu verstehen; auf die Frage, wo sie herkämen, lacht ihm der Lustigste, ein hübscher Lockenkopf, bloß etwas wie »Skannl!« ins Gesicht und hält ihm die Flasche aus dem Duty-free-Shop hin. Erst als er sich etwas eingehört hat, geht ihm auf, daß sie mitnichten aus ›Skandia‹ kommen, vielleicht aus der schwedischen Provinz Skonen, sondern aus Schottland; daß sie also in der Sprache seiner Mutter kreischen, kichern, grölen. Seltsamerweise ist es ihm da ein doppeltes Vergnügen, seinen Brustkorb zum vollen Umfang aufzupumpen und so laut »Ist jetzt bald Ruhe in diesem Saustall!« zu donnern, daß auch der letzte Mitreisende aus dem Schlaf schrecken muß. Mit artigen »Jawolls!« und Hitlergrüßen steht der Haufen vor ihm stramm und verzieht sich in freundlichere Gefilde. Erik schläft sofort wieder ein und wüßte am nächsten Morgen kaum mehr zu sagen, ob er den Zwischenfall wirklich geträumt hat oder bloß erlebt.

Als er wachgerüttelt und vom Schaffner (»Terminal, Sir!«) ebenso freundlich wie bestimmt auf den Bahnsteig ins muffige Halbdunkel einer Bahnhofshalle geschoben wird, ist ihm einigermaßen unklar, wie er dort hingekommen ist. Unschlüssig steht er zwischen Pennern und Passanten in der Liverpool Street Station herum; wenn ihm nicht kalt geworden wäre, stünde er vielleicht noch immer da, so aber rettet er sich in ein Taxi und, weil ihm gerade nichts Besseres einfällt, zum Frühstückstee mit Scones, Jam und Clotted Cream bei Fortnum's. Schließlich ist Sonntag, rasch geht es durch freie Citystraßen, Fleet Street und Strand zum Piccadilly Circus, in der Rush-hour mindestens eine Stunde, heute keine fünf Minuten; und auch in seinem altenglischen Lieblings-Tearoom in der Jermyn Street ist er mit der schläfrigen jungen Bedienung fast allein. Hier, wo Licht und Laute noch immer nur so gedämpft vorkommen wie Heilbutt mit heimischen Gartenerbsen (die Karte mit dem Gericht des Tages steckt zwischen Salz und Pfeffer, wovon in der Küche keinesfalls Gebrauch gemacht würde ...), also im ebenso gediegenen wie faden Dämmer von Fortnum's geht ihm auf, was er überhaupt in London sucht: Schonkost. Sich eine Zeitlang allen äußeren Reizen entziehen, um zu sich zu kommen. Und wirklich beginnt sich das letzthin in ihm Aufgestöberte langsam abzusetzen. Natürlich hat er sich in den Schlamassel selbst hineingebracht: wenn er freitags nach Dienstschluß nicht loskam, dann ja nicht, weil es keinen Zug nach Hamburg mehr gegeben hätte; irgendwann wäre er schon hingekommen, zur Not auf dem Umweg über Berlin. Als ihn aber Karin im Hotel mit »Und jetzt – nichts wie heim zu Muttern, oder was?« empfing, hat er schlechterdings nicht aufs Zimmer gehen, seine Sachen holen und ihr ein schönes Wochenende wünschen können. Nicht, daß es ihn nicht nach Hamburg gezogen hätte: Vielmehr wäre er desto lieber gefahren, je ungeduldiger er sich erwartet wußte – und je länger er einstweilen trotzdem blieb. Bin ich feige? fragte er sich, während er die Küche für sie fegte – aber hätte er sich dann nicht erst recht aus dem Staub gemacht? War es also der dumme Stolz? Der Versicherungsheini, dem er den Koffer zum Auto schleppte, sagte nicht einmal Danke. Oder war, er trug nur noch rasch den Abfall für sie raus, sein größter Antrieb nicht seit jeher die ganz im Moment aufgehende Trägheit: jenes auch von absehbar unangenehmsten Folgen nicht zu beeindruckende Nichtstun, oder vielmehr Alles-laufen-Lassen? Hat es ihm denn wenigstens mehr Freude bereitet, mit Karin zur neuen Hyperkaufhalle auf der grünen Wiese zu fahren, als mit Ellen zum Blankeneser Biomarkt zu spazieren? Ist ihm nicht beides gleich lieb, gleich recht gewesen – wenn er ehrlich mit sich war, gleichgültig? Wenn er sich schuldig fühlt, dann deshalb: Nicht, weil sich in Zukunft jede von ihnen um den Teil seiner Zeit und Kraft betrogen fühlen dürfte, den er der jeweils andern schenkt, sondern weil ihm dieser sogenannte Betrug, eher schon ein allzu lässiges Betragen, selbst nicht mehr zu bedeuten scheint als die Frage, welche Wurst es nächste Woche zum Abendessen geben soll. »Nimm, was Du auch sonst nehmen würdest, Sweetheart« – er hätte vor Scham zu Zungensülze erstarren wollen, denn natürlich nennt er Ellen so ... Karin hat es nicht bemerken können, ihn aber ekelte der Nachgeschmack: wenn es wenigstens bitter gewesen wäre, Blut; aber da war nur lappig-faule Süße. Ja, wenn er ein Verbrechen begangen hätte ... Was er tat, war doch einfach nur Ausdruck des ganz gewöhnlichen schlechten Geschmacks: nicht verbotener und gewiß nicht seltener als die Stretchleggins und überm Bauch spannenden Unterhemden des befreiten Volks, das mit ihnen vor drei Dutzend Kassen anstand. Karin schienen bei all dem nur diese harmlosen Landsleute peinlich: »Unmöglich! Früher wäre man nicht so rumgelaufen!« Und dann entwand sie sich dem Arm, den er ganz unanzüglich um ihre Taille gelegt hatte: mit einem Ausdruck, als übersetzten sich die Blicke der Umstehenden in ein nur ihm nicht hörbares Getuschel. »Vielleicht fährst du doch besser nach Hause!«

Erik fährt zusammen wie von einem Hieb, springt auf, wischt an der verdutzten Kellnerin vorbei durch die Drehtür, stürmt die enge Straße hinunter. Allerspätestens in jenem Augenblick hätte er sich losreißen und abhauen müssen: unbesorgt darum, irgendeinen Anschluß zu verpassen, bereit, notfalls am Bahnhof Zoo zu übernachten ... Retten mußt du dich, nicht schonen! – fast kostet die neue Maxime ihn das Leben, denn trotz der unmißverständlichen Anweisung auf dem Asphalt hat er vorm Überqueren von Piccadilly nach links geschaut; wie sehr sich London von Berlin unterscheidet, wird ihm erst wieder bewußt, als er den Kopf zum Bremsenquietschen dreht: nicht zornrot, weil er schließlich im Recht ist, starrt ihn der Fahrer des Doppelstockbusses an, sondern ganz gelb vor Schrecken. Linkisch-schuldbewußt hebt Erik die Hände, als wollte er »Sorry – and Thanks!« signalisieren – und mit dieser gelinden Untertreibung zugleich zeigen, daß er mit den hiesigen Regeln durchaus vertraut ist. Dann hastet er wie irgendein beschämter Tourist weiter, nur weg von der Straße, durchs nächstbeste Tor, in die Royal Academy. Die weiten, nicht allzu hellen Säle, in denen überschaubar viele Menschen gemessen umhergehen und, sofern sie nicht ohnehin allein sind, höchstens mit verhaltenen Stimmen sprechen, haben die erhoffte Wirkung auf ihn; die Kunst geht spurlos an ihm vorüber. Er hat es immer geliebt, Louise in Museen und Galerien zu begleiten und erkennt dank dieser Besuche auch vieles wieder, was er nun hier sieht; nur scheint es ihm heute, ohne sie, allein, nichts mehr zu sagen. Irgendwelches Gerümpel steht da herum, riesige Fotos hängen an den Wänden, dazwischen glotzen klobige Monitore. Er steht und hängt zwar genauso unmotiviert herum, glotzt auch brav zurück, aber er versteht nichts; oder es gelingt ihm nicht, an das, was er sieht, zu glauben; je länger er hinsieht, desto weniger scheint er es auch nur wahrzunehmen. Alles fließt flimmernd ineinander, ihm schwindelt, er schließt die Augen. Schön. Wie schön doch alles in dem Moment wird, da man nichts mehr sieht ... Er stößt gegen etwas Weiches: eine der altmodischen Ruheinseln schwebt ihm vor, wie er sie in anderen Museen sah, kühle, glatte, wohlriechende Lederpolster in der Raummitte – und er läßt sich fallen, blind. Fiebriger Schweiß ist ihm ausgebrochen, der Kragen schon ganz kalt vor Nässe; er findet kein Taschentuch und wischt sich die Stirn mit dem Ärmel. Nein, er hat keine Lust gehabt, die Klosterruine zu besichtigen, von der Karin schon unter der Woche gesprochen hatte. »Laß uns lieber an den See fahren!« sagte er vor dem neuen Einkaufsparadies, auf dem grauen Kundenparkplatz, in ihrem roten Polo, wo er »Fahr mich bitte zum Bahnhof!« hätte sagen sollen. Nicht lange, und sie lagen da, am Wasser, auf einem Bett aus Kiefernnadeln, ohne sich auszuziehen oder einander zu berühren. Erst stichelte sie noch sanft, »Ich hab' doch gesagt, daß es zum Baden noch zu kalt ist!«, bald aber hat sie spitz bekommen, daß ihm weder nach Baden noch nach Reden war; auch nicht nach Knüffen in die Seite oder danach, an der Nase gekitzelt zu werden mit einer der stahlweichen Federn ihres Betts. Nein, er war nicht »down« – mußte sie ihm beweisen, daß sie schon westdeutsch plappern konnte? Für »niedergeschlagen« gab es doch bestimmt gleich mehrere russische Wörter ... Erik war müde am Freitagabend: vom Schwung, der Spannung seiner Woche plötzlich vollkommen erschöpft; plötzlich wie vollgepumpt mit Blei: erschossen. Das letzte, was er gewollt hatte, war ein Gespräch. Nichts, als in Ruhe diese Waldluft atmen, in die sich dumpfe Wassertöne mischten; einen Kiefernhalm zwischen den Zähnen wie ein Grasblatt dem Plätschern der Bleßhühner am Ufer lauschen; mit geschlossenen Augen in den Himmel schauen. Ein leiser Wind kam auf, strich ihm übers Haar, die Wangen ... Schwarz ... Als er wieder aufwachte, hatte sich eine klare Nacht erhoben: hell stand der Mond über Wald und Wasser. Er zitterte vor Kälte – und nahm an, daß dies Zittern ihn wachgerüttelt habe, bis er eine sanfte Stimme neben sich vernahm: »Komm – du holst dir ja den Tod!« Ohne weitere Worte fuhren sie ins Hotel. Karin hatte auch so verstanden: Heute Nacht möchte ich auf dem eigenen Zimmer schlafen. Und morgen in aller Frühe Bahnhof. Ob sie ihm das Leben gerettet hat? Mein Gott, bloß weil ihm ein bißchen Schweiß von der Stirn tropft! Erik erhebt sich von dem ausgestopften Nilpferd, auf dessen Rücken er geruht hat wie ein Großwildjäger, lächelt die auf ihn einredenden, an ihm herumzupfenden Wärter wie ein ihrer Sprache Unkundiger an und verläßt die königliche Akademie – entschlossen, sich nicht länger als Idiot aufzuführen.

Chili! Einer vagen Erinnerung folgend, springt er auf den Bus nach Chelsea. Stockfisch vom Indischen Ozean, diverse Trockenfrüchte und bitter schmeckende Wurzeln, die in Europa nicht aufzutreiben sind, vor allem aber, im Verhältnis eins zu eins zu allen anderen Zutaten, Chili: ab in den Mixer und mit nicht zuviel Limettensaft und Öl zu einer zähen Paste kneten – fertig ist die Pepper Sauce. Wie oft hat er als Junge der Mutter bei der Bereitung zugesehen: keine Küchenarbeit, vielmehr ein monatlich wiederkehrendes

Ritual, das keineswegs den Mädchen überlassen werden konnte. Pepper Sauce zubereiten hieß, Herrin des Hauses zu sein: und als solche, auch wenn sie sich neben der Kanzlei und ihren verschiedenen Geschäften unmöglich auch noch um die Küche kümmern konnte, jedem Abendessen der Familie doch ihren unverwechselbaren Geschmack zu geben. Ob es Grillhühnchen gab oder Zicklein mit roten Bananen, Lammkoteletts oder Steaks vom blauen Tiefsee-Marlin: immer stand das Teufelszeug auf dem Tisch. In jenem graulasierten Steinzeugnapf, worin man ihr einmal auf Sylt Matjes nach Hausfrauenart serviert hatte, und den seither jeder Besuch aus Deutschland durch ein Exemplar ersetzen mußte, das von den Mädchen noch nicht abgestoßen war ... An Wellingtons Triumphbogen und, linkerhand versteckt im Park, Buckingham Palace vorbei, biegt der Bus in die Brompton Road ein. Pepper Sauce paßte zu allem – außer zu sauren Bratheringen, die einzulegen Ma von der Holsteiner Schwiegermutter gelernt hatte. Sonntagmittags, wenn sie von der Kirche längst zurück, ihr Gatte aber, nach einem feucht-zähen Abend mit um Entwicklungsprojekte pokernden Lokalpolitikern, noch immer nicht aus dem Bett gekommen war, holte sie die Geheimwaffe aus dem Kühlschrank: Das Gesicht lustig verzogen, trug sie den Teller mit ausgestreckten Armen durch den Yard, vorbei am quengeligen Sohn, dem der Vater eine Partie Tennis versprochen hatte: »Let's just hope it is sour enough!« Harrod's, beflaggt wie ein Parlament zum Staatsbesuch. Ließ sich mit einer Überdosis Essig ein Kater auskurieren, war ihre Pepper-Sauce ein Allheilmittel gegen jedwede Krankheit – bis auf die Malariaschübe des Vaters, bei denen nur Whiskey half. Bei aufkommenden Erkältungen jedoch, der gemeinen Tropengrippe, hat sie noch jedesmal gewirkt – auch bei seiner letzten Visite. Unauffällig befühlt er sich die Stirn: das Fieber scheint vorerst verflogen. Schon befindet er sich in der

Fulham Road, links zieht das Royal Marsden Hospital, rechts das Brompton Hospital vorüber, an der Ecke Old Church Street steigt er aus. Irgendwo hier ist es gewesen.

Selbst in London, wo Turbane zum Straßenbild gehören wie Melonen, ist es nicht einfach, gut indisch zu essen. Erik denkt ja nicht an den Schlangenfraß, den es im East-End an jeder Ecke gibt – etwa in den Gegenden hinter jenem Bahnhof, an dem er vorhin angekommen ist. Der Vater, froh, »aus dem Tor zur Welt noch einmal rauskommen« und sich in eine neue Fremde versetzen lassen zu können, nachdem der Sohn aus- und mit »dieser höheren Tochter« zusammengezogen war, hat ihn seither bei jedem Besuch in dieses London geführt. Das Treiben in jenen unratigen Straßen, Hochglanz-Reiseführer hätten es wohl als »bunt« verkauft, dieses trostlose Nebeneinander von armseligen Geschäften, ins Leere gehenden Gesten und den blicklos aneinander vorbeihastenden Gestalten der Gestrandeten, von allen Mundarten des Verstummens, jeder Imbißstand ein Souvenir-Shop für außer Kraft gesetzte Traditionen und um so virilere Krankheitskeime: Den Vater schien es mitzureißen, ja, zu trösten. Es war, als ersetzte ihm ausgerechnet diese graue Hölle, dieser Dschungel ohne Kolibris und Orchideen, die Exotik eines in der Wirklichkeit gescheiterten Traums von Afrika. »Ist das nicht toll!« pflegte er auszurufen, und Erik hätte jedesmal fragen mögen: was? Die Gemüseläden, die rund um die Uhr geöffnet bleiben, weil ja die Großfamilie mithilft? Die Privatschulen auf jeder zweiten Etage – ob nun für Koran oder Karate? Der Laden mit den superbilligen, von flinken Kinderhänden genähten Jeans? Die coolen minderjährigen Dealer? Die zahnlos lallenden Alten mit den Büchsen in der Hand? Die Mädchen, die ihre Haut so frei zu Markte tragen? Die Mädchen, die nur verschleiert auf die Straße dürfen? Die Kahlköpfe, die am hellen Tag tatsächlich nichts Besseres zu tun haben, als ihnen hinterherzupöbeln? Der Afro-Friseur, »Schnell und billig!« – während die Mutter nie mehr Zeit für ihren Eric hatte als während jener Stunden am Samstagnachmittag, da ihre Frisur aus zahllosen Zöpfen erneuert wurde? Und wo man die Rasierklinge im Hinterzimmer im Zweifel ebenso schnell und billig auch an kleine Mädchen legt? Weil er ja wußte, wie leicht der Vater aufbrauste, wenn es an die heilige Toleranz ging, bestätigte er ihm stets lieber »Toll!« – erinnernd, was das Wort bei seinen geliebten Klassikern bedeutet hätte. »Klasse. Aber das kannst du in Hamburg genauso haben, in Sankt Georg oder Wilhelmsburg!« Dann guckte der Vater ihn böse an und verfügte: »Das ist etwas anderes – prinzipiell!«, ohne ihm diese obskure Kategorie dann aber auszudeutschen: »Also was jetzt, burmesisch, karibisch, indisch?« Und Erik dachte jedesmal »Alles gern, wenn nur der Koch zu Hause Koch war und nicht Schuster ...« Natürlich muß es billige Viertel für neue Einwanderer geben, und natürlich kann sich nicht jeder ein so gutes Restaurant leisten wie jenes »Raj«, das er im Moment nicht wiederfinden kann. Vielleicht doch in der parallel laufenden Kings Road? Schon schreitet er durch die Old Church Street mit ihren stolzen, strahlend weißen georgianischen Fassaden. Zur Erheiterung des Söhnchens Bratheringe in Pepper-Sauce zu stippen war just das: ein familiärer Spaß. Aber es mußte Erik kränken, dessen Magen nun einmal weniger robust ist, wenn ausgerechnet sein Erzeuger kritiklos mitschunkelte beim Multikulti. Dieser Folklore, die mit der eigenen auch jede andere Hochkultur verrät; und die letztlich nur das Umkehrbild eines barbarischen Kolonialistendünkels ist. Jetzt durchwallt ihn doch wieder Hitze – aber da ist ja die gesuchte Treppe in das Kellerrestaurant, also doch an der Ecke Kings Road. Chili! Ingwer, Piment, Kardamom, Kreuzkümmel, Koriander, Chili!

Seine Wohnung hat der Vater wohlverstanden in einer besseren Gegend genommen, in der Edgeware Road, gleich am Hyde Park. Park West ist ein Apartmenthaus mit lüstergeschmückter Marmorhalle und livrierten Pförtnern, wie man es eher in Manhattan als in London vermuten würde: Keine Adresse für Leute, die eine feine Adresse brauchen, sondern ein bequemes Versteck für jene, die erreicht haben, was zu erreichen war, und nun unerkannt in der Mitte des Geschehens leben wollen. »Ein Haus für Junggesellen«, denkt Erik auch heute wieder, als er den Cabbie entlohnt hat und an dem wuchtigen Art-déco-Komplex hochsieht. Der diensthabende Concierge, der bestimmt kaum jemals Kinder aus seiner Lobby verscheuchen kann, scheint ihn von einem früheren Besuch zu kennen. Jedenfalls wiederholt er »The son of Mr. Stonesduff!« so, als begrüßte er einen alten Freund – nur um, während er ihn überflüssigerweise zum Aufzug bringt, rasch »But obviously, Sir!« hinzuzufügen. Wobei er das »offensichtlich« und den »Sir« auf eine Weise betont, daß Erik ihm dafür noch vor nicht allzu langer Zeit die wohl vom Liften zum Dauerlächeln gefrorene Visage poliert hätte. Heute dagegen, in der Sekunde bevor Erik ihn vergißt, streift ihn fast Mitleid, als er den grau und glatt nachwachsenden Scheitel der braunen Dauerkrause hinter dem Scherengitter wegsacken sieht... »Meine Fresse, er ist's tatsächlich – na, dann komm halt rein, Alter!« Dad sieht aber gut aus, denkt Erik, viel besser als beim letzten Mal, nicht mehr so aufgedunsen. Sie klopfen einander auf den Rücken, wobei Erik, einen Kopf größer, das meiste auf die Nieren kriegt. »Alter« nennt ihn der Alte seit der Zeit ihrer »Männerwirtschaft« in Hamburg, als er plötzlich nicht mehr Dad zum Dad sagen sollte, sondern Ulli, und selbst plötzlich auch anders hieß – eben Alter. »Bitte, überzeug dich selbst, daß ich noch nicht abgekratzt bin – deine Komtesse vermutete mich ja offenbar schon in der Grube...« Daß Ellen bei

Dad anrufen werde – sie nennt ihn Dad, wie sie Erik Eric nennt, basta –, daß also Ellen, von Eriks Beschwichtigungen alarmiert, Dad in Aufregung versetzen werde, stand zu befürchten. So wie er sich nun aber aufführt, in diesem forcierten Frohsinn, fängt Erik bald wirklich an, sich ernstere Sorgen um ihn zu machen. Um so mehr, als sein Appartement ebenso gespenstisch aufgeräumt ist wie er selber – der heute obendrein statt der ewigen Schlabberjeans oder Khakis einen Anzug samt Krawatte trägt: Seide, nicht das öde Teil für irgendwelche Bonner Pflichttermine, sondern etwas richtig Schickes, das er sich unmöglich selbst ausgesucht haben kann. »Hast du schon gegessen? Gut.« Erik hat schon gegessen, wenn auch schlechter als erwartet, weil auch im Raj der Erfolg der Feind der Qualität ist; fettig, wie ihm das Hammelcurry aufstößt, hätte er nichts dagegen gehabt, auf das Mindeste an Gastfreundschaft »Aber einen Tee trinkst du doch mit?« – »Aber bitte mit Schuß!« zu sagen. Als aber statt dessen auf sein Kopfnicken nur dieses knappe »Gut!« kommt, gefolgt von einem Blick zur Uhr, der diesmal keineswegs als windiges Alibi dient à la »Für Whiskey ist es ja wohl noch zu früh – ach, scheiß drauf!« – kapiert er endlich, daß er ungelegen kommt. »Na, da ich sehe, daß du einstweilen noch sehr unter den Lebenden weilst, würde ich gern mal wieder ein bißchen Stadt sehen – in der Royal Academy soll es ja eine tolle Show geben, und dann wollte ich längst das neue Stück von diesem Dings sehen, sag schon, Dingsbums – würde dich doch nicht stören, wenn ich erst spät zurückkomme?« Der Vater ist so erleichtert, daß er ihm zum ersten Mal länger in die Augen sieht, richtig liebevoll. Natürlich muß er gleich wieder lustig werden: »Ach, jetzt verstehe ich!« grinst er, »kleiner Heimaturlaub von der Einheitsfront, was? Komm, wann du willst, ich werd' unten anrufen, daß man dir einen Schlüssel gibt, und mit dem Klappding da kennst du dich ja aus.« Gemeint ist das Sofa unter Erik – und, im weiteren Sinne: Beweg deinen Hintern, Alter, die Kleine kann jeden Moment antanzen, und ich bin nicht besonders scharf darauf, ihr einen erwachsenen Sohn vorzustellen! Keine Viertelstunde nach ihrer ersten Begegnung händigt ihm ein merklich zurückhaltenderer Pförtner den Ersatzschlüssel aus, kann Erik aufatmen im noch frühen, frischen Frühlingsnachmittag.

Erst einmal will er daheim anrufen: Sein Verhalten, ein Skandal nur, weil es rätselhaft bleibt, nur durch das Verweigern irgendeiner befriedigenden Erklärung, muß Ellen unsicher genug gemacht haben. Ohne Hast spaziert er auf den marmornen Triumphbogen zu, der den Eingang zum Hyde Park markiert. Ellen kann nichts Dunkles, nichts Unaufgeklärtes ertragen: Nachts läßt sie das Licht im Badezimmer brennen, tagsüber fragt sie, bis sie auf alles eine befriedigende Antwort erhalten hat. Wobei sie seltsamerweise nur befriedigt, was sie logisch nachvollziehen kann – also viel eher Wahrscheinliches als Wahres. An Speakers Corner verkünden die üblichen Spinner von ihren Klappstuhlkanzeln herab den sich brav amüsierenden Touristen den Weltuntergang; und auch Erik hört ein wenig zu. Im Zweifel möchte Ellen genau deshalb eine gefürchtete Journalistin sein, weil sie ein furchtsames Kind geblieben ist. Er dagegen, sie schimpft ihn oft träge, wo er sich getragen weiß und vertraut, wartet im Dunkel einfach die Dämmerung ab: jenen Moment, da alles von alleine, ohne eigenes Zutun hell wird – ob beim Aktenstudium im Büro oder beim Zelten in der Kalahari. Der Zusammenhang von genmanipuliertem Futtergetreide und Homosexualität bleibt ihm an diesem englischen Vorfrühlingstag indes unklar, er zuckt die Achseln und schlendert weiter, in den mäßig belebten Park hinein. Ellen sieht in ihm doch vermutlich nur die Leuchte, den starken und zuverlässigen Scheinwerfer: denn an jenes

Licht, dessen blasse Spiegelung sein bißchen besonnener Menschenverstand in Wahrheit ist, glaubt sie ja nicht. Dagegen spürt er vor allem ihre Wärme. Diese nie versiegende Besorgtheit, die er zum Leben braucht wie die Sonne, meist ohne sich dabei klarzumachen, was das heißt: ein Kraftwerk zu sein, das sich nach und nach selber verzehrt ... Eine Telefonzelle steht natürlich weit und breit nicht auf dem Rasen. Hinter den Bäumen da glitzert Wasser: Noch ein paar Schritte, und er steht am Serpentine-See, der wohl so heißt, weil er sich, grün-bläulich schimmernd, ziemlich geräuschlos durchs Gras schlängelt – giftiger als die Alster aber dürfte auch sein Wasser nicht sein. Jetzt brandet allerdings Geschrei von einem Rudel Segelschuljollen ans Ufer; er geht ins Bootshaus, erhält dort, wo man Fremde mit seltsamen Sitten gewohnt ist, ohne Stirnrunzeln halb und half Ale and Lemonade, setzt sich mit dem Gemisch abseits unter einer ins Wasser hängenden Weide hin. Schuhe und Socken zieht er aus, mehr jedoch nicht: schließlich halten die Paare, liebes England!, auf den Wiesen höchstens Händchen, er ist erkältet, und die guten Hosen haben bereits jenen umnachteten Abend am Tollensesee hinter sich. Dankbar atmet er das Gemisch aus Chlorophyll und Schwefelsmog ein und schließt die Augen. Wie traut und heimelig ihm dieses Land doch ist, das ihn überhaupt nichts angeht; als ob die Handvoll Besuche bei seinem Vater, die zwei Semester Büffelei in Oxford ihn hier hätten verwurzeln können. Ihm fällt ja nicht einmal ein einziger Kommilitone ein, den er besuchen könnte, wenn ihm denn danach wäre. Aber natürlich, er hält die Augen fest geschlossen, es ist nicht das Land: es ist die Sprache. Was ihn hier herzieht, ist Mutters Sprache, sind die englischen Klänge der Kindheit.

»Why don't you stay here, honey, hm ...?« So sanft spricht sie nur, so eindringlich und verführerisch, wenn sie genau weiß, daß sie kein stichhaltiges Argument hat und deshalb übers Gefühl gewinnen muß – wobei er sich bei diesem erprobten Verfahren weniger wie ein Geschworener oder Richter, denn wie ein Angeklagter vorkommt ... »I mean, here is where you grew up, here are your roots, and here is where you have a future. You know I could make you a partner in the firm tomorrow!« Das wäre allerdings der einfachste Weg, denkt er, eine sichere Laufbahn, so vorgezeichnet, daß du vielleicht gar nicht anders kannst, als sie für dem Sohn vorbestimmt zu halten. Und: Wenn hier Herkunft und Zukunft sind, warum mußtest du dann nach Deutschland fliegen, rechtzeitig bevor es mit mir losging? Warum bin ich nicht hier, sondern im Bonner Uniklinikum geboren? Sie sitzen im Garten, auf der viktorianischen Gußeisenbank, unter ihren räudigen Rosenstöcken, die trotz aller Wasserverschwendung in der Gluthitze zwar reichlich ranken, aber nur spärlich Blätter und kaum je eine Blüte tragen. Natürlich fragt er derart alberne Fragen nicht. Keiner ihrer Freunde ginge freiwillig ins hiesige Krankenhaus. Jetzt, da Mandela frei ist, braucht seine Mutter wenigstens nicht mehr bis nach Europa zum Zahnarzt zu fliegen, sondern nur noch nach Johannesburg, ohne zweiten Paß und Gewissensbisse. ›Eben deshalb brauchen wir hier junge, gut ausgebildete Leute wie dich!‹ – er kennt die richtige Antwort auf diese Fragen, und er ist nicht in der Stimmung, vor ihrer unabweisbaren Richtigkeit zu verstummen. Er ist nach der bösen Mandelentzündung erst den zweiten Tag auf, braucht noch Schonung – bedrängt sie ihn gerade jetzt, um seine Schwäche auszunutzen? Er nimmt ein paar qualvolle Schlückchen Guava, genießt die Kühle des dickflüssigen, vitamingesättigten Getränks, gießt sich aus der Karaffe nach, freut sich am Klimpern der Eiswürfel aus abgekochtem Wasser, lächelt sie endlich an – und deutet entschuldigend auf seinen Hals: Jedes Argument enthält ein Gegenargument, hat er von ihr gelernt, jeder Angriff den Ansatz zur Verteidigung. Stolz auf Sohn und Schüler lächelt sie zurück. »Well, take your time, sonny. Nothing needs to be rushed. Just think about it carefully, will you?« Sie steht auf, streichelt ihm über den Kopf, befühlt dabei wie absichtslos die Stirn, zupft zwei vertrocknete Blättchen vom Naturstacheldraht der Laube, schreitet dann über den strohgelben Rasen zurück ins Haus. Er sieht ihr nach, und sie weiß es. Um diese Zeit, bevor sie nach der Mittagspause in die Kanzlei zurückfährt, trägt sie sonst nie Tracht – vor diesem Gespräch aber hat sie wohl daran gedacht: als Junge liebte er ihre allabendliche Verwandlung, heraus aus den zum Trippeln zwingenden Chanel-Kostümen, hinein in die langen bunten Puffärmelkleider. Wenn ihre ursprünglich ethnisch zu lesenden, Sippe und Stamm codierenden Webstreifen aus gedecktem Rot, Grün und Gelb auch so wie sie selbst von der Westküste, ihr Dirndlschnitt aus dem Rokoko stammt, legen sie doch heute über Stammes- und Staatsgrenzen hinweg ein modisches Bekenntnis zum schwarzen Kontinent ab. Er hört den Elektromotor des Garagentors, ein Wagen wird angelassen und entfernt sich rasch hinter der Mauer aus Beton und haushohen Bananenstauden; wieder das Garagentor, Stille. Aus dem Nichts taucht plötzlich ein in allen Erdfarben gescheckter Tarnanzug auf; gelähmt starrt Erik in den Lauf einer Maschinenpistole. Der Wachsoldat grinst ihn an: »Everything all right, Sir?«, salutiert lässig und verschwindet wieder lautlos in den Büschen. Ein Oranje-Eisvogel-Pärchen fliegt auf. Knatternd erfaßt eine Windhose die noch eben schlaff herabhängende Flagge überm Haus des Nachbarn: sekundenlang blitzen Stars and Stripes über der Botschaftsresidenz – dann fällt wieder alles in den Dämmer unter diesem gnadenlos heiteren Himmel. Natürlich wird er hier bleiben – wo denn sonst? Hier wuchs er auf, von hier wurde er vertrieben, hier ist ohne Zweifel das Paradies: Nicht an den lila strotzenden Bananenblüten, sondern am längst nicht mehr dichten Gummiplanschbecken vom Quelle-Versand hat er es erkannt. Nein, er denkt nicht daran, aus diesem Garten vor Sonnenuntergang fortzugehen; ja, er spielt mit dem Gedanken, sich noch einmal dort hineinzusetzen, als nacktes Kind – oder nein: er träumt davon; er träumt ...

Kaum träumt er jedoch einzuschlafen, wacht er auf. Er muß niesen. Es muß schon seit längerem genieselt haben, sein Haar ist feucht, und jetzt fängt es an zu gießen. Die Trauerweide hält nichts ab, bündelt die Tropfen vielmehr zu Fäden, glitzernde Perlenschnüre, die von den Zweigen hängen, vor ihm aber im krausen Wasser stehen, als stiegen sie als Fontänen daraus auf. Er schnellt hoch, greift seine Schuhe und Socken, rennt durch den tief violetten Schatten der geballten Haufenwolken los, in Richtung Bootshaus, rutscht auf etwas Weichem aus und schlägt lang hin. »Scheiße!« brüllt er, rappelt sich aus dem Schlamm mühsam wieder hoch, rettet sich endlich in den überfüllten Schankraum und durchquert ihn, ohne sich umzusehen. Die Leuchtstoffröhren und der Spiegel überm Waschbecken bringen die Bescherung schonungslos an den Tag: auch mit allen Papiertüchern Großbritanniens wäre das für seinen Geschmack viel zu teure Outfit nicht zu retten, das Ellen ihm zum Start im neuen Job aufgenötigt hat, als könnte und müßte der feine Zwirn ihn vor etwas schützen. »Was ist, hab ich Scheiße im Gesicht?!« giftet er einen Naseweis an, der ihn naserümpfend angafft, dann stellt er den Fuß ins Waschbecken, um wenigstens den Gestank loszuwerden. Am liebsten würde er sich ausziehen, ganz; und dann einfach auf die Übung vertrauen, die ihrer Majestät Bobbys darin haben, Flitzer blitzschnell in große graue Wolldecken zu hüllen; nur dürften die Dinger kratzen und auch nicht sehr viel besser riechen ...

Also tut er sein Bestes, schmiert und rubbelt, schnürt die Schuhe, zieht schließlich, reiner Galgenhumor, aus der Jakkentasche die Krawatte, die er gestern nach Dienstschluß abgetakelt hat – und sieht sich beim Binden im Spiegel schon wieder grinsen. Weil er ja zum Glück in England ist, wo jeder Mann als Herr behandelt wird, sofern er Jackett und Schlips trägt, selbst wenn diese vor Schmutz starren, glotzt ihn beim Gang durch die Kneipe kein Schwein an. Seltsam vergnügt quaatscht er in seinen nassen Schuhen über die frisch gewaschenen Kieswege, um den See herum zum Edinburgher Tor. Der Regen hat aufgehört, am Himmel jagen Wolkenfetzen, durch die bald hier, bald dort das Dunkelblau der ersten Dämmerung bricht. Zischt auf der Kutschstraße am Parkrand nur ab und zu ein Auto durch die Pfützen, bilden die gespiegelten Paare der Scheinwerfer und Rücklichter auf Knightsbridge Ketten, weiß und rot wie zur Weihnachtsdekoration. Daß er sich einmal nach dem Gewühl, nach der dampfenden Nähe von Artgenossen auf einer Einkaufsstraße sehnen würde... Allerdings sind die breiten Bürgersteige der Brompton Road nicht sehr belebt. Um warm zu werden, geht er immer schneller, tröstet sich mit dem harten Takt des Pflasters unter seinen Füßen, rennt schließlich – und kommt so wenigstens in den Genuß einiger Beinahezusammenstöße mit Passanten. Nicht lange, und er steht vor der gleißenden Front von Harrod's. Wenn er etwas verabscheut, ist es Shopping – aber auf die knallrote Jacke und die schwarzweiß gescheckten Hosen der Schaufensterpuppe hätte er nun doch Lust: allein, um Ellens Kommentar dazu zu hören. Dafür nähme er sogar die Komplimente eines Verkäufers (»IHNEN steht es ausgezeichnet, Sir!«) in Kauf, der nach der versauten Hose, dem nassen Hemd und Unterhemd nun auch die feuchte Unterhose so sorgfältig faltete und in die Harrod's-Tasche packte, als hätte König Kunde soeben diese, und nicht jene Sachen erworben, in denen er dann vor ihm stünde – und in der Welt schon wieder ganz anders da. Indes hat hier nur der Konjunktiv Konjunktur, bleiben doch auch im neuen Britain die Kaufhäuser sonntags geschlossen. »›Würde‹ nützt nichts«, denkt er vor der verschlossenen Kaufhaustür, »aber meine Kreditkarte nützt am Ende auch nichts …« Und schämt sich gleich dafür, weil in diesem Augenblick ein Rudel Punks an ihm vorbeiklirrt, um sich den wetterfesten Platz im Eingang für die Nacht zu sichern. Die Kettenbehängten mit den großen freilaufenden Hunden nehmen ihn erst gar nicht wahr, ihn aber erfaßt bei ihrem Anblick Panik: natürlich nicht Angst vor blassen und abgezehrten Kindern, sondern die lächerliche und eitle Sorge, ihnen auch ohne farbige Chemie aufs Haar zu gleichen! ›But for the Grace of God there go I!‹ nervt plötzlich zentral zwischen den Ohren Mutters liebster Bibelspruch. Er wirft einen Schein aufs Pflaster, sieht, daß er in der Eile einen deutschen erwischt hat, stürzt in tadellos aufrechter Haltung davon – verfolgt von ihrem anzüglichen, immer lauter und schmutziger gellenden Geschrei.

Die Kellnerin bei Fortnum's scheint nachgerade glücklich, daß er nun doch zurückkommt: »Certainly, Sir!« nickt sie beflissen zu seinen ungereimten Ausflüchten wegen der Frühstücksrechnung; beim nahen Dienstschluß hätte sie die sonst wohl selber zahlen müssen. »Darf ich Ihnen noch etwas bringen, Sir? Wenn Sie erlauben – Sie sehen aus, als könnten Sie eine gute Tasse Tee gebrauchen … Ich muß ja sowieso erst hoch zur Direktion, Ihren Mantel holen!« Ja, richtig, den guten alten Dufflecoat hat er ganz vergessen. Warum nicht, trinkt er also Tee, und zwei doppelte Brandies dazu. Wieviel Uhr ist es überhaupt? Was, zum Teufel, tut er in dieser Stadt? Von derartigem Schüttelfrost gepackt, gehörte er doch ins Bett! Und wollte er sich nicht schon vor Stunden bei Ellen melden? Das dunkle Wollding überm

Arm der jungen Frau sticht plump und schwer von ihrer spitzenbesetzten Schürze ab. Trotzdem hat sie, der Rock gibt dabei einen Augenblick lang stramme Waden frei, offenbar wenig Mühe, den aus der rechtlich einwandfreien Geisel- und Untersuchungshaft Entlassenen an den Kleiderhaken zurückzuhängen. Dann bringt sie die ebenso unerwartete wie simple Rettung: Eine Kleiderbürste! »Wenn Sie's erst unterm Händetrockner -« will sie den reinigenden Akt erklären, aber er hat ihr das altbewährte Borstenvieh schon aus der Hand genommen und verschwindet schnell im Herrenklo, ehe er seinem »Danke!« etwas louisenhaftes wie »Kindchen« hinzufügen und sie am Ende gar mitkommen könnte, um zu helfen. Keine Viertelstunde später hat er die Hosen wieder an und fühlt sich soweit wiederhergestellt; Ellen weiß schon, warum sie ihn am liebsten in dunklen Stoffen sieht, wenn nicht gleich in Schwarz. Zu Hause nimmt niemand ab, das Telefon ist durchgestellt zum Handy, dies zur Mailbox; auf dem Anrufbeantworter hätte er wenigstens die eigene Stimme hören können, so spricht zu ihm eine digitale Dame, sagt er ein paar liebe Worte ins mediale Nichts. Natürlich ist es kindisch, aber es macht ihn auch diesmal so traurig wie Onanieren. Unter der Lufthansanummer meldet sich dafür ein echter Mensch, um ihm patzig zu bescheiden, daß der einzige Direktflug nach Berlin ausgebucht sei, er also gegen Mittag über Frankfurt fliegen müsse. Erik spürt, daß er immer nur das eine will: weg! Wäre es da nicht in der Logik seiner Reise, gleich nach Heathrow rauszufahren, den freien Flieger nach München zu erwischen und dort bis frühmorgens auf Anschluß zu warten: Lustlose Vergeudung von Kraft, Zeit und Geld? Aber vernichtet er seine Überschüsse nicht ziemlich planvoll – wie die EG Fleisch, Milch, Getreide, um die Preise hochzuhalten? Verteidigt auch er am Ende etwas? Werte? Welche? Und wogegen? Nur schade, daß der Tunnel noch in

Bau ist – während andererseits, sozusagen am anderen, sich entfernenden Ende der dunklen Röhre Gegenwart, der verfluchte Helfer vom Bodenpersonal ihn längst nicht mehr in den Interzonenzug nach Berlin buchen kann: das wäre doch wenigstens noch einmal richtig unbequem romantisch. Er kramt nach Schreibzeug, um die nächsten Stationen seines Weglaufens zu notieren, findet eine Visitenkarte, liest – und hört sich sagen: »Also dann mittags über Frankfurt!«

The Right Honourable Alexander M. scheint nicht sehr erstaunt, daß plötzlich sein Reisegefährte vor der Tür steht: dieser liebenswürdige, nur bedauerlich ermüdbare Staunsdorff mag es im Morgennebel zwischen dem Gewecktwerden in der Kajüte und dem Wiedereinschlafen im Eilzug ja kaum wahrgenommen haben, seine Hochwohlgeboren aber haben ihm beim Anlegen in Harwich schließlich eine Karte überreicht: »Please do call!« Und Erik, als hätte er irgend etwas davon, sich zu beweisen, daß er so britisch-altmodisch verdrahtet ist, dies Sätzchen nicht mit ›Wir telefonieren!‹ im Sinne von Funkstille, Kommunikationsende zu übersetzen, sondern im Gegenteil als Bitte um einen persönlichen Besuch, hat der Einladung nachkommen müssen, sobald ihm die Redensart plötzlich einfiel. Nur, daß er jetzt nicht so recht weiß, was er hier soll: Vor einem viktorianischen Reihenhaus im feinen St. John's Wood, im Zwielicht der Straßenlaterne wie ihm scheint, spöttisch, jedenfalls stumm abwartend gemustert von einem Gentleman in Hausjacke, den er doch vor allem an der Stimme, vielmehr an der näselnden Sprechweise wiedererkannt hätte, in der Hand zu allem Überfluß rote Rosen: »Ich fürchte, sie verdeutlichen eher die Vokabel ›erbarmen‹ als ›erhaben‹...« Auf der Baker Street, durch die er das Taxi fahren ließ, um die Edgeware Road zu vermeiden, beim Anblick des Jungen mit den einzeln in Klarsichtfolie gehüllten Stielen, ist ihm der Spruch noch geistreich vorgekommen – jedenfalls eher als die Flasche Whiskey, die er hätte beim Pakistani holen können. Wobei eines so überflüssig gewesen wäre wie das andere, kommt der Brauch, Besuche nicht mit leeren Händen anzutreten, doch aus seiner Heimat – deren barbarische Sitten dem gegen die hiesige Übung Beschenkten immerhin nur vor dem Haus peinlich zu sein scheinen. Sobald er ihn (»Well, pleeeaase come in!«) förmlich hineingebettelt und rasch die Tür geschlossen hat, beginnt er nämlich heftig an den Zuchtrosen zu schnuppern, die doch höchstens nach ihren Plastikhüllen riechen dürften: »How sweet! – Thank you! Ich habe genau die richtige Vase dafür – bitte, gehen Sie doch schon durch!« Das ganze Haus duftet nach Blumen, nicht chemisch süß nach Luftverbesserer, eher faulig und erregend wie ein Orchideen-Treibhaus. Erik tritt in leicht überheizte, üppig mit Antiquitäten möblierte Räume, Plüsch, Teak und Krimskrams überall, an den Wänden signierte Portraitfotos und Plakate berühmter Sängerinnen, in etlichen Jugendstilvasen weiße Callas. Ja, so ungefähr hat er sich das vorgestellt; und er merkt, daß ihm die schwüle, fast tropische Atmosphäre guttut. ›Afrika ohne Mutter‹ denkt er träge, ›Ellen ohne, nein, Ellen mit etwas mehr, Louise mit etwas weniger Louise‹, dann ›Karin ohne Liebe‹, endlich ›Liebe ohne Frauen‹. Der Gedanke, weit davon entfernt, ihn zu erschrecken, tröstet: er weiß seit der Zeit im Internat, daß er nicht schwul ist, und es gibt Tage, da er glaubt, für dies nicht immer leichte Los etwas Linderung zu verdienen … »Ah, gut, Sie haben es sich schon bequem gemacht – etwas Musik vielleicht?« Er wartet Eriks Antwort so wenig ab, wie jener die Aufforderung, Platz zu nehmen. Ein paar rotschillernde Ärmelbewegungen seiner Samtjacke, und eine vollkommene Stimme erfüllt das Haus: auf eine Weise lupenrein, die von den Kratzern in der alten Aufnahme nur noch betont wird, dabei nicht geschlechtslos wie die eines

Knaben, sondern übergeschlechtlich, zu schön für Mann oder Frau allein; um so befremdlicher, daß sie deutsche Vorkriegsschnulzen trällert. »Richard Tauber – Kennen Sie gar nicht mehr, nicht wahr? Lange vor Ihrer Zeit... Scotch?« Erik weiß nicht, was ihn mehr belustigt: die Selbstverständlichkeit, mit der dieser doch kaum ältere Alexander (»Call me Sandy – cheers!«) ihn wie einen Schuljungen behandelt, oder jene ihr widersprechende, mit der er ihm den Sherry gar nicht erst anbietet, den er sich selber aus der anderen Karaffe einschenkt. Jedenfalls wird er langsam übermütig: »Wollten Sie mir nicht Ihre Sammlung zeigen?«

Und da liegen sie nun: nebeneinander hingebettet auf schwarzem Samt, unverhüllt den Blicken preisgegeben, aber ohne einander zu berühren, zu Hunderten, jedoch meist paarweise beieinander, je ein Messer und eine Gabel. Auf den Porzellangriffen Blüten und Blätter in kräftigen und in blassen Farben, auch Idyllen in zartem Rötel: Die silbernen Zinken und Klingen, lernt Erik, werden vom späten neunzehnten ins frühe achtzehnte Jahrhundert zurück allmählich weicher und zierlicher, auf die Jetztzeit zu immer weniger Kleinod als Werkzeug. Er hat als Junge afrikanische Briefmarken gesammelt, die ersten farbenfrohen Serien der frisch entkolonialisierten Staaten, und derartige Leidenschaften stecken ihn bis heute spielend leicht an; Zeit, einen Witz zu machen: »Haben Sie keine Löffel, oder zeigen Sie die nur nicht, weil sie womöglich Löffelchen liegen könnten?« Sein Gastgeber, englisch genug, alles Menschliche wie Schweinkram zu überhören, ist zum Glück nicht so englisch, nun aus Sorge, ihn zu langweilen, die Fächer des Kabinetts zuzuschieben – nicht so deutsch gar, auch noch einzuschnappen; und doch eigentümlicherweise wieder deutsch genug, statt einfach nur zu lachen, sogleich einen hochgelehrten Vortrag über die Kulturgeschichte der europäischen

Tischsitten zu halten: Kostbare, vor Boettgers Entdeckung meist in Perlmutt gefaßte Messer-und-Gabel-Sätze waren Statussymbole der fleischfressenden Wald- und Landbesitzer, hölzerne Löffel dagegen Gebrauchsgegenstände der alltags Brei und Suppe essenden Bauern. Silberne Löffel, in der antiken Welt weit verbreitet, kamen in der Neuzeit erst mit dem Bürgertum wieder auf, weshalb alter und neuer Adel, zumal in England, auf ihre künstlerische Gestaltung weniger Wert legten. Auf dem Kontinent dagegen, zumal in den deutschen Ländern, wurde die Suppenterrine seit dem Biedermeier nachgerade zum Ritualobjekt gutbürgerlichen Wohlstands und kleinbürgerlicher Wohlanständigkeit – »bis hin zum wöchentlichen Eintopftag der Nazis!« Wenn Erik etwas liebt, ist es zu lernen, und so hat er dem Kolleg gespannt, oder vielmehr entspannt wie seit langem nicht gelauscht; bei der Schlußbemerkung aber werden ihm nicht nur die Ohren spitz: »Sie sammeln also Messer und Gabeln, nicht aber Löffel, weil Ihre Vorfahren Ihnen nichts eingebrockt haben?« Der zwar ohne Titel, aber doch mit einem soliden silbernen Löffel im Munde Nachgeborene nimmt es sportlich wie einen Streifschuß im Luftkampf, lacht: »One up for you! Allerdings könnten Sie sich fragen, welchen Ahnen ich meine Deutschkenntnisse verdanke ... Na, lassen wir das, ich will Ihnen gern noch etwas Lustigeres zeigen!« So behutsam, wie er die Läden nach einem letzten liebevollen Blick zuschiebt, glaubt Erik beinahe »Schlaft schön!« dabei zu hören ... Sandy löscht das Licht im Kinderzimmer, leitet Erik, einen selbstvergessenen Moment lang die Hand auf seiner Schulter, in die Vorderzimmer zurück, gießt Drinks nach, deutet dann aber statt auf die Ohrensessel am Kamin auf die Terrassentür, nimmt eine Stablampe vom Sims, öffnet die Glastür und leuchtet ihm voran durch den dunklen Garten: »Bleiben Sie lieber auf den Platten, es hat heute ziemlich stark geregnet!«

Die Expedition endet nach ein paar Schritten an einem Zierteich. »Funny, isn't it? Ich meine den Ausdruck, mit dem sie es tun – so seltsam, wie heißt das wunderbar deutsche Wort: ›teilnahmslos‹ ...« Was Erik im Lichtkegel dargeboten wird, sind reglos kopulierende Kröten, warzige, glubschäugige Weibchen, die viel kleineren, aber ebenso warzigen und glubschäugigen Männchen wie Kinder huckepack. »Ja«, sagt er, »aber wissen Sie, in den Okawango-Sümpfen kann man beobachten, wie die Kröten das meiste der eigenen Brut gleich wieder fressen – nur ist diese auch frisch geschlüpft bereits zu groß, um auf einmal hinuntergeschluckt zu werden, und Zähne haben die Tierchen ja nicht. Also sitzen die lieben Kleinen stundenlang im offenen Maul ihrer Erzeuger und Vertilger, werden von hinten langsam angedaut und gucken derweil aus ihrer Breitmaulloge noch ein bißchen in die Welt hinaus – und glauben Sie mir, Groß und Klein sehen dabei ganz genauso indifferent und apathisch aus ...« Vielleicht wird Sandy das Gespräch nun doch zu deutsch, vielleicht liebt er es nur nicht, übertrumpft zu werden, und bestimmt hat er mit der schlüpfrigen Einlage auf etwas ganz anderes hinausgewollt: Jedenfalls knipst er das Lämpchen nun rasch aus wie ein beinahe im Dunkeln ertappter Knabe und eilt vom Rand des Sumpfes zurück ins helle, warme, ihn vor jeglicher Scheußlichkeit behütende Haus. Erik, in Gedanken noch mit dem Vater auf großer Feriensafari, folgt langsam nach, als wate er durch Erinnerungen, die sich erst ankündigen, vor ihm jedoch ausweichen und ihn dabei um so gründlicher verunsichern. Schwer zu sagen, ob ihn hier noch etwas hält oder er nur nicht zum Vater will, ob ihn im Gegenteil mit einem Mal etwas dort hinzieht oder gar an diesem harmlosen Krötenhirten abstößt; ob er also lieber lustlos bleiben will oder sofort ungern gehen. Er hätte sich verabschieden sollen, Thank you and Goodbye: er weiß es, sobald er etwas so Lahmes wie »So, ich glaube, jetzt habe ich Ihr Wochenende lange genug gestört ...« in den Salon gestellt hat. Sandy, der ihn längst abgeschrieben hatte, wittert doch nur wieder Morgenluft: »Aber durchaus nicht – bleiben Sie doch zum Supper!« Es ist, als ließe er vor ihm allen Hochmut fahren; statt überlegen, lächelt er plötzlich bittend, hoffnungslos uncool dabei. Der Snob, dessen Pose Erik allein faszinierte, entlarvt sich als grotesk normaler Mensch (»Ich mach uns rasch ein paar Sandwiches, und im Kühlschrank ist noch Holsten!«), tanzt sorgend und werbend um ihn herum wie, nein, wie kaum je eine Frau – und hat Erik, der sich gegen weiche, weibliche Ansprüche nun mal nicht wehren, Frauen jedenfalls nicht von Angesicht zu Angesicht wehtun kann, damit schon in der Falle.

Und so sitzen sie auf dem Sofa, mampfen statt englischem Schaumstoffweißbrot mit eklig würzloser Grützwurst Vollkornbrot, Spreewälder Gurken und Aufschnitt, wie Erik sie auf dem Markt in Blankenese nicht besser hätte kaufen können. Ellen wäre mit seiner Wahl so zufrieden wie Sandy mit der Salami: »Allein um mich damit einzudecken, muß ich ab und zu hinüber nach good old Germany ... Magst du noch mehr Callas-Arien, oder soll ich zur Feier des Tages den Rosenkavalier auflegen?« Erik, langsam satt, nicht nur der Sorge um den Seidenbezug des Sofas, sondern auch sonst müde, flegelt nicht gerade herum, antwortet aber doch wohl allzu entspannt: »Hast du keine richtige Musik?« »*Richtige* Musik??« Sandy kräuselt herablassend die Stirn: »Was habe ich mir darunter vorzustellen – acid-house?« Erik muß lachen: »Nein, eher Bach ... Wenn Du nichts anderes hast, Glenn Gould mit den Goldberg Variationen; oder ein Beethoven Streichquartett; jedenfalls Kammermusik, ich bin kein großer Opernfan.« Sandy sitzt jetzt, rote Flecken auf den Wangen, kerzengerade: »Good heavens – Eric the intellectual!« Sein Lächeln ist wieder ganz verkrampfte Süffisanz:

»Könnt ihr Teutonen euch nicht einfach mal entspannen? Ein Händel hat über hundert Opern geschrieben, hier in London, aber ihr kennt nichts als den ewigen Messias: zu Weihnachten höre ich das ja ganz gern, aber für den Rest des Jahres gibt es soviel hübschere Musik – alles zu seiner Zeit, mein Freund – das Leben ist schließlich kein Gottesdienst!« Okay – aber was ist es dann? denkt Erik und guckt schnell in die Flammen des Kamins, fängt sich wieder: »Natürlich nicht, wie dumm von mir – tatsächlich ähnelt es erstaunlich oft einer Operette!« Er ist froh über den kleinen Strauß, der ihn bald von hier wird fortkommen lassen, und er beschließt, noch einen draufzusatteln: »Nichts gegen Händel, aber am liebsten höre ich zur Zeit Brendels Neueinspielung der Klaviersonaten von Haydn!« Das war zuviel. Der Hochwohlgeborene Alexander M. steht jetzt vor ihm, das Gesicht zu einer einzigen Grimasse des Abscheus verzerrt, der Mund eine giftspeiende Kloake: »HAYDN? No, that's really where I draw the line! ›Deutschland, Deutschland über alles‹ oder was?« – »Nein«, lächelt Erik, gleichfalls aufgestanden, zu ihm hinunter: »Das ist zwar eine schöne Melodie, stammt aber aus einem Streichquartett – ich sprach von den Klaviersonaten. Ich finde allein hinaus ...« Auf der Straße weht ein kühles Lüftchen. Übermütig, erhoben von Genugtuung, als hätte er für einmal seine Schuldigkeit getan, froh, ein bißchen gehen zu können, beschließt er, den Abend mit den zwei Meilen Maida Vale und Edgware Road südostwärts abzurunden. Als er eine halbe Stunde später erfrischt wie lange nicht mehr in Park West ankommt und versucht, den Schlüssel geräuschlos ins Schloß der Wohnungstür zu stecken, wird diese von innen aufgerissen: Der Vater, längst wieder in Jeans, mit Whiskeyglas und Kippe in der Hand, scheint bester Laune: »Da bist du ja endlich, Alter! Deine Komtesse hat schon dreimal angerufen, du mußt sofort zurückkommen, bei euch ist die Kacke irgendwie am Dampfen!«

5

»Menschenskind, Staunsdorff, was soll das? Erst schlagen Sie fast ihre Zelte im Büro auf, aber wenn es lichterloh brennt, erscheinen Sie einfach nicht zum Dienst!« Dr. Banz hat zwar rote Flecken auf den Wangen, um die Nase herum ist er jedoch fast blaß: Zum Glück erkennt Erik sofort, daß sein Chef weniger vor Zorn als aus Panik brüllt, und verkneift sich jede Rechtfertigung. »Schauen Sie sich diese Sauerei an – ich muß gleich zur Pressekonferenz, und glauben Sie mir, ich weiß beim besten Willen nicht, was ich sagen soll! – Frau Finow, ich hab Ihnen schon dreimal gesagt, daß es egal ist, wer da vom Innenministerium anruft: Solange die Ermittlungen bei uns liegen, bestimme ich, wer wann welche Akten zu sehen kriegt!« Banz ist ins Vorzimmer gestürzt, um der Sekretärin einzuimpfen, daß sie, obschon in alten Stasiräumen, bei einer von politischen Einflußnahmen unabhängigen Staatsanwaltschaft angestellt ist. Und so kann Erik in Ruhe den Akt auf dem Chefschreibtisch studieren: Unbekannte Leiche, männlich, scheinbares Alter 16 bis 20 Jahre, gestern nachmittag ohne Kleidung und Papiere in einem Waldstück aufgefunden, Todeseintritt ca. 12 bis 18 Stunden vor Auffindung, Leichenöffnung zur Bestimmung der Todesursache wurde bereits angeordnet, Bericht liegt noch nicht vor, Anfangsverdacht auf Tötungsdelikt, Fundort gegebenenfalls nicht Tatort, sonst kaum gesicherte Spuren. Als Anlage ein paar Fotos aus dem Unterholz, die Erik merkwürdig berühren: ›Mein Gott, wie ein schlafendes Kind!‹ muß er denken. »Üble Sache – aber warum interessieren sich denn Politik und Presse ausgerechnet dafür?« fragt er den wieder ins Büro tretenden Oberstaatsanwalt eines großen Landgerichtsbezirks, in dem Mord und Totschlag zwar nicht alle Tage, zuweilen aber doch vorkommen. Banz guckt ihn entgeistert an, nimmt ihm den offenen Vorgang aus der Hand, schlägt ihn nach einem kurzen Blick zu, gibt ihn zurück: «Das doch nicht, Mensch! Darum können Sie sich später kümmern ... Lag hier denn keine andere Sache? Nein? Frau Finow, was haben Sie mit dem – ja, wem, zum Teufel, faxen Sie denn da die Protokolle??« Wutschnaubend kommt er mit einem roten Deckel ›OSt-SOFORT‹ zurück, wirft ihn auf den Schreibtisch: »Sie sehen ja, was hier los ist, Staunsdorff! Am besten gehen Sie erst mal ins Präsidium und sorgen dafür, daß wenigstens die Kripo unsere Anweisungen befolgt – die Leute hier sind es einfach noch gewohnt, strammzustehen, wenn der Staatsschutz aufkreuzt! Das wissen diese Wichtigtuer vom Landesamt natürlich am allerbesten, also treten sie wie weiland der Stasi auf und tun einfach so, als hätten sie die Kompetenz, uns die Ermittlungen aus der Hand zu nehmen! Ich muß jetzt mit dem Innenminister vor die Meute – Sie lesen wohl keine Zeitung, Staunsdorff, was?« Womit das Donnerwetter überstanden wäre und Banz davonstürmt.

Erik sieht aus dem Fenster. Daß der Himmel über diesem Teil der Welt noch immer diesen Gelbstich hat! Wo doch selbst Karin zugeben mußte, daß die Entschwefelungsanlage für das Kraftwerk, er sieht den Schlot am Horizont, so etwas wie ein Fortschritt sei – zumal diese ohnehin seit langem im Plan gestanden habe, folglich auch im Sozialismus früher oder später realisiert worden wäre. Nur rauchten beim Stasi offensichtlich alle Mann Kette. Seltsamer Polizeistaat, wo nicht einmal die Spitzel Wert auf durchsichtige Scheiben legten! Seltsame Revolution, die nicht nur ohne Scherben abgeht, sondern sich auch hinterher nicht einmal zu der kühnen Idee aufschwingt, wenigstens den Fensterputzer zu bestellen ... Nein, Erik hat auf dem Weg hierher nicht in die Zeitung geschaut, sondern aus dem Fenster: hat sich wie immer einen Fensterplatz geben lassen und sich in den Anblick der Wolken von oben vertieft, als wäre er noch nie geflogen. Schließlich war seine Verspätung Ergebnis höherer Gewalt – da konnte er es ebensogut genießen, daß es der Eilzug von Berlin nordwärts alles andere als eilig hatte. Denn er findet dieses Land nun einmal schön – auch wenn Karin das von ihm nicht hören will: »Das war es vorher auch schon!« hat sie letzte Woche geschnappt, als er es wagte, sich vor ihr zu begeistern. Wie Holstein, nur größer, hat er auch diesmal gedacht: Wald und Acker hängen in mächtigen Flächen zusammen, Dörfer und Städtchen liegen weiter auseinander, ohne Weiler oder Aussiedlerhöfe dazwischen, die Wellen der letzten Eiszeit sind weicher, die Seen entsprechend umfangreicher ... Als er die ersten Schwalben gesehen hat, wäre er fast ins Schwärmen gekommen; fehlten bloß noch die Störche auf den vielen Nestern. Um so mehr, als er ja wußte, daß dies alles wieder nicht so gewaltig war, daß man endlos hätte hindurchbrausen können wie durch die wirklich neuen Länder der Russen und Amerikaner. Großdeutschland – Mumpitz! Seit der Wiedervereinigung gingen ihm manche Hamburger Freunde auf die Nerven. Die Republik war jetzt ein hübsches Stückchen Mitteleuropa, zugegeben, aber doch nichts weiter Bedrohliches; eine zum Meer hin glattgezogene Schweiz. Sibirisch war daran bestenfalls die für die paar Waggons viel zu schwere, gleichwohl keine Heizwärme liefernde Diesellok und der Service der Mitropa. Und über Mecklenburg mußte man sich schon deshalb freuen, weil es bei langsamer Fahrt halbstundenweise ein Gefühl von Weite hergab. Und dann war der ihm noch vor kurzem denkbar fernste Ort bereits erreicht, die Geleise fächerten sich zu einem für die Mittelstadt erstaunlichen Rangiergelände auf, die Lok gab einen mächtigen Trompetenstoß von sich, der seit Kaisers Zeiten nicht renovierte Bahnhof fuhr ins Bild, der Zug bremste. Entschlossen, Karin heute nacht zu fragen, was sie dachte, wenn sie in den alten Reichsbahnwagen ›Non apire prima che il treno sia fermo!‹ las, hat Erik die Tür aufgestoßen noch bevor der Zug stillstand, und ist quietschvergnügt hinaus- und an sein Tagwerk gesprungen … »Das muß einem doch gesagt werden!«: Frau Finow zupft schmollend an der staubigen Trokkenblumengarnitur auf dem Fensterbrett herum. »Ja, sicher …« sagt Erik im Hinausgehen. Und, über die Schulter: »Apropos – warum fragen Sie nicht mal in der Verwaltung nach, wann hier zuletzt Fenster geputzt wurden?«

Und nun das: die schwarzen, von Ruß umrandeten Fensterhöhlen eines ausgebrannten Wohnblocks. Das absolute Horrorszenario also auch hier: Zwei Männer und eine Frau beim Sprung aus dem dritten Stock verletzt, der Säugling im Arm der Mutter unbeschadet, sie aber schwebt in Lebensgefahr. »Rinn könnse da aaba nich, sonst zertrampelnse uns die Spurn!« Der Kommissar, der ihn widerwillig vom Präsidium in die kleine Ortschaft am Rande des Bezirks mitgenommen hat, stammt offenbar aus Berlin und kann folglich nichts dafür, daß er alle anderen für Trottel hält; wenn er wirklich um die Aufklärung fürchtet und nicht bloß große Töne spucken will, soll es Erik recht sein. Nur zittert er, muß gleich kotzen, kann den Schnodderton jetzt nicht ab – auch wenn der Kerl wohl nur versucht, der eigenen Gefühle Herr zu werden. »Danke, Kollege! Sehen Sie lieber zu, daß der Bericht der Brandermittler schleunigst bei uns landet – und zwar nur bei uns, verstanden?!« Der junge Herr Staatsanwalt steigt aus, dann aber versagen ihm die Beine, und er setzt sich schnell auf den Kühler. Wie oft hat er Freunden und Kommilitonen gegenüber einen Fall wie diesen herbeigeredet, wenn es galt, sein Karriereziel zu rechtfertigen: Jetzt, da der Ernstfall eingetreten ist, da er dafür kämpfen müßte, wovon er überzeugt ist und woran er glaubt – da nützt ihm der ganze schöne Glaube an das friedensstiftende Gewaltmonopol des Rechtsstaats gar nichts, da spürt er nur noch den lähmenden Reflex zur Flucht. Als ginge es bei all dem um ihn, statt um die Menschen, die aus diesem Fenster springen mußten. Als sei der ihm gemäße Ort der am denkbar weitesten von dieser abgewickelten Tierproduktionsgenossenschaft entfernte, Hauptsache weg von diesem isoliert vor ein riesiges Güllefeld geklotzten Plattenbau, der auch ohne Brandspuren grimmig genug ausgesehen haben muß. Und als könnte man das so mir nichts, dir nichts: stiften gehen. Hier einen Brand, dort ein bißchen Frieden. Verdammt, er muß sich zusammenreißen! Zum Glück pflanzt sich der alte Praktiker wortlos neben ihn und hält ihm das Pappschächtelchen hin: was wohl ›Nimm's nicht persönlich, Junge!‹ heißen soll; oder einfach ›Große Scheiße, was?‹ Erik tut die Geste seltsamerweise gut, gerade weil sie so platt und abgeschmackt ist. Was der zwar herabgestufte, aber immerhin übernommene Kommissar Grolmann zur Sache vorzutragen hat, ist dankenswert sachlich: Da es keine Zeugen gebe, werde sich die Frage, ob die Scheiben eingeschlagen worden oder von der Hitze geborsten sind, erst klären, wenn sich im Brandschutt Steine finden. Vorstellbar sei allerdings auch, daß die Bewohner die Scheiben selbst zertrümmert haben, um sich den Fluchtweg zu eröffnen. Erik kann folgen. Das rot-weiße Absperrband am Hauseingang wird angehoben, ein Wesen schlüpft darunter hindurch und kommt, ein dünner Mann in einem trotz allem Fettruß schneeweiß schimmernden Kunststoffoverall, auf sie zu: »Tach, Walter – wer ist das?« – »Staunsdorff!« sagt Erik und schämt sich des läppischen Gedankens, daß er jetzt eben doch lieber einen Trenchcoat hätte, »Staatsanwaltschaft – also?« Der Spezialist macht ein Gesicht, als müßte er sich für irgend etwas entschuldigen: »Ja, also ... eindeutig Brandbeschleuniger im Treppenhaus. Brandherd war wohl Gerümpel, das dort stand, alte Koffer oder so.« – »Na schön«, hört Erik sich wirklich sagen, »wir brauchen morgen früh etwas Schriftliches – wenn Sie noch nicht abschließen können, dann eben als Zwischenbericht. Und ich darf die Herrn daran erinnern, daß Sie nur uns Auskunft geben!« Jetzt guckt der Ermittler beleidigt aus dem Overall: »Na glauben Sie, wir haben das Pack da bestellt!« Und deutet auf die Kamerateams und Reporter, die hinter der ersten Absperrung warten. Also muß Erik wohl dozieren: »Um die Presse kümmern wir uns schon. Ich rede von anderen Diensten oder Stellen. Wir versuchen, den Fall vor Ort zu halten!« Zwar tun die beiden wohl nicht nur erstaunt, aber sie verstehen ihn sofort. Erik scheint sogar, daß sie ihn plötzlich etwas weniger mißtrauisch ansehen, fast wie ihm in gemeinsamer Erfahrung verbunden: wenn am Ende doch alles genauso ist wie früher! Dieser Ausgang muß ihm lieb sein, und so verabschiedet er sich rasch; über den Unterschied kann er ja heute abend mit Karin streiten.

Zurück im Wagen, kommt ihm die verdreckte Windschutzscheibe wie ein überbreiter Monitor vor, das Bild des Tatorts so entrückt und projiziert wie das Fernsehbild, das in diesem Augenblick mal wieder um die Welt geht: überall anwesend und, weil nur Abklatsch aus einer schlechten Serie, die vor Jahren anderswo begann, auf den ersten Blick begriffen. Jederzeit nach Belieben ab- und wieder anzuschalten. Sein Bild für das eigene Leben ist immer die Fahrt auf der Überholspur gewesen – den Windschatten im Inneren hat er sich dabei selten klargemacht. Oder eben doch, sonst hätte er ja in Hamburg bleiben können. Innere Beteiligung an seiner Arbeit, das war es doch, was er gewollt hat – also dann mal los: »Was heißt ›Es gibt keine Zeugen?‹ Da hinten wohnen doch überall Leute!« Grolmann zuckt die Achseln: »Wir haben alle im Dorf befragt, aber keiner hat was gehört oder gesehen – wollen Sie zurück zur Stadt?« Das ist genau die Dienstauffassung, die Erik braucht, um seiner hilflosen Erregung Luft zu machen: »Ich will, daß Sie die Leute einzeln vorladen und ihnen klarmachen, daß sie unter Verdacht des Mordversuches stehen! Daß wir jedem Beihilfe unterstellen werden, der Täter deckt, indem er nicht sagt, was er gesehen hat! Und ich will, daß Sie mit einer Hundertschaft anrücken und jede Wohnung, jeden Keller, jeden Schuppen nach Beweismitteln durchsuchen – die entsprechenden Beschlüsse bekommen Sie noch heute!« Grolmann schluckt, aber er empört sich: »Aber das war doch keiner von hier!« – »Woher wissen Sie das – waren Sie dabei?« Daß er gewissen schlichten Persönlichkeiten, die seine Zurückhaltung für Schwäche halten, oft erst brutal kommen muß, bevor sie ihre Pflicht tun: Erik kennt es schon aus Hamburg. Aber Grolmann nimmt es natürlich politisch, mimt das gekränkte Kind des ersten antifaschistischen Staats auf deutschem Boden: »Sie müssen es ja wissen …« – »Nein, ich weiß es eben nicht! Deshalb sollten wir am Tatort ansetzen: wenn die Täter wirklich Fremde waren, müssen sie in diesem abgelegen Ort aufgefallen sein. Nehmen Sie die Leute ins Gebet, einer wird schon reden – oder lassen Sie es besser einen Kollegen machen, der von hier stammt!« Das verschlägt dem Hauptstädter nun doch die Sprache, und Erik greift zum Autotelefon, um sich ein Taxi zu bestellen; eine Stunde lang warten kann er jedoch nicht. Er wird die Schutzpolizei bemühen müssen, öffnet die Tür: »Bis später!« Der Kommissar kaut stumm auf seiner Kippe herum, und Erik ahnt nun, daß er auch erst seit der Wende hier sein könnte – aus Gründen, die er gar nicht wissen will. Und so steigt er nicht aus, ohne »Nichts für ungut!« hinzugefügt zu haben.

Inzwischen hat man damit begonnen, das zwischen Strommasten, Löschfahrzeugen, windschiefen Bäumen und einem ausgeschlachteten Traktorenwrack gezogene Band durch

Absperrgitter zu ersetzen; die Feuerwehr ist abgerückt, dafür treffen Material- und Mannschaftswagen ein. Noch massiver geht der Aufbau auf der anderen Seite voran: Erik zählt allein sieben mobile Satellitensender. Journalisten und gewöhnliche Schaulustige drängen sich vor der Zentralansicht des ausgebrannten Hauses; er fragt sich, ob die Täter darunter sind. Aus sicherer Entfernung mustert er drei Jugendliche mit Weizenstoppeln auf dem Kopf, die am Gitter miteinander rangeln: Um zu erkennen, ob das Klobige an ihren Füßen tatsächlich Springer- und nicht doch Gummistiefel, ob also die unregelmäßigen Flecken auf ihren Tarnhosen wirklich paramilitärischer Natur und nicht doch Spuren von Stallarbeit sind, müßte er auf sie zugehen und dort herumschnüffeln. Schnell schaut er weg, schämt sich mal wieder, weiß aber nicht recht, wofür: Es ist wie damals, wenn er mit dem Vater aufs flache Land fuhr, in eins dieser Nester am Rand der Wüste, Molepolole, Letlhakeng, Inkangwe, um vielleicht eine Tiefbohrung einzuweihen, die mit Bundesmitteln niedergebracht worden war. Die Fahrt hat er stets genossen, stundenlang über Staubpisten durch die Trockensteppe an Wracks liegengebliebener Lastwagen vorüber, rechts und links der mit den Meilen allmählich von Rot zu Weiß wechselnden Spur steinaltes Akaziengestrüpp, dessen lange Dornen Autoreifen wie Stahlnägel durchschlagen, im Wagen je dreihundert Liter Sprit und Wasser, zwei Funkgeräte, er und Daddy... Sobald sie aber aussteigen mußten, weil sie am Ziel angekommen waren, obwohl da nicht viel mehr war als ein Fahnenmast, eine Zapfsäule, eine Tränke, sobald sie der Dorfälteste begrüßte, das gellende Freudengeheul der Frauen und ein verschwitzt zufriedener Ingenieur der Gesellschaft für technische Zusammenarbeit, sobald der smarte Staatssekretär, der ihnen aus der Hauptstadt im Konvoi gefolgt war, sichtlich besorgt um seinen schwarzen Anzug, Dieselaggregat und Pumpe offiziell in Betrieb setzte, sobald daraufhin die nackten Kinder von dem platten blauen Plastikball abließen, den sie eben noch durch den Staub getreten hatten, und nun jauchzend in die Betonsuhle sprangen: hätte er im Sand versinken mögen. Als schämte er sich für sie. Oder vielmehr, als schämte er sich vor ihnen seiner Schuluniform aus festem dunkelbraunem Tuch: weil er wußte, daß er in ihrer Aprikosenhaut nie stekken, nie ein Buschmann werden würde. Nichts wie in den nächsten Dienstwagen, auch wenn es kein Ranch-Rover mit Klimaanlage ist... Der Einsatzleiter, der ihn mit Grolmann einfach durchgewinkt hat, muß jetzt natürlich unbedingt Eriks Dienstausweis ansehen: so auffällig, daß sich Objektive und Scheinwerfer auf sie richten. »Will there be an official protest, Sir?« Der CNN-Reporter, dessen Stimme Erik noch aus der Wendezeit im Ohr ist, muß ihn für einen Diplomaten halten! Rasch dreht er den Kameras den Rücken zu, auch dem Tatort, und folgt der vom Oberschupo herbeigerufenen jungen Beamtin zum Streifenwagen. »Weißt du, warum ich damals von Bonn nach Afrika gegangen bin?« hat ihn der Vater während der Hamburger Jahre einmal gefragt: »Weil die Politik immer erst handelt, wenn das Kind im Brunnen liegt!«

Banz ist noch nicht zurück, und so kann Erik in Ruhe die zu den Aussagen der taubblinden Zeugen passenden Durchsuchungsbeschlüsse vorbereiten. Dann ruft die Gerichtsmedizin an: Ob er dabei sein möchte? Weil er das zwar nicht möchte, aber muß, packt er dem noch immer höheren Orts beratschlagenden Chef alles samt Aktennotiz über seinen Besuch am Tatort und den positiven Befund der Brandermittler auf den Schreibtisch, bestellt ein Taxi und fährt durch dämmrige, spärlich beleuchtete Straßen ins Bezirkskrankenhaus. Zum ersten Mal kommt ihm die Stadt finster vor; er will sich Mühe geben, sie nicht leichtfertig als bedrohlich zu empfinden – aber so recht kann es ihm nicht gelungen sein, wenn er über das Flutlicht in einem Sektionsraum froh ist. »Sie sind der Neue? Herzlich Willkommen! Na, Sie sehen ja wenigstens mal nicht so aus, als würden Sie leicht blaß werden, was!« Erik lacht dankbar mit. Die Pathologin ist ihm sofort sympathisch; vermutlich sieht sie ihm an der Nase an, daß er das Aufbaustudium wegen des gerichtsmedizinischen Teils fast geschmissen hätte, und versucht ihn durch ihre Art von Humor zu entkrampfen. Dabei ist ihr erkennbar nicht zum Lachen: »Da haben Sie sich ja einen schönen Tag für den Anfang ausgesucht... Na, ich denke, hier sollten wir bis zehn fertig sein. Darf ich bitten...« Es berührt Erik etwas seltsam, sich von einer Frau in den Kittel helfen zu lassen, die doppelt so alt und halb so groß ist wie er selber, aber diese hinten geknöpften Dinger kann niemand allein anziehen, und ihre Autorität duldet ohnehin keinen Widerspruch. »Atemschutz werden Sie nicht brauchen, der Junge ist ja noch ganz frisch...« Ins Wandtelefon sagt sie: »Wir sind dann soweit!« und wendet sich gleich wieder Erik zu: »Na, dann wollen wir mal – ich sag Ihnen, das hier ist wirklich ein Segen!« Sie redet offenbar von dem Diktaphon, dessen Mikro sie gerade auf ihrem Busen feststeckt: »Gute Stenokräfte hatte früher nur die Firma, und versuchen Sie mal, mit verschmierten Händen ein Bandgerät zu bedienen...« Sie schlüpft in die Gummihandschuhe, dann scheppert auch schon der Sektionsassistent mit der Rollbahre voran durch die Schwingtür. Als Erik vier Stunden später endlich ins Hotel fährt, ist aus der Leichensache ein Mordfall von eigener politischer Brisanz geworden: ausgedehnte Hämatome, teils frisch, teils alt, als Ergebnis erheblicher stumpfer Gewalt gegen Kopf und Körper – die erfahrene Pathologin tippt auf Stiefeltritte. »Außerdem wurde er kurz vorher vergewaltigt – und zwar nicht zum ersten Mal, wie es aussieht!« Dazu innere Blutungen, Leberriß, Kieferbrüche etc. Unmittelbare Todesursache war Herzversagen infolge von Ersticken an Erbrochenem – »Sieht aus wie Buchweizenbrei mit Sperma – ob vom selben oder einem andern Täter muß erst noch das Labor abklären. Ein Rekrut der Russen, wenn Sie mich fragen.« Ihm ist schlecht; aber heißt das jetzt, daß er seinen Job zum Kotzen findet, oder nur den Feierabendwodka von Frau Dr. Franke (»Ich heiße Rita! Prost!«) hätte ablehnen sollen? Zwei halbe Kaffeetassen (»Das beste Konservierungsmittel, glaub mir!«), wo er doch seit dem Frühstück über der Nordsee nüchtern war? Gewiß ist nur, daß er hungrig ist und todmüde. Hoffentlich will Karin nichts von ihm...

In der Lobby, bei einem Schoppen des in der rotbraunen Kunstlederkarte sogenannten Landweins übers Notebook gebeugt – sitzt Ellen! Und zwar so, daß sie den Eingang im Blick hat und ihn nicht übersehen kann. Warum sagt sie nichts? Kommt wortlos auf ihn zu, umarmt ihn, küßt ihn – nein, da ist weder Wut noch Verletztheit in ihren Augen. Erik sieht, daß sie keine Ahnung hat und sich Sorgen um ihn gemacht hat; er spürt, wie sehr er sie vermißt hat. »Na, du... du siehst ja ziemlich beschissen aus!« Sie fängt an, an seinem Anzug herum zu rubbeln: »Mußtest du etwa in das Haus?« – »Nein, zur Gerichtsmedizin.« Schnell läßt sie von den eingetrockneten Flecken ab: »Scheußliche Geschichte, was?« – »Ja«, sagt Erik. Natürlich ist sie wegen der Story hier: Sie wissen es beide, und es muß kein Problem sein, wenn sie akzeptiert, daß er sich an die Dienstvorschriften hält. Was ihn mehr sorgt, ist die Vorstellung, gleich Karin in die Arme zu laufen, die diese Woche zwar Tagschicht hat, aber schließlich im Hotel wohnt: »Laß uns hoch gehen, ich würde mich gern umziehen!« Als sie dann zusammen unter der nicht einmal lauwarmen Dusche stehen, glaubt Ellen, ihr Kommen rechtfertigen zu müssen: Daß die Redaktion sie zwar zweifellos wegen ihres besonders engen Kontakts zur Staatsanwaltschaft geschickt habe, sie aber natürlich nicht in ihn dringen, vielmehr unabhängig recherchieren wolle: »Wer weiß«, sie schmiegt ihre Gänsehaut an seine, »am Ende liefere ich dir diese Nazis auf dem silbernen Tablett ans Messer!« ›Ob es fremdenfeindliche Motive gab, ist bis jetzt reine Spekulation‹, würde Erik am liebsten sagen, aber er hat nicht mehr die Kraft, noch lange über Rechtsstaatlichkeit und Blauäugigkeit zu streiten, schläft schon fast im Stehen ein. Am nächsten Morgen wacht er erst vom eigenen Magenknurren auf, alleine und viel zu spät. Am letzten noch eingedeckten Tisch im Frühstücksraum sitzen Ellen und Karin beieinander: Erik ist schlagartig hellwach. Und obwohl ihr Zusammentreffen früher oder später Streß, Chaos, Katastrophe bringen muß, freut ihn der Anblick der beiden: Wie gut sie sich nebeneinander halten, jede die auf ihre Weise schönere Möglichkeit der andern. Er ist verloren ... Also überantwortet er sich den Göttern und tritt gutgelaunt an den Tisch: »Morgen, ihr zwei Hübschen! Warum weckt mich denn keiner?« Karin guckt scheinbar belustigt zu, während Ellen ihn küßt ... und Ellen nimmt sie sofort in Schutz: »Ich habe Frau Mai gesagt, daß sie dich ausschlafen lassen soll. Kein Mensch kann verlangen, daß du bis in die Nacht Überstunden machst und morgens um acht im Büro bist!« – »Karin!« sagt Erik zu Ellen: so ausgeschlafen, um nicht auf den Test mit der Anrede hereinzufallen, ist er schon lange. »Wir duzen uns, seit sie mir gesteckt hat, daß sie mich für einen arroganten Kolonialbeamten hält!« Er setzt sich und Karin steht auf: »Na, dann bringe ich dem neuen Herrn wohl besser seinen Kaffee – ein Ei wie immer, oder heute vielleicht zwei?« – »Drei!« sagt Erik und greift zum Brotkorb.

So entspannt und erleichtert, wie Banz heute wirkt, kann Erik sich schon denken, was passiert ist: »Wir sind draußen, Staunsdorff! Die Bundesanwaltschaft hat übernommen – war bei dem Medienrummel ja zu erwarten. Na, vielleicht ist es besser so, wenn ich mir ansehe, welche Staatsaktion Sie vorhatten!« Er deutet auf die vorbereiteten Durchsuchungsbeschlüsse, die er offenbar nicht weitergeleitet hat. »Wir sind hier im Osten, Mensch! Da gibt es Empfindlichkeiten, die besonderes Feingefühl verlangen!« Spätestens jetzt weiß Erik ganz genau, wo er sich befindet: nämlich im Dezernat eines zu jeder Selbstverleugnung entschlossenen Muster-Wessis. Und so sagt er bloß: »Ja, vielleicht – gut, daß Karlsruhe kurz vor Frankreich liegt!« Im eigenen Zimmer reißt er das Fenster auf und atmet an der Frühlingsluft tief durch. Dann dreht er dem himmelblauen Himmel den Rükken zu und stürzt sich in die Routine. Auch seinen jungen Russen läßt er bis zum Eintreffen des Sektionsberichts auf dem linken Aktenstapel liegen. Nicht lange, und er hat über den unerschöpflich variierten Einzelheiten der Feld-, Wald- und Wiesenkriminalität die beiden Kapitalverbrechen fast vergessen. Nur als er die wohl nicht mehr zu klärende Silvesterbrandstiftung am Jugendtreff endgültig mangels öffentlichen Interesses einstellt, überläuft ihn noch einmal ein Schauer. Die gleiche Flasche von einem Kommissar hat nur Erwachsene aus der Nachbarschaft befragt und folglich einen Haufen allgemeiner Verdächtigungen irgendwelcher Langhaariger aufgeschrieben, der Profi von Brandermittler aber hat präzise Spurenanalysen geliefert. Was Erik noch tun kann, ist, alles an die Sonderkommission zu geben. Dann macht er Mittag. Heute morgen fand Ellen die Verabredung an der Imbißbude noch »Verschärft!«, jetzt mault sie über das fade Würstchen: »Du bist doch nur zu faul, dich hier mal richtig umzugucken – ich habe schon etliche nette Lokale entdeckt!« Allerdings zieht sie ihre angewiderte Grimasse nur für Erik, für den so gar nicht öligen oder verfetteten Besitzer dagegen die naive Nummer ab: ›Gott, was geschehen bloß für schreckliche Dinge!‹ Schließlich hat sie ihn soweit, daß er seinen Senf dazu gibt: Daß es so etwas früher nicht gegeben hätte! Erik hat beschlossen, hier zu lunchen, weil er ebenso ungern unter mißtrauischen Kollegen im Kasino wie allein in einem leeren Restaurant sitzt, das ihre Mißgunst erst recht beflügeln würde. Und weil er sich dorthin, wo es günstig wäre, nicht mehr traut, seit ihm der Wirt der Bahnhofskneipe die Frage, ob schon auf sei, »Für dich bestimmt nicht!« beschieden hat. Erik mag einfach nicht essen, ohne mit jemandem zu sprechen: und wäre es der vorhersagbare, aber offene Schlagabtausch mit dem Typen, der früher vielleicht an seinem Schreibtisch gesessen hat, ihm aber trotzdem nicht das Gefühl gibt, daß er ihm etwas getan habe. Nicht, daß ihm der vermeintliche Vormalige sympathisch wäre; die tadellose Haltung aber, mit der er nun seine Buletten produziert, und wäre es auch nur die Pose des aufrechten Genossen, der niemandem etwas vorzuwerfen hat, auch sich selbst nicht – hat etwas in ihm beeindruckt. Um so weniger kann er im Moment das stereotype Gequatsche ertragen: Die Widersprüche der kapitalistischen Gesellschaft, na klar ... Nein, heute mag Erik nicht widersprechen: Der alte Geheimdienstler muß die engen Grenzen der Völkerfreundschaft hierzulande am besten kennen – schließlich hat sein Verein sie genau beschrieben. Wenn er an der Legende von den westlichen Provokateuren festhält, obwohl er die einheimischen Täter im Zweifel kennt, dann entweder, weil er insgeheim Verständnis für sie aufbringt, oder weil er ihr Treiben nützlich findet. Nein, Erik wird sich nicht aufregen; schließlich ist es nicht mehr sein Fall. Er sagt zu all dem nur »Ein Bier!« – erstaunt, daß er das ›Bitte!‹ wegläßt. »Seit wann trinkst du mittags Bier?« sorgt sich da Ellen, der Herr von der Imbißbude aber sagt

»Geht aufs Haus!« und zischt sich selbst auch eine Büchse auf.

Gegen halb fünf beschließt Erik, Schluß zu machen und den schönen Montagnachmittag zu genießen: Schließlich hat Ellen ja damit recht, daß er von seinem neuen Wohnort bislang kaum mehr kennt als den Weg zwischen Bett und Büro. Um diese Tageszeit ist die Fußgängerzone belebt, das freundliche Wetter tut ein übriges: Er beginnt anzukommen in dem Provinznest irgendwo in Deutschland. Täuscht er sich, oder ist im Lauf der letzten Woche alles etwas bunter geworden? Und registriert er das nur erleichtert, oder nicht andererseits auch enttäuscht? Er entdeckt eine Eisdiele und ersteht eine Waffel; dann schlendert er zur Baustelle der Marienkirche, setzt sich auf den Rand eines offenbar noch nie bepflanzt gewesenen Betonkübels und sieht den Männern auf dem Gerüst des ausgebrannten Chores zu. »Mit der Rekonstruktion haben wir schon 1975 angefangen!« weiß er von Karin, und es hat ihm gefallen, ob es ihr nun paßt oder nicht. Nein, es gibt keinen Grund, warum er es hier nicht ein paar Jahre lang aushalten soll; er muß sich nur einrichten, sich richtig heimisch machen, muß um sich haben, was er gewohnt ist und zum Wohlbefinden braucht. Seine Erkältung ist seit Ellens Auftauchen verflogen, was ihm jetzt noch fehlt, sind Bewegung und Musik. Er spürt einen Rhythmus in sich aufsteigen, die wiegende Erinnerung des Jungen, der im Gottesdienst mit der ganzen Gemeinde singt und tanzt. Warum er in Europa nicht mehr zur Kirche geht: Selbst seine Mutter hat es nach der Trauerfeier für ihre holsteinische Schwiegermutter verstanden. Und doch war der größte Swinger und Rocker aller Zeiten ein protestantischer deutscher Kantor. Bis zur Eröffnung des auch dann nicht restaurierten, sondern nur äußerlich nachempfundenen Neubaus, Brandenburgisches Konzert, nicht h-Moll-Messe, dürfte es jedoch noch Jahre dauern: Er wird wohl besser Spieler und CDs aus Hamburg holen. Der Gedanke gibt ihm Kraft: Er reißt sich von der schönen Klarheit und Nüchternheit der Backsteingotik los und betritt das freundliche Fachgeschäft für Sport- und Freizeitmode. »Ist doch auch viel bequemer!«: Die Verkäuferin, die seine zweitbeste Kluft kurz darauf einpackt, beglückwünscht ihn zu Turnschuhen und Jogginganzug wie zu einer Konversion – und ist, seit er nicht mehr in Schlips und Kragen vor ihr steht, selbst ganz anders, statt gezwungen distanziert schlagartig vollkommen abstandslos: »Na, denn viel Spaß noch und einen schönen Tag auch!« Es klingt in Eriks Ohren ungefähr so locker wie eine Übungsphrase im Fremdsprachenkurs an der Volkshochschule; nur daß sie das Dummdeutsch wohl nicht lernt, weil sie Urlaub in Marketingien vorhat, sondern weil sie dorthin ausgewandert ist oder vertrieben wurde, ohne sich vom Fleck gerührt zu haben. Kleinlaut, als könnte er etwas dafür und als gelte es nun, ihr Mut zu machen, gibt Erik »Danke, für Sie auch!« zurück, läßt die Tüte vorerst in ihrer Obhut und rennt los: In der Einkaufsstraße kommt es ihm so vor, als drehten sich die vor ihm Ausweichenden auch nach ihm um, und beim Passieren der Wallanlagen vor dem alten Stadttor ist es Erik, der die auf maroden Kinderwippen herumhockenden Jugendlichen aus dem Augenwinkel auf die Kürze ihres Haarschnitts hin überprüft, am See aber, im ausgedehnten Uferpark ist alles Sonnenschein. So selten wie er in letzter Zeit zum Training gekommen ist, sollte er es langsam angehen lassen, aber er vertraut auf seinen Körper, läuft nach ein paar flüchtigen Dehnungen schnell weiter. Ja, der aus eigener Kraft erzeugte Gegenwind ist doch der erfrischendste um die Ohren … Schon hat sich der Stadtpark zu einem schmalen Streifen zwischen Waldrand und Seeufer verengt, auf leider noch immer asphaltierten Wegen fliegt er an hölzernen Spielhütten und Grillplätzen vorüber, dann endlich tönt es unter den neuen Schuhen weich und dumpf. Im gestreckten Stil setzt er über gefährlich flache Wurzeln, und sein Herz schlägt höher, als er sogar auf ein paar noch vom letzten Sturm her querliegende Bäume trifft. Hinter Gebüsch und Schilf sieht er einen Steg vorüberhuschen, Männer, die bei aufgebockten Booten stehen, und er beschließt, sich bei Gelegenheit eins auszuleihen. Sein Puls nähert sich jetzt zweihundert, pünktlich nach zwei Kilometern stellt sich das Seitenstechen ein, jetzt muß er beißen, beißen, noch ein bißchen, bis zum Magenkrampf – dann hat er seine alte Hindernisdistanz also auch hier zum ersten Mal geschafft, kann auslaufen und sich am Ufer übergeben. Wann hat er sich zuletzt so wohl gefühlt! Nur gut, daß er keine Uhr hat, die ihm sagt, wie mies die Zeit war ... Als er wieder aufrecht stehen kann, entschuldigt er sich bei dem Entenpaar für die Störung und stakst, Grütze in den Beinen, zurück zur Stadt.

Während er fort war, muß Krieg ausgebrochen sein: Jedenfalls wurde die Stadt in den Belagerungszustand versetzt, die Ringstraße stillgelegt und an strategischen Punkten abgeriegelt, alle Tore mit Bereitschaftspolizei besetzt. »Tilly oder Wallenstein?« fragt er den Beamten, der ihn vor der Mauer abfängt. Aber der kaum Zwanzigjährige weiß entweder nichts von früher oder versteht jetzt keinen Spaß und verlangt von Erik, daß er sich ausweist: dessen Papiere natürlich in seiner Jacke stecken, in der Tüte, im Sportgeschäft, zweihundert Meter weiter in der Innenstadt. Erik sieht sich schon zur Feststellung der Personalien zur Wache verfrachtet, aber der Kollege hat Wichtigeres zu tun, raunzt nur: »Komm, schieb ab!« Also bleibt er einstweilen ausgesperrt und kann sich unter die paar Einheimischen mischen, die nichts Besseres zu tun haben, als das ungewohnte Spektakel aus sicherer Entfernung als Zaungäste zu verfolgen: Blaulicht und das Quäken eines Lautsprechers kündigen den Zug an, der Streifenwagen gibt ein forsches Schrittempo vor, die Losungen, die vom Dach des folgenden Kleinlasters tönen, werden schnell verständlich. Oder zumindest akustisch nachvollziehbar. Dahinter marschiert skandierend der schwarze Block: uniform, autistisch, furchteinflößend. Erik hat in Gorleben und anderswo immer sein Gesicht gezeigt, und wenn Ellen ihn warnte, welcher Fotograf kein Journalist sei, erst recht in dessen Kamera gegrinst – und er ist trotzdem verbeamtet worden. Wenn er seither zuweilen wegen Verstößen gegen das Vermummungsverbot ermitteln mußte, hat er unter den Sturmhauben meist verwirrte, verängstigte Kinder gefunden; nur gilt das nicht auch für die Glatzen? Wie autonom kann ein Uniformierter sein? Wie antifaschistisch Militanz? Die Fragen sind seit der Schulzeit dieselben, und heute widert das Indianerspiel ihn an. Noch viel mehr die Kommentare seiner Nachbarn, die am Kennzeichen ablesen, daß »Die da« aus Berlin stammen und hier folglich nichts zu melden haben. Am meisten stört ihn, daß hier niemand anders demonstriert: nicht das gleiche in schwarz-rot, sondern das grundsätzlich andere; vielleicht mit Blumen in der Hand, oder nackt. Da er sich zugleich abwendet und aufschaut, fällt sein Blick auf die rätselhaft erstarrten Steinfrauen über dem mittelalterlichen Stadttor … Dann ist der Spuk auch schon vorüber, die Polizei rückt ab, Erik betritt die Altstadt, holt die äußeren Beweise seiner bürgerlichen Existenz ab und beginnt die zunächst vergeblich scheinende Suche nach einem Blumenladen.

Was er schließlich am Bahnhof erstehen kann, sind gelbe Tulpen: in den Händen quietschende Tuppertöpfe, den Blumen, die er von daheim gewohnt ist, etwa so ähnlich wie Edamer einem Roquefort, klar. Trotzdem ärgert er sich, als er ins Hotel kommt, über Ellens versnobtes »Gott, wie scheußlich! Wen von uns beiden willst du denn *da*mit beglücken?« Sie hockt schon wieder mit Karin zusammen, oder lehnt vielmehr bei ihr an der Rezeption; wer weiß, was die beiden sich schon alles erzählt haben … Nein, er mag sie jetzt nicht küssen: »Ich dachte, für eine schlichte Haut aus dem Atlas, die man gerade mal nicht verbrannt hat, sind sie gut genug!« So bestürzt, wie Ellen guckt, tut Erik der Satz sofort leid, aber bevor er seine gewollte Coolness irgendwie abmildern kann, stellt sich Karin vor sie: »Wie bist du denn drauf, Mann! Geh mal kalt duschen, dann riechst du auch gleich besser!« Da kommt sich Erik in seinem durchgeschwitzten Trainingsanzug blöd vor und gegen die Empfindsamkeit der beiden ohne Chance. Also legt er den Strauß auf die Theke und verzieht sich wunschgemäß: »Schon gut.« Als er wieder runter kommt, haben die Damen ihm offenbar vergeben. »Schwerer Tag heute, ja?« fragt Ellen und legt die Hand auf seinen Nadelstreifenarsch. »Geht so«, weicht Erik aus, »und du? Fleißig investigativ gewesen?« Sie zieht ihr undurchsichtiges Gesicht: »Ach ja, wenn man die Augen aufmacht und mit den Leuten redet, erfährt man allerhand!« Täuscht er sich, oder schaut sie dabei zu Karin, die gerade mit einem abreisenden Kamerateam abrechnet? Aber nein, sie ist ein Profi, denkt immer nur an das eine und hat die Blumen schon in der Hand: »Gehen wir?« Das erste Interview mit dem Opfer! Da sein Krankenbesuch nur mehr privaten Charakter hätte, gibt ihre Absprache keine Handhabe her, sie nicht mitzunehmen. Trotzdem empfindet er die Vorfahrt in ihrem Spider als frivol, sieht, während sie spricht und steuert, wie die Leute sie anstarren, kommt sich vor wie beim Rosenmontag, zupft an den Tulpen auf seinem Schoß herum, als müßte er die Dinger unters jubelnde Volk streuen, wünscht, sie hätte wenigstens das Verdeck nicht zurückgeschlagen. »Hast du jetzt, oder hast du nicht?«: Ellen scheint schon einmal gefragt zu haben, aber er hat nicht hingehört: »Habe ich was?« – »Dich um eine Wohnung gekümmert! Schließlich kannst du nicht ewig im Hotel bleiben. Hörst du mir eigentlich nicht mehr zu?!« Es klingt wie: Gehörst du eigentlich nicht mehr zu mir?! Und Erik sagt »Nein… Ja – natürlich nicht… Doch!« Wenigstens findet sie es komisch, lacht: »Aha. Und wo, bitte, bist du mit den Gedanken?« – »Bei einem ausgebrannten Jugendtreff.« Noch während er lügt, merkt Erik, daß er die Wahrheit sagt; und auch Ellen spürt es, läßt den persönlichen Kram gleich fallen: »Ja, davon hab ich auch schon gehört…« Dann sind sie am Krankenhaus und brauchen gar nicht erst auszusteigen: So zielstrebig wie der junge Mensch schon vor dem Tor ans Auto tritt, muß er sie erwartet haben: »Aber Herr Staatsanwalt, wie hammers denn! Und gleich mit der Frau Reporterin im Schlepptau!« Ein Karlsruher aus Oberbayern, zu allem Überfluß. Jetzt nur nicht schuldbewußt klein beigeben: »Laß gut sein, Kollege, ich weiß, daß ihr die Sache übernommen habt – wir wollten nur Blumen abgeben, rein privat. Wie geht's den Leuten denn?« – »Allerliebst!« Er greift den Strauß von Eriks Schoß: »Ja mei, da wern's die Pressekonferenz abwarten müssen… Und jetzt fahrn's weiter, bitt' schön!« Was Ellen denn auch wie aus der Pistole geschossen tut, wobei das Reifenquietschen den »Wichser!« zum Glück fast ausradiert…

Dann donnern sie in die Dämmerung hinein und halten nicht eher wieder an, als bis sie gründlich aus der Welt sind. Nicht, daß sie sich verfahren hätten, natürlich erinnert er sich an die Adresse und besitzt sie einen Plan; nur scheint der Ort, an den sie so gelangen, nicht regelrecht real zu sein. Es muß die einzige Höhe weit und breit sein, und ausgerechnet an deren Rand ist die Trabantenstadt gelandet. Von unten betrachtet vielleicht Zwingburg, von innen jedoch Betonkulisse aus planmäßig aufgestapelten Platten, die in den dunkelnden Himmel ragen, als käme er davon schneller näher. Als Bergfried ein rot blinkender Sendemast. Kein Mensch, nirgends. Ellen stellt den Motor ab, und sie hören dem Wind zu, der hier pfeift. Ein Rentner von gerade vierzig Jahren schlurft in einem taubenblauen Blouson vorüber, »Entschuldigung ...« spricht ihn Ellen an, aber er sieht gar nicht auf, sagt nicht mal ›Nein!‹, verschwindet, ein Schatten, in einem Eingang. Ratlos bleiben sie im Auto sitzen und warten, bis das Treppenhauslicht ausgeht: ohne daß sie sich absprechen müßten, wieder wie Kinder, die sich vor hellen Fenstern beobachtet fühlen, weil sie wissen, daß Häuser Augen haben; die es nicht einleuchtend finden, daß man am besten aus dem Dunkel heraus erkennen kann, und jedenfalls glauben, daß sie unsichtbar seien, solange sie sich nicht bewegen. Endlich steigen sie jedoch aus und tauchen ein in eine fremde Welt, die ihnen sonderbar vertraut vorkommt. So ist das also, denkt Erik und legt den Arm um Ellen, am Ende steht man wieder da wie am Anfang, irgendwo am Rand, im Dunkeln, und schaut auf die Lichter in der Ferne, ob nun ein Schiff im Fluß vorbeizieht oder ein Zug auf einem Bahndamm, ob eine schwarze Fläche für einen See steht oder einen Schlag Roggen; Straßen, Laternen, Autos sind wohl überall dabei, an Abenden wie diesem auch Mond und Mir. Diese Stadt oder eine andere, was soll's: was man davon versteht, ist immer nur das Versprechen, man könnte ankommen, irgendwo; oder vielmehr noch einmal weg. »Da lang im Zweifel ...«: Ellen dreht ihn vom leuchtenden Rand zurück ins Dunkle, Straßenlaternen sind selbst im Schatten der Hochhäuser spärlich und enden gleich hinterm Garagenkomplex ganz, sie aber gehen weiter, eng umschlungen, als könnten sie sich dann nicht verlaufen. »*Wie* heißt das?« lacht Ellen leise, und er freut sich, ihr ein Wort voraus zu haben: »Ga-ra-gen-kom-plex« flüstert er im Takt der Schritte in ihr Ohr; eine hübsche Diagnose allemal, auch wenn ihm das zugehörige Krankheitsbild kaum noch abgrenzbar, mit jedem Versuch, genauer hinzusehen, weniger spezifisch scheint. »Ist ja gaga!« Vor ihnen hebt sich ein Umriß gegen den Nachthimmel ab, Erik erkennt Fensterhöhlen und auch, daß dahinter Sterne funkeln, das Dach des Gebäudes also fehlt: dort muß es sein, kein Zweifel – warum nur zieht ihn Ellen weg? »Komm ...!« beschwört sie ihn mit gepreßter Stimme, »Nicht umdrehen!« Dann, als sie außer Hörweite sind: »Hast du die Schweine nicht gesehen?!« Erik hat Glühpunkte von Zigaretten gesehen und vermutet, daß dahinter Jugendliche stecken, die bei den Trümmern ihres Rauchsalons herumlungern; aber er neigt nachts leicht zur Blindheit, und Ellen sonst nicht zum Verfolgungswahn. Nein, es läuft ihnen niemand hinterher; und was da vor ihnen raschelnd ins Gebüsch huscht, ist nur der mausgraue Schatten einer Katze. »Du mußt hier ein bißchen aufpassen, ja?!« Sie faßt ihn fester – und er hätte sich ums Haar losgerissen und kehrtgemacht: so gebrechlich ist er ja noch nicht, um zu mögen, daß ihn seine Frau bemuttert! Aber dann bleibt sie in einem Schlagloch hängen, knickt um, hängt kraftlos an seiner Seite; zwecklos, ihr zu erklären, daß der Schmerz um so rascher nachläßt, je eher man wieder kräftig auftritt. Neben dem Weg verläuft eine Art Brustwehr, Erik hebt Ellen hinauf und stellt dabei fest, daß es sich um sogar weich gepolsterte Fernwärmerohre handelt. »Luxus! Schön warm ...« pult sie an der schadhaften Dämmschicht herum, und Erik schiebt schon die Hände unter ihren Pulli: »Für dich nur vom Feinsten, Sweetheart ...« So ist das also, denkt Erik als vorerst letztes, das Ende ist noch lange nicht in Sicht, und bis dahin ist es noch ganz oft wie beim ersten Mal ... Später trägt er sie im weiten Bogen um die Clubruine zurück und läßt sie nicht vor der ersten Laterne wieder gehen: »Geht's wieder?« Muß wohl, so wie sie zum Wagen hastet und schon von weitem »Scheiße!« zischt. Dabei ist es nur eine gebührenpflichtige Verwarnung wegen eines Verstoßes im ruhenden Verkehr, die sie nun von der Scheibe wischt, zerknüllt und wegwirft: »Haben diese Deppen nach Feierabend nichts Besseres zu tun?!« Jetzt hat sie das Steuer wieder in der Hand und führt sich auf, als müßte sie ihren schwachen Moment überspielen; ein Fehltritt, der ihr peinlich ist. Erik, der nicht die geringste Lust hat, sich die Zigarre danach einzufangen, streicht das Papier glatt und sagt im Augenblick besser nichts.

Unten in der Stadt setzt Ellen ihn vor einem Restaurant ab: »Geh schon mal rein, Karin wartet wahrscheinlich schon – ist dir doch recht, daß ich sie eingeladen habe? Ich erledige ein paar Telefonate und komme nach!« Und ist, ehe er sich wundern kann, auf und davon. Karin sitzt tatsächlich in jenem nagelneuen Napoli, das sie auch ihm empfohlen, er aber nie ausprobiert hat. In Jeans mit lila Mohairpulli statt im roten Uniformrock wirkt sie wie in das edel-schlichte Ambiente nahtlos hineinretuschiert. »Hai!« Sein Grinsen fällt zu breit aus; daran, wie er die Zähne zeigt, merkt er, daß er sich vor ihr für irgend etwas schämt. Von der plötzlichen Vorstellung geplagt, sie könnte zur Begrüßung aufstehen, küßt er sie schnell auf die Wangen und nimmt Platz: »Netter Laden!« Muß das herablassend klingen? Dabei meint er es ernst, genießt es geradezu, daß sein unbestechliches Behagen für einmal nicht von Ellens strengerem Geschmack zensiert wird. Karin grunzt spöttisch, als wäre es ihr die Mühe nicht wert zu sagen: Ich bin nicht hier, um über Naturholzstühle und die Bißfestigkeit von Hartweizengrießpasta zu plaudern. Jetzt erst fällt Erik auf, daß sie nicht nach Ellen fragt, kein bißchen erstaunt ist, daß er allein kommt. Eine Falle! Etwas greift ihm ans Herz, preßt es in der Hose kalt zusammen: folgt jetzt doch unweigerlich das, was Louise eine ›Szene‹, Ellen eher ›Streß‹ nennen würde. Auch Karin dürfte in dem Verfahren als Gesetzgeberin, Anklägerin und Richterin zugleich auftreten – um so unerbittlicher, je gnädiger sie ihm als Zeugin sein Geschlecht verzieh... Und so nimmt er denn seine Sache in beide Hände und setzt zur Flucht nach vorn an – landet mit der verschworenen Parole aber gleichsam im Olivenölkännchen: »Barolo?« – »Du willst dich wohl unbedingt für mich ruinieren... Ich bin aber hier, mein Lieber, um dir genau das zu verbieten!« Also hat ihn der Ernst des Lebens eingeholt: Pesto mit mehr Salz als Knoblauch, blasser Grauburgunder, dazu ein Vortrag über ihn und Ellen: Daß er sie, Ellen, liebe und sie, Ellen, ihn: sie, Karin, könne so etwas genau sehen (nicht also er, blind für Liebe, wie er ist – nur wovon, wenn nicht vor Liebe?). Daß man derlei nicht einfach wegwerfe (als ob er das vorgehabt hätte...). Und daß sie, Karin, Ellen viel zu nett finde (nett!), um das verantworten zu können (während er, gefragt, wie er bei den Frauen einmal ist, offenbar nicht mal gefragt zu werden braucht...). Als es langsam unerträglich wird, fliegt zum Glück die Tür auf: ein Roter, eine Rothaut, ein junger Indianer stürzt herein, bleibt keuchend vor ihnen stehen, erstarrt, starrt Karin an. Erik muß zweimal hinsehen, bis ihm klar wird, daß im Irokesenhaar zwar Farbe, um Mund und Nase aber Blut ist. Der Kellner, der zu Karins Italienischbrocken nur stumm lächeln konnte, begreift schneller, schließt die Eingangstür ab und deutet gleichzeitig mit dem Kopf hinter die Theke. Der Junge zittert, bewegt sich aber nicht vom Fleck. Draußen nähert sich Getrampel – und entfernt sich ebenso schnell wieder; und doch hat jemand im Vorbeilaufen mit der flachen Hand gegen das Schaufenster geschlagen. Das Wummern der Scheibe lockt den Koch nach vorn: fragend sieht er sich im Gastraum um, bis der Kellner anfängt, alles zu erklären; es klingt wie Türkisch. Karin steht auf, geht auf den Blutenden zu, der noch immer mit weit aufgerissenen Augen vor ihr steht, als erwartete er die Rettung, das erlösende Wort von ihr. »Sören!« ruft Karin streng und beginnt, mit der Serviette an ihm herumzuwischen. Ob nun sein Name oder ihr noch weniger zu dem Burschen passendes Getue es bewirkt, halb große Schwester, halb Kindergärtnerin: jedenfalls löst sich seine Lähmung. Angewidert wehrt er ihr feuchtes Mundtuch ab, es ist nichts, nur Nasenbluten und eine Platzwunde an der Lippe. Diese Schweine. »Wer?« fragt Erik – und wird dafür mitleidig angesehen: Na, wer wohl! Also fragt er nicht weiter und reicht dem stolzen Krieger ein Glas Wein, der aber nur einen Schluck aus der Wasserflasche, und im übrigen keinesfalls nach Hause gefahren werden will! Lieber öffnet er die Tür und ist nach zwei langen Blicken die Straße hinauf und hinab verschwunden. Sichtlich erleichtert bringt der Kellner nun die Rechnung und zwei Grappa. Erik weiß nicht so recht, wie er den Vorfall nehmen soll: »Du kennst ihn?« Karin schnaubt belustigt: »In diesem Kaff kennt jeder jeden – und Sören war mal mein Lieblingsschüler!« Jetzt erst fällt ihm auf, daß er sich nie gefragt hat, was sie wohl früher gemacht haben mochte – und das, obwohl er vom ersten Moment an spürte, daß sie nicht immer im Hotel gestanden hatte; oder vielleicht gerade deswegen. Als verdächtigte er jedwedes Interesse an anderen, eine bösartige Berufskrankheit zu sein. Was bloß muß er vermutet haben, daß ihn die Wahrheit nun fast enttäuscht? »Du warst mal Lehrerin? Wußte ich ja gar nicht!« – »Ach, Erik ...«, sie sieht ihm tief in die Augen, und er hat, solange sie ihn mit diesen braunen Riesenaugen ansieht, gar nichts dagegen, darin ein blauäugiger Waisenknabe zu sein, »ich glaube, du weißt überhaupt nicht allzuviel von mir!«

Als beaufsichtigte Ellen den Versuch aus der Ferne, piept es im letzten Moment, bevor Erik die Augen entweder senken oder schließen müßte, in Karins Beutel. Als diese aber ihr

Handy hervorgekramt, eine Weile hineingelauscht und es ihm schließlich weitergereicht hat – ist es seine Mutter! Ob er alright sei? Ja doch. Sie habe die Bilder auf CNN gesehen, sogar ihn kurz, vor diesem Haus. Das sei er doch gewesen, oder? Kann schon sein. Viel spannender findet er es ja, wie sie sich von einem Kongreßhotel in Johannesburg aus bis in Karins von der ersten Italienreise mitgebrachten Rucksack aus lindgrünem Springbock-Wildleder durchgefragt hat; sie aber besteht auf ihrer Angst. Aber nein, sie müsse sich keine Sorgen machen, redet Erik auf seine weißen Manschetten ein, während er die blutverschmierte Serviette vor sich betrachtet, er sei hier sicherlich nicht gefährdeter als in Hamburg, eher im Gegenteil. Ja doch, er passe auf sich auf, und er sei dabei ja auch nicht alleine. Ganz recht, das eben sei nicht Ellen gewesen, sondern Karin. Nein, es gebe da nichts, was er ihr erzählen müßte. Ja, es bleibe beim geplanten Besuch mit Ellen, Anfang August, wenn es nicht mehr so heiß sei. Ja, er melde sich am Wochenende wieder. »Dein Vater?« fragt Karin, als er ihr das handliche Wunderding zurückgibt; so hellt sich die Stimmung langsam auf. Ellen hinterlassen sie einen Zettel: ›Sind im Eisenstein!‹ schreibt Karin fast wie gedruckt, und Erik zeichnet es als Blankovollmacht ab. Immerhin ist es nach dem Abendessen fürs Bett zu früh – und nach dem Gespräch bei Tisch zu spät. Höchste Zeit auszuprobieren, was sie sonst noch miteinander teilen, oder einander mitteilen können. Karins Stammkneipe allerdings erweist sich als ziemlich ungeeignet, Erik jene unerklärliche, allen Erklärungen zuvorkommende Vertrautheit auszutreiben, die er mit ihr von Anfang an empfand: es sei denn, der Sperrmüllkeller soll den ab jetzt einzuhaltenden Abstand gerade dadurch deutlich machen, daß er sich zwar in die eigene Schulzeit zurückversetzt fühlt, sich aber nicht traut, ihr das zu sagen. Weil der Hinweis auf den Anachronismus wohl allzu nahe liegt und ihn auszusprechen selbst dann herablassend wirken müßte, wenn er rot würde beim Gedanken an jene Altonaer Szene, in der er sich heimisch fühlte vor etwa ebensoviel Jahren, wie er damals zählte. Also begnügt er sich damit, sie zu verblüffen, indem er den Pferdeschwanz hinter dem Klavier aus seinem Blues reißt: »Machst du uns zwei Rotwein, Rico?« Verstimmt, als schätze er es nicht, seinen Namen von einem Fremden vor die Latzhose geknallt zu kriegen, haut der Typ die Gläser auf das Instrument, das hier zugleich als Theke dient. Als Erik aber hingeht und »Ist das immer so leer hier?« fragt, bekommt er freundlich Auskunft: »Mahnwache, Mann! Du weißt doch, was in diesem Schweinedorf passiert ist!« – »Ach so?« Erik freut sich wie ein Kind, dem man ein Licht aufgesteckt hat: »Da hätten wir ja auch hingehen können!« – »Mit der da?« Rico starrt feindselig zu Karin hinüber: »Warum bist du nicht heute nachmittag mitmarschiert, statt blöd am Straßenrand zu glotzen!« Klar, denkt Erik, unter den Haßkappen kann man nur von außen nichts erkennen; welch seltsame Tarnkappe er wohl tragen muß, daß er selber darunter so wenig Durchblick hat... Weil er nun nichts von der Zurückhaltung erzählen will, die ein Staatsanwalt im öffentlichen Leben üben muß, lächelt er bloß und geht mit den Gläsern zurück zu Karin. Die jedoch, statt sich zu wundern, warum er hiesige Freaks beim Namen kennt, tut, als sei das vollkommen normal; als hielte sie ihn für allmächtig und allwissend. Ehe er sich seines Berufs, gar seiner Herkunft wegen unterschieden fühlen könnte, wird ihm klar, daß es nur darum geht, sich nicht die Blöße des Staunens zu geben. Oder vielmehr darum, aus freien Stükken, statt gezwungenermaßen zu staunen: Weshalb sie sich statt für seine ersten Eindrücke von ihrer, nun so betont für seine Welt interessiert, als wollte sie etwas damit beweisen. Insofern ist er doch in der Fremde: weil er nicht weiß, ob man hier wirklich weniger selbstbezogen, oder nicht doch nur noch nicht selbstbewußt genug ist, zuzugeben, daß man sich hauptsächlich um sich selbst sorgt … Wie auch immer: Es entspannt ihn, einmal nicht lauter Gegenstände anfassen zu müssen, an denen er sich doch nur die Finger verbrennen kann. Und so lehnt er sich auf seinem Schemel lässig zu ihrem durchgesessenen Sofa vor und beginnt, die Stearintränen an der Korbflasche auf dem Tischchen dazwischen zu kneten, als wären sie Wachs in ihren Ohren: Die schiere Größe eines Landes mit biblisch bemessenen Dürreperioden und Überschwemmungen. Autoritäre und demokratische, polygame und matriarchalische Strukturen, Christentum und Hexenglaube. Rinderfarmen, die Hunderte Quadratkilometer messen, und der Kleinkrieg zwischen Bauern und Wildhütern um Elefanten. Das Elend der ihrer traditionellen Lebensweise beraubten Buschleute und die Narretei einer OECD-Statistik, die Dollar pro Nase zählt, ohne zu fragen, wieviel Maismehl, Schuhe, Schule dafür zu haben sind. Behutsame Entwicklungshilfe durch frühindustrielle Manufakturen und die modernste Diamantenmine der Welt. Ströme, die nie das Meer erreichen, weil sie in der Wüste versickern und verdunsten. Eine ausgetrocknete Seenplatte, unter deren Salzsand in wenigen Metern Tiefe ein Steinkohlenflöz schlummert, groß genug, um die Welt ein Jahrhundert lang aufzuheizen. »Und dazu Bevölkerungsexplosion!« kann endlich Karin beisteuern, die ihm wohl ebensogern an jedes andere Ende der Welt gefolgt wäre. Erik trinkt sein drittes Glas aus und löscht, ohne daß es im geringsten weh tut, zwischen Wachsdaumen und Wachszeigefinger die Flamme, die kurz davor ist, flackernd im Flaschenhals zu verschwinden: »Mittelfristig entvölkert sich das Land eher, weil fast jeder zweite HIV hat!« Als er sein brummendes Haupt später allein aufs Kissen bettet, neben sich das mit Ellens Lippenstiftkuß signierte ›Muß ein paar Dinge in Hamburg klären, komme morgen wieder. Schlaf schön!‹ –

da fällt er übergangslos in wüste Träume. Kopulierende Löwen kommen darin vor, scheinen dann aber aus Porzellan zu sein – aus Wachs die geöffnete Leiche des Irokesen. Hinterher kann er sich wieder an nichts erinnern.

Ellen läßt ihn bis nachmittags schmoren, bevor sie im Büro anruft: »Hast du Zeit? Ich würde dir gern etwas zeigen ... Ja? Dann schicke ich jemanden vorbei, dich abzuholen!« Dem Ton nach muß sie bestens aufgelegt sein, aber die Verbindung ist schon wieder unterbrochen. Erik schließt die Akten, bleibt in den folgenden Dreiviertelstunden aber mit den Gedanken bei einer besonders dusseligen Unterschlagung und kommt sich, wie er so aus dem Fenster schaut, selbst fast wie ein Dieb vor. Endlich meldet sich die Pförtnerloge, im Haus noch immer Wache genannt: Es seien Herrschaften für ihn da, er möge doch mal herunterkommen ... Unten versteht er den verschreckten Ton: Herbert hat sich wirklich kein bißchen verändert, braune Zotteln, die mit Buttons übersäte Bikerjacke, Cowboystiefel wie eh und je; allenfalls wirkt sein kantiges, von Akne vernarbtes Gesicht, das ihn mit Achtzehn älter gemacht hat, nun, zwanzig später, jünger. »Herby!« Erik freut sich wie ein Kind: Als Schüler hat er den Zivi vom Jugendzentrum bewundert, als Nachfolger auf dessen Stelle den ebenso trink- wie prinzipienfesten Träumer richtig kennengelernt und seltsam liebgewonnen. Auch wenn er ihm an der Uni nicht begegnet ist, so behielt Erik ihn doch stets im Auge, fokussiert meist durch Böden von Weißbiergläsern, als ließe sein erwachender Eigensinn sich am besten im Streit mit Herby schärfen. Friedfertig wie der von einem ABM-Projekt zum nächsten auf Festanstellung hoffende Drogenberater ist, ging das bis zur Wiedervereinigung gut, erst beim Golfkrieg haben sie sich überworfen; aber der ist ja nun auch schon vorbei ... Wenn Herbert hier auftaucht und ihm kräftig auf die Hucke haut, kann nur noch alles gut ausgehen: »Sauber, Mann ...« kneift ihm der Kumpel in die Wange, dann packt er ihn am Staatsanwaltsschlips: »Ich fürchte, ich muß dich an den Schauplatz eines skrupellosen Rechtsbruchs führen!« Und zieht ihn vors Haus, wo ein Transporter mit laufendem Motor wartet. Auf dem Beifahrersitz macht sich die dürre Blonde mit dem Rattengesicht breit, bei der Herby unbegreiflicherweise hängengeblieben ist: »Hallo, Christa!« Aber sie mustert ihn nur mürrisch. Schon wird er durch die Seitentür in den Laderaum verfrachtet. Klappe zu, es ist stockdunkel, er versucht die Bank zu ertasten, fällt beim Anfahren aber ins Leere – und fällt weich, auf Matratzen und, ja, Menschen. »Paß doch auf, Mann!« – »Sorry!« Dann dröhnt ein Punktape, das nur Christa eingeworfen haben kann, für den Rest des Trips jedes weitere Wort zu. Erik fragt sich, was er tun soll, wenn der noch in der Luft hängende Joint wieder aufflammt und bei ihm vorbeikommt – und er ahnt die Antwort: inhalieren! Nicht auszudenken, wenn sie in eine Verkehrskontrolle geraten ... Aber was soll ihm schon geschehen, kann er doch rechter Hand lange scharfe Klauen, linker Hand einen stattlichen Nasenring ertasten: könnte ein treuer Diener dieses Staats in besserer Gesellschaft als in der von Ochs und Greif sein? So wappnet er sich gegen seine Spießersorgen mit dem karnevalshaften Entschluß, ab jetzt, komme was wolle, alles lustig zu finden. Nur, daß der Greif vermutlich eine Fabelfrau ist, die sich schnell angegrabscht fühlt und dann sofort angreift: was auf der Wange ziemlich weh tut und ihn obendrein zwingt, sich auf die andere Seite zu drehen, wo das Ochsenmaul sabbernd wartet ... Nach wenig erquicklichen Minuten erstirbt mit dem Motor auch der Lärm, der Wagen steht, schon flutet Licht hinein, in die Leiber kommt Bewegung. Erik bleibt erst einmal auf der Ladekante sitzen: Am Ende einer Doppelallee alter Linden, die selbst kahl noch prächtig wirken, führt eine breite Freitreppe in ein Herrenhaus, das vor langer Zeit stattlich genug gewesen sein muß, um als Schloß bezeichnet zu werden. Allerdings sind all die Simse und Ziergiebel der Fassade längst zerbrochen, wo das Mauerwerk nicht bloßliegt, ist es mit dem Schlammgrau aller Altbauten weit und breit verputzt, Kabel und Rohre laufen darüber hin, und seitlich hat man einen Küchentrakt angesetzt, der genauso aussieht wie die Schweinemastanlage der LPG. DIESES SCHLOSS IST BESETZT! steht in bunten Lettern auf einem Bettuch, das aus dem ersten Stock hängt. Ehe Erik sich alles zusammengereimt hat, erscheint an einem der Fenster Ellen und winkt ihn lachend zu sich hinein ...

Drinnen wundert er sich über gar nichts mehr: Der Boden der Vorhalle ist mit Papierschnipseln bedeckt, vermulchten Luftschlangen, die von Schmutzschuhen aus den angrenzenden Räumen herübergeschleppt worden sein müssen. Naturgemäß geht Erik zunächst dieser Spur nach, in Büros, wo Stahl- und Rollschränke weit offen und neben jedem Schreibtisch Schubladen im knöcheltiefen Konfetti stehen. Die leeren Aktenordner sind akkurat bis zur in Schulterhöhe verlaufenden Oberkante der braungelben Leimfarbe gestapelt, und auch sonst deutet nichts auf Vandalismus hin. Die Heizkörper sind so kalt wie die Raumluft und das übrige Inventar. Dann locken ihn laute Schreie weiter, und er folgt ihnen durch die Halle auf die Gartenseite, in einen Saal, vor dessen Flügelfenstern ein Wäldchen liegt, das früher der Park gewesen sein dürfte. Sofort erkennt er alles wieder: weniger den Salon aus Louises Kindheitserzählungen als das Spielzimmer seiner Kinderträume: Ja, hier wäre nicht nur Platz für Hallenfußball, sondern auch dafür, die Gedanken einmal schweifen zu lassen – oder sie vielmehr steigen zu lassen wie doppelt versteifte Drachen im Seewind, schweben wie hauchzarte Heißluftballons aus Seidenpapier und Teelicht, davonfliegen wie Dad's grauen Papagei, den er zur Einschulung geschenkt bekommen hat, um Verantwortung für ein lebendiges Wesen zu erlernen... Im Augenblick allerdings tobt auf dem verschrammten Parkett eine Art Seeschlacht zwischen einem Dutzend rollender Krankenhausbetten: Hier rammt mit häßlichem Eisenknirschen ein kettenbehängter Pirat den fliegenden Holländer einer auf untot Geschminkten, dort liefern sich zwei stolze Linienschiffe, Breitseite an Breitseite, eine unermüdliche Kissenkanonade, am Rande des Getümmels aber ist der Ochs bei jenem Sören von gestern abend längsseits gegangen, für den es diesmal kein Entrinnen gibt: der sich mehr kichernd als wimmernd dagegen wehrt, verzweifelt und doch nicht ernsthaft, geentert und nach Kräften durchgekitzelt zu werden. »Könnt ihr Dumpfbacken jetzt mal den Arsch aus den Betten heben und euch nützlich machen?!«: Christa, noch dürrer gemacht von der viel zu großen, mit güldenen Borten und Tressen verzierten Uniformjacke eines sowjetischen Offiziers, muß hinter ihm eingetreten sein und sich angesichts der allgemeinen Ausgelassenheit bemüßigt gefühlt haben, auch etwas zur Erheiterung beizutragen. Komisch kommt Erik aber nur vor, wie das Prisenkommando stillschweigend auf den Spaß eingeht und wirklich anfängt, das offenbar seit längerem herrenlos treibende Schloß flott zu machen; nur komisch, daß die kommandierende Marsfrau unter ihrem Stoppelhaar richtig rot geworden ist und es kein bißchen komisch zu finden scheint, daß ihr die Mannschaft widerspruchslos gehorcht... »Wo bleibst du denn?! Rasierst du dich etwa seit neuem naß?«: Ellen kommt ihm auf der Treppe entgegen, schreckt, als er sie küssen will, aber zurück, fängt an, mit dem Taschentuch an seiner Wange herumzutupfen. Vorwurfsvoll hält sie ihm sein eigenes Blut vor Augen; soll er sich dafür etwa entschuldigen? »Pardon, wenn ich Ihro Gnaden Ziegenmilchteint versaue;

aber steht man in euren Kreisen nicht auf Schmisse?« – »Blödmann!« Sie windet sich aus seinen Armen und zieht ihn aufgeregt in die obere Etage: »Aus diesen schönen Räumen muß man doch etwas machen – sag bloß nicht, daß es dir nicht gefällt!« Angesichts der Zimmerfluchten mit dem weiten Blick ins Land faßt Dr. Staunsdorff tatsächlich langsam Zutrauen zu seinem noch unausgesprochenen Verdacht: »Schön hier – aber was hast du dir da bloß wieder ausgedacht?« Sie guckt ihn mit der reinsten Unschuldsmiene an: »Na, wenn der Kreis sowohl ein neues Asylbewerberheim als auch ein neues Jugendzentrum braucht, wäre hier doch wunderbar Platz für beides – unter einem Dach, verstehst du? Soziales Lernen in der Praxis, oder so...« – ›Du Gute!‹ denkt Erik, ›Und damit das alles in Gang kommt, würdest du sogar das Opfer bringen, selbst hier einzuziehen...‹ Aber er sagt dann doch lieber: »Gute Idee! Und was, bitte, habe ich damit zu tun?«

6 *Der Garten war wirklich ziemlich verwahrlost. Nicht, daß ich gern Hecken zu Mauern gestutzt oder Löwenzahn aus Kieswegen geharkt hätte; aber was nützt schon ein Garten, in dem Dornengestrüpp jeden Weg, jedes Blumenbeet überwuchert? Und im Haus hatte sich nach dem Fest eine träge Sonntagsruhe verbreitet, die mir nicht lag: Die ältere meiner beiden Damen war gar nicht erst aufgestanden, sondern hatte mir nur von der jüngeren auftragen lassen, daß ich ja nichts vom Geschirr anfassen solle, ich müsse mich noch schonen, und den Abwasch erledige morgen die Zugehfrau. Ellen aber, wie sie so mit mir sprach, schien bedrückt und schlug, als ich ihr den Seidenschal zurückgeben wollte, die Augen nieder – fast, als trüge sie mir oder sich selbst etwas nach. Aber so tragisch war es wohl wieder nicht, denn dann lächelte sie doch und sagte, daß ich den Schal ruhig behalten solle, mir stehe er ohnehin besser... Was ihr fehlte, war zweifellos jener Kleiderschrank von einem Kerl, dessen Sachen mir gestern abend so rein gar nicht passen wollten; jedenfalls schien sie den ganzen Tag hinter dem Abwesenden herzutelefonieren, um dann selber zu verschwinden. Ich aber legte erst einmal alles vom Laub des letzten Jahres frei – und mußte dabei an Silvio denken, seit ich beim Rechen zwei Schneeglöckchen erwischt hatte. Immer mehr Farbtupfer tauchten unter dem braunen Modder auf, gelbe und lila Krokusse, die grünen Schwertblätter von Osterglocken, oder waren es Narzissen, auch eine von diesen kleinen blauen, deren Namen ich nie weiß. Unter den Brombeerranken fanden sich Rosenstöcke, unter der abgebrochenen Hälfte einer Tischtennisplatte aber, die ich mit zerstochenen Fingerkuppen vom Rasen lupfte, wuchs wohl schon seit Jahren nichts mehr. Eine Weile lang sah ich mir das Gewusel der aufgeschreckten Asseln, Ohrwürmer und Tausendfüßler an, die durchsichtigen Engerlinge, die Silvio*

zweifellos auf Dornen gespießt oder mit Zigarettenglut geröstet hätte; auf die Dauer aber ekelte mich dies Zuviel an Leben, und ich ließ wieder die Grabplatte darauf fallen. Ein dumpfer Schlag – und ich war zurück in den Gefilden, in die ich zu gehören schien: an einer frischen Luft, die zwar nach Erde roch, aber mit jedem Vogelzwitschern den Blick in Richtung Himmel zog. Bevor ich mein kleines Paradies nun aber hätte versauen können, indem ich anfing, aus den Wegen Vogelmiere und Hahnenfuß zu jäten, bevor sie je geblüht hätten, gar Büsche und Buchenhecken zurückzuschneiden, worin die Vögel just jetzt Nester bauten, kam Louise am Montagmorgen mit einer besseren Idee heraus: Hans, einer ihrer besten Freunde, sie habe ihn mir ja vorgestellt, habe in aller Frühe angerufen, um zu fragen, ob ich nicht Lust hätte, während der Ferien bei ihm hineinzuschnuppern; immerhin könnte es mich interessieren – und im übrigen nie schaden, bescheinigte er es mir doch gern als Praktikum. Ich erinnerte mich zwar an keinen Hans, jedoch vage an einen graphitgrau gekleideten Herrn, den sie mir schilderte – jedenfalls an den metallischen Glanz, der von ihm ausging: weniger vom schillernden Anzugstoff als vom künstlich Gestählten seines Auftritts, das noch der goldbraun glänzenden Glatze etwas Kraftstrotzendes verlieh. Wegen seines Stehkragens hatte ich ihn für eine Art Geistlichen gehalten, was Louise ihr Mädchenlachen lachen ließ: nein, ein Heiliger sei er nicht gerade, aber einer der besten Werber und Entwerfer. Ich war mir zwar nicht sicher, was das hier hieß, hatte mich aber, Silvio hielt mich für bekloppt, auf den Unterricht in der Produktion immer gefreut: gespannt auf jeden weiteren Duft der Welt, und wenn es auch nur Öl und Diesel im Landmaschinenkombinat war. Die Vorstellung, auf der faulen Haut zu liegen, sagte mir einfach nicht zu. Louise wollte mich ja sicherheitshalber vorher noch einmal zum Arzt schleppen, aber als ich ihr lange genug vorgeschwindelt hatte, daß mir der Kopf nicht mehr weh tat, setzte sie mich endlich in die S-Bahn.

Das Taxi, in das ich vor dem Hotel Vier Jahreszeiten gestiegen war, fuhr zwar wirklich zu einer stillen Straße links der Alster, jedoch links der äußeren, größeren, für die ich bereits den kleineren der beiden Seen gehalten hatte, die statt Plätzen im Stadtzentrum lagen; so unvollkommen Louises Wegbeschreibung war, so reichlich bemessen war das Fahrgeld. Benommen stand ich vor der weißen Villa mit der richtigen Adresse. Als der Vorortzug nach etlichen Haltestellen am Ende doch aus endlos zusammengewachsenen Gärten voller Planschbecken, Sandkästen und Strandkörben auf Industriebrachen gelangt und beim Auftauchen der ersten Brandwand unter der Erde verschwunden war, hätte ich schwören können, aus dem schönen Anschein dieser Welt in ihre Wirklichkeit vorzustoßen. Oder hatte ich mir etwa vorgestellt, am Ende des langen schwarzen Tunnels die Augen aufzuschlagen und wieder zu Hause, bei den Garagen, vor meinem Vater zu stehen? Als ich mich aber beim Stichwort Jungfernstieg der Rolltreppe aufwärts anvertraut hatte, waren um mich herum nur um so prächtigere Kaufhausfassaden ans Tageslicht gekommen; waren all die Dinge, die ich vom Sehen kannte, aus der zugleich größtmöglichen und geringsten Ferne, die eine Glasscheibe vermittelt, nicht nur in Schaufenstern, sondern auch vor diesen vorhanden, auf dem Bürgersteig und der Fahrbahn: Atom für Atom durch die Scheiben ins Leben hineinprojiziert; in echt! Folglich brauchte ich, um mich zurechtzufinden, nur alles genau so zu machen, wie von klein auf beobachtet: mich also nicht lange aufzuhalten in dem Hinterhof, den ich statt der gesuchten Straße vorfand, beim Anblick eines Lastwagens, in den Kulissenteile gerollt wurden, oder mit dem gedämpften Auf- und Abkollern einer Sängerin, die sich irgendwo in dem Gebäudekomplex einsang. »Bühneneingang – Zutritt nur für Staatsopernangehörige!« stand da – und das war ich schließlich nicht. In dem Film, in den ich hineingeraten war, machte man das anders: ging einfach zu einem der Taxis vor der weißen Zuckerbäckerfront des ersten Hauses am Platze, setzte sich auf die Rückbank, nannte eine Adresse – und stand Minuten später, jetzt, mit Herzklopfen vor der Tür. Etwas summte, aber meine Ohren waren es diesmal nicht, und ich hatte auch keinen Finger auf einen Klingelknopf gelegt. Ohne daß ich sie angefaßt hätte, sprang die gläserne Tür auf, und ich trat ein.

Hinter einer Art Tresen aus lauter Chrom thronte eine Art Frau im grauen Anzug und mit straff nach hinten gekämmtem Haar: sie streckte mir zwar die Hand entgegen, blickte vom Bildschirm vor sich aber erst auf, als ich etwas verwundert zugriff: »Was soll der Quatsch – wo hast du's?« Ich mußte sie verärgert haben, ohne zu wissen, wie – und sagte »Was?« Jetzt stahl sich eine Art Lächeln auf ihre Züge, das sie nur noch härter machte: »Wohl neu im Geschäft? Also, wenn du hier rein kommst, dann gibst du dein Päckchen ab, läßt deinen Zettel abzeichnen und haust ab – okay? Schließlich kann ich nicht mit jedem Kurier noch ne Runde quatschen!« Dann klingelte es, sie griff zum Telefon, während bei mir das Dunkel immer dichter wurde. »Ich habe kein Päckchen!« stammelte ich endlich, als sie abgehängt hatte, »ich soll mich bei Herrn Hans melden!« Ihr Lächeln wurde zu Edelstahl, die Sorte, aus der man Rasierklingen macht: »Kein Päckchen, na so was!« Sie starrte auf meine gekürzte Jeans: »Und ich habe dich glatt für einen Fahrradboten gehalten!« Damit war das Gespräch für sie beendet, und sie wandte sich wieder dem Computer zu. Gelb von Forsythien flutete durch die Glastür das Frühlingslicht herein. Läutete das Telefon am Empfang, löste das kurz darauf ein fernes

Echo in einer anderen Ecke des Hauses aus. Leute, zu jung für ihr feines graues Tuch, hasteten die Treppe herunter und verschwanden hinter einer verchromten Tür im Erdgeschoß. In der Halle hingen ringsum Vitrinen voller Konservenbüchsen und Tütensuppentüten; sogar eine Serie Tiefkühlpizzapackungen war ausgestellt, auch diese ungeöffnet, strahlend heil, obschon die Schaukästen, ich berührte sie, um keine Fingerabdrücke zu hinterlassen, mit dem Handrücken, Zimmertemperatur hatten. Ein Typ mit knallroter Windjacke und Radlerhosen platzte in die Stille, zog ein langes Papprohr aus dem Rucksack, legte es auf den Tresen, bekam seinen Zettel abgezeichnet und haute ab. Seit mir mein Vater nach der Jugendweihe einmal zeigen wollte, wo er Dienst tut, hatte ich geglaubt, daß es Gitter, Wachhäuschen und Schlagbaum, schwere Möbel und staubige Gardinen, diesen Mief aus Geheimhaltung und kaltem Qualm braucht, um dahinter unsichtbar zu werden – und sich auch zu wünschen, unsichtbar zu sein: nette fette Genossen, die den Nachwuchs sichten, ihm auf die Schulter klopfen und schon mal fragen, was man im Leben machen will. Hier dagegen hatte ich die zerbrechliche Dialektik sofort durchschaut: durchsichtig wird, wer in einer Welt aus Glas lebt! Mit der Lektion hätte ich es für heute bewenden lassen und wieder auf die Straße treten mögen, als ich aber die Tür aufzog, pfiff mich der Hausdrachen zurück: »Der Art Direktor hat zu tun, aber wenn er dich wirklich herbestellt hat, solltest du warten!«

Drei Papprohre, vier Päckchen und vierunddreißig ins Telefon geflötete »Ist in einer Besprechung!« später sprangen die Doppelflügel der Chromtür auf, und die Delegationen strömten heraus: feldmausgrau ohne Schlips die Hausherrn, marineblau mit Schlips die Besucher. Hans erkannte ich, umringt von koffertragenden Adjutanten, neben dem rang-

höchsten Weißhemd, ein immerblonder Hüne mit Seebärenbaß. Hände mußten geschüttelt, letzte »Also, bis nächste Woche!« und »Wie besprochen!« ausgetauscht, »Sind Sie sicher, daß Sie nicht doch Zeit für einen Imbiß haben – der Tisch ist bestellt!«, »Ein andermal gern, ich muß gleich zum Flieger!«, drei Taxis geordert, eins gleich wieder abbestellt werden: »Mein Fahrer steht um die Ecke!« Ach so. Na dann. Und: »Tschüs!« Tschüs aus dem Munde eines Wirtschaftskapitäns machte es leichter, sich vorzustellen, daß er eine Armada von Müslimarken befehligte; oder vielleicht Windeln... Als die Farben endgültig auseinandergelaufen und die Roll- oder Stehkragen unter sich waren, richtete Hans das Wort an seine Truppe: »Kinder, ihr wart klasse! Der Kunde hat ja sein eigenes Produkt erst durch uns richtig erkannt... Also, dann sag ich mal: Suschie für alle!« Was immer das Codewort bedeuten mochte, es löste beifälliges Raunen aus. Geschmeidig wie ein Vortänzer drehte er sich zur Empfangsdame um: »Du hast es gehört, Nina. Und sag auch im Jahreszeiten ab!« Ehe sie, den Telefonhörer schon am Ohr, die bloß aufgeschminkten Brauen bis zum Haaransatz hochgezogen, die Frage stellen konnte, die zu dem auf mich gerichteten Kugelschreiber gehörte – war ich bereits entdeckt: »Hal-loh! Du scheinst mir Glück zu bringen... Hast du dich schon ein bißchen umgeguckt?« Weil es hier Sitte zu sein schien, sagte auch ich artig »Du« und »Hans« zum Direktor, der auf mein Achselzucken hin die Sache selber in die Hand nahm und mich, die Linke auf meiner unsicheren Schulter, in den Sitzungssaal führte, wohin jetzt alles zurückflutete, um mich reihum vorzustellen: mit einem Namen, der sich mit meinem zwar nicht ganz deckte, mir aber viel besser gefiel, und einer Funktion, die klang wie »Tränie«. Das schien nichts weiter Trauriges zu sein, denn fast alle grinsten komisch, als sie Hallo zu mir sagten, und als wir weitergingen, ich merkte es wohl, kicherten sie. »Das ist Jochen, meine rechte Hand. Er wird sich ein bißchen um dich kümmern!« Jochen war zwar kaum dreißig, aber rot im Gesicht wie ein alter Säufer. Er grinste nicht, sagte statt ›Hallo!‹ »Na, toll!« und redete gleich weiter Englisch auf diejenige seiner Hände ein, die er zum unablässigen Aschen und Ziehen nicht brauchte. Hans war weitergegangen und stand inzwischen vor dem mannshohen Hochglanzfoto einer Kaffeepackung mit einer jungen Graphikerin zusammen, deren langes Rothaar wohltuend vom Grau des Anzugs abstach und die ihn um Haupteslänge überragte. Dann trug ein Chinese Stapel von flachen Spanschachteln herein, wie ich sie bisher nur im Heimatmuseum gesehen hatte, dazu eine Flaschenkiste, die wiederum aus Plaste statt aus Holz gemacht war und gleich mehrere Sorten Mineralwasser enthielt. Jeder bediente sich; und auch Jochen, der es zuvor schon geschafft hatte, sich eine neue Zigarette anzuzünden, ohne das Funktelefonat zu unterbrechen, brachte es mit nur fünf gelben Fingern fertig, seine Schachtel aufzuklappen, die darin befindlichen Holzstäbchen neben den Glimmstengel zu klemmen, und nun die mundgerechten Happen einen nach dem andern zu ergreifen und, immerfort redend, zu schlucken. Warum er nicht kaute, verstand ich nur zu gut: Bei den hübsch anzusehenden Bissen, den Braten hatte ich sofort gerochen, handelte es sich um kalten rohen Fisch! »Kennst du nicht, was?« Wenn er Deutsch sprach, mit leichter bayerischer Färbung, oder war es hessisch, klang Jochen gleich ganz anders, wärmer, rauher. Langsam legte sich in mir der Wunsch, mein Wasserglas an die Wand zu werfen. Wortlos stellte ich es auf einem Tageslichtprojektor ab, langte mir die letzte Portion vom Tisch, faßte die Stäbchen so, wie für die chinesische Gaststätte in der Hauptstadt geübt, in die mich mein Vater einmal mitgenommen hatte, griff zu, schloß die Augen, schluckte. Es flutschte genauso gut wie damals, als mir Silvio grinsend einen Regenwurm hinhielt: Ein bißchen Schleim, lächerlich, deshalb von Mut zu sprechen. Wenn man danach dazugehörte, dann nicht, weil es heldenhaft gewesen wäre, sondern weil man sich überwunden hatte: das, was man bisher gewesen war. Weil man danach nur noch ist. Ich griff erneut zu, ließ die Augen diesmal offen, schluckte: So wollte ich ab sofort sein: Neu, ohne Erinnerung und Vergleich, so daß mich nichts anwiderte oder erstaunte. Jochen, wenn ihm der Kopf einmal nicht rauchte von den Terminen, die sein Meister offenbar gern platzen und neu aushandeln ließ, war vielleicht gar kein Kotzbrocken; was sprach dagegen, sich ihm zu treuen Händen zu übergeben? »Lecker!« sagte ich. »Entschuldige, Schätzchen«, sagte er, warf Kippe und Stäbchen in den Aschenbecher und griff sich Notizblock und Kuli vom Tisch, »aber wir haben hier jetzt zu tun. Meinst du, du schaffst es, das in der Stadt zu erledigen?« Er kritzelte allerlei auf den rosa Zettel, riß ihn ab und heftete ihn mir an die Brust: »Und sei abends pünktlich!«

Den ersten der ordentlich durchnumerierten Punkte konnte ich nur als »Bodo & Rüdiger« entziffern, sonst nichts, außer einer Adresse, zu der ich gleich gespannt hinfuhr. Was immer ich mir, zurück in der Innenstadt, ausgemalt hatte, ein rundum verspiegeltes Tropenhaus voller Topfpalmen, Zimmerwasserfälle und plätschernder Harfenmusik war nicht dabei gewesen: Daß man das jüngste Mitglied des Kollektivs einkaufen schickte, war normal – bloß was sollte ich vom Friseur mitbringen? Ehe ich aber in die Verlegenheit gekommen wäre zu fragen, oder hätte verduften können, wurde ich lächelnd in einen hydraulischen Sessel gedrückt, sah ich mich umringt von tausend eigenen Grimassen und zwei Scherenkünstlern, die mich erwartet haben mußten und nun um die Wette an mir herumzogen und -kämmten. Wobei sie immerfort »Gaaanz toll!« riefen, als würden die

Haare vom Dehnen länger, bis ihnen meine verzerrte Miene auffiel: »Du, das wird der Hingucker!« Ich sah lieber nicht hin und dachte an Silvio: den Schock, als ich ihn zum ersten Mal mit rasiertem Schädel sah. Irgendwann erwischt es eben jeden, versuchte ich mich zu trösten, aber als ich die Augen nach Schnipseln, Pinseln, Bürsten, allerlei beißend wohlriechenden Chemikalien, lauwarmem Wasser und heißer Luft wieder aufzuschlagen wagte, war die Verblüffung perfekt: Auf den ersten Blick hatte sich nämlich gar nichts geändert, nur, daß alles noch ein bißchen bunter und zotteliger aussah. Mein Vater, schien mir, mußte es anders gemeint haben, wenn er früher brüllte: »Entweder du gehst zum Friseur, oder du kannst dir dein Taschengeld in die Haare schmieren!« Aber selbst davon war ja schon lange keine Rede mehr gewesen... Auch hier wollte man von Geld nichts hören, wovon ich leichtfertig angefangen hatte, noch knisterte es ja dank Louise in meiner Tasche, bevor ich die Preistafeln sah: Aber nein, alles in Ordnung, schon erledigt. Beim folgenden Punkt war es dasselbe: Was auf der Liste wie das Kürzel für Touristeninformation aussah, vielleicht ein Intelligenzpunkt in der Schnitzeljagd durchs Labyrinth bunter Schriftzüge und Symbole, die an allen Häusern klebten – erwies sich als Kleidergeschäft, das sich als verstaubter Kellerverschlag herausgeputzt hatte. Grau, ich hatte es ja längst begriffen, war angesagt, und so wunderte es mich nicht, daß ich gerade dort angekündigt war. Als ich aber zu der Verkäuferin, die auch violette Augenringe nicht älter machten als ich es war, »Scheiß Uniformzwang, was?!« sagte, weil ich gern etwas zu ihr sagen wollte, wandte sie sich augenrollend ab: »Wenn's dir nicht paßt, geh doch woanders hin!« Und hatte mich damit auch schon im Sack: dem gleichen, den sie selber trug, einen zwar eher asch-, als elefantenfarbenen, gleichwohl monströs überdimensionierten Pullover, dessen Ärmel wie Rüssel an mir herab hingen, dazu passende, also unförmige, viel zu kurze Hosen. Vielleicht war aber auch alles anders, und ich fand mich statt im Keller zuerst auf einem Speicher wieder, wo man zwar vor lauter schnellen harten Bässen kein Wort verstehen konnte, aber alle so selig lächelten, daß auch ich gar nicht anders konnte, als mich in orange Röhrenhosen und ein hellgrünes Leibchen zu zwängen, zwischen denen der Nabel frei blieb: wohl für Ringe. So genau weiß ich es nicht mehr, denn mir schwirrte längst der Kopf, und all dies ging und kam ja so schnell, daß ich fand, daß es kaum lohnte, sich Einzelheiten zu merken. Seltsam nur, daß ich all diese bereits bezahlten Sachen nicht nur abholen, sondern auch anprobieren sollte, auch zwei Paar Schuhe, ja, selbst exquisite Unterhosen, für die es hier eigens kleine Shops gab. Na, ich arbeitete brav meine Liste ab, und mit jeder neuen Glanzpapiertasche, die ich zu tragen hatte, fühlte ich mich mehr wie die Menschen hier: die, so wohlgenährt und -gekleidet sie auch waren, doch unentwegt von Geschäft zu Geschäft zu hasten hatten, selbst die Kinder und die Alten. So gehetzt, daß sie offenbar kaum zum essen kamen und statt dessen rasch etwas im Stehen verdrücken mußten, wenn nicht gleich im Gehen; so daß sie zu kauen schienen, wo immer sie gingen und standen. Alles strahlte unbändige Energie aus, Geschäftsgeist eben – und dazuzugehören war erhebend! Nur war es auch ziemlich ermüdend, und so blieb, als der letzte Laden abgehakt war, die eigene Jeans ungekauft, für die Louise mir viel zu viel Geld aufgenötigt hatte. Ob ich die alte nun ihr zu Gefallen oder aus eigenem Ungeschick zerrissen hatte: Es war Frühling, die Sonne lachte vom Himmel, und kurze Hosen schienen genau richtig, um die Beine zur Abwechslung ein wenig im See baumeln zu lassen.

Die Binnenalster jedoch, für die ich noch am Morgen das kleinere Alsterfleet vor jenen Arkadengängen gehalten hatte, unter denen Touristen in Cafés und Bettler auf dem Pflaster saßen, der See also ähnelte am Jungfernstieg mehr einem Hafenbecken mit Kaimauern, an denen Aussichtskähne festmachten. Kein Baum in Sicht. Durstig wie ich war, hatte ich mein Kleingeld doch restlos ausgegeben: die Groschen dem Pflastermaler auf den Kreideengel, das Silber den arbeits- und obdachlosen Aids- und Drogenkranken vor ihre Pappschilder gelegt und mich denkbar schlecht dabei gefühlt. Den letzten Fünfer aber hatte ich eben erst in den Akkordeonskasten eines Alten geworfen, der so herzzerreißend falsch sang, daß es mir sofort darum leid tat. Ob ich ihn um Wechselgeld bitten konnte? »Cola – Fanta – Sprite 1.80« stand am Kiosk, und drei D-Mark waren fürstlich für das Gejaule. Als ich aber vor ihm niederkniete, um mich aus dem Kasten zu bedienen, fing der Alte an zu brüllen wie ein Tier – oder war es die Quetschkommode, deren eine Seite er jetzt fallen ließ, um mit der freien Hand die Krücke zu ergreifen? Er bewegte sich blitzartig, ein Sitzsprinter, und hatte mir, ehe ich begriff, was vor sich ging, einen übergebraten, daß ich Sterne sah. Die Leute guckten. Eine Mutter mit Kopftuch und bodenlangem braunen Mantel sah mich ganz traurig an und hielt ihrem Kind die Augen zu. Meine Schulter! Hätte er statt der Schulter den Kopf erwischt, wäre ich wenigstens gestorben, so aber war wieder mal alles meine Schuld, und ich mußte zusehen, daß ich meine Taschen zusammenraffte und mich aus der Affäre zog. Zum Glück kümmerte sich weiter kein Mensch um mich, sobald ich auf einem Poller saß und aufs Wasser schaute. Schwäne sind überall so schön wie zu Hause, dachte ich, und ärgerte mich über die Tränen, die mir aus Wut vor Augen schwammen. Dann aber konnte ich sie wischen, sooft ich wollte, das Bild wurde davon nur immer klarer: Kein Zweifel, was da langsam näher kam auf dem Wasser, schwarz und traurig wie aus einem Traum – war eine Gondel! Ein Brautpaar saß darin, jetzt gingen sie direkt vor mir längsseits, der Beckenrand war zum Aussteigen fast zu hoch. Der standfeste Bootsführer am Heck, stilecht bis zum Strohhut mit Flatterband, hatte alle Hände voll zu tun, den flachen Kahn an der Mauer zu halten, die Braut in ihren weißen Rüschen stemmte sich, ehe ich ihr mehr als einen Finger reichen konnte, schon übers Knie an Land, der dickliche Bräutigam aber konnte bei dem wackligen Manöver nur sitzen bleiben oder ins Wasser fallen. Fast hätte ich den Frischvermählten ›Herzliches Beileid!‹ entboten. Weil Sie aber ohnehin nicht eben glücklich, und Er gar zu jämmerlich dreinschaute, untersagte ich mir den Spaß und sprang statt dessen zu dem grauen Frack hinab, half ihm auf und bugsierte ihn in seinen Hafen: schob also von hinten, während sie von oben zog. Die Braut bekam noch ihre Schuhe gereicht, ich meine Einkäufe nachgeworfen, »Dankeschön!« sagte aber nur der Gondoliere: es klang eher sächsisch und nach einer Frau. »Bitteschön!« versetzte ich, während sie schon abstieß. Ich deutete auf das Panorama der beflaggten Hauptverwaltungen und Hotels: »Ist ja fast wie im Spreewald hier!« Sie lachte, um mir dann sehr ernsthaft den Unterschied zwischen dem Staken mit langen Stangen und dem Rudern mit dem berühmten Rundschlag zu erläutern, den sie nur habe in Venedig lernen können – ich versuchte, nicht allzu genau hinzuhören. Unter der Brücke wurde es noch einmal eng, einer der großen Motorkähne kam uns gefährlich nah, schlug Wellen, die sie geschickt ausritt; was immer sie auf italienisch oder gut deutsch hinüberschrie, ging im Rumpeln der Züge über unseren Köpfen unter. Dann aber öffnete sich der Außensee, die Ufer wichen grün zurück, Jollen kreuzten, zwei Doppelvierer flitzten dahin, etliche Einer kurz vor dem Start lagen auf der Oberfläche wie Wasserflöhe. »Wo willst du überhaupt hin? Glaub nicht, daß ich dich hier umsonst durch die Gegend schaukle!« Rudern, das war zu Hause der zweitbeste Weg in die Welt gewesen, fast so aussichtsreich wie Boxen; nur hatte es bei mir ja nicht einmal für Volleyball gereicht ... »Reicht das?« Ohne lange nachzudenken, gab ich den blauen Gegenwert der neuen Jeans her, die ich ja doch erst im Herbst brauchen würde, und den rosa Laufzettel dazu, auf dem ganz unten nur eine Adresse und 19:00 stand. Gerudert zu werden, das war einmal Sport nach meiner Art. ›Wie im letzten Jahrhundert!‹ mußte ich denken – was doch Unsinn war: die stämmige Matrosin aus Hoyerswerda hatte ja betont, daß sie Hamburgs erste und einzige Gondel führe. Und der neue Kurs, sie bestätigte ihn mit einem »Okay!« statt mit ›Ahoi!‹, ging vom schimmernden See bald ab in dunkle, sich immer mehr verzweigende Kanäle, vom öffentlichen Rasen der mehr oder minder entblößten Körper zu überwucherten Gestaden privater Gärten, die mit Weiden, Flieder, Goldregen ins Wasser hingen. Die Zeit schien stillzustehen, auch ich traute mich kaum mehr zu atmen, aber es ging dabei nicht rückwärts; vielmehr wie an den Rand von etwas Zukünftigem, das noch nie gewesen war ... »Okay, das wär's!«: Mit einer einzigen, waghalsig weit ausholenden, aber genau berechneten Bewegung steuerte sie das träge Gefährt an den nächsten Holzsteg, ich bedankte mich schnell und sprang an Land.

Aber das war nun ein sonderbarer Garten! Die größte Fläche nahm ein Rosenteich ein, so daß hier nur Goldfische sonnenbaden konnten; an der engsten Stelle, just da, wo ein mutiger Schritt genügt hätte, überspannte ihn eine flache Bambusbrücke – offensichtlich nur, um sich mit seinem Spiegelbild zu einem flachen Auge zu vereinen. Und wenn dichtes Moos die Wege überzog, so wuchsen aus den Rabatten statt Blumen Steine! Wie ich noch so dastand und mich fragte, ob man hier nun auf dem grünen Teppich oder doch auf den kunstvoll in die Kiesbeete gerechten Linien bleiben mußte – da eilte mir jemand entgegen. »Schweine!« rief er – denn abgesehen davon, daß ich nicht wußte, ob es noch ein Junge oder nicht doch längst ein Mann war, mußte ein Er in dem Kittel stecken; vielleicht aber auch »Beine!« oder »Steine!«, für die Mitlaute des Deutschen war sein Lächeln wohl zu breit. Ich verstand, daß ich mich nicht von der Stelle rühren sollte. »Entschuldigung, ich soll das hier abgeben, glaube ich …« streckte ich ihm die Tüten hin – und kam mir vor ihm ungewohnt groß, ja grob vor. Er aber nahm meine Hand, sagte etwas wie »Komm!« und leitete mich, immerfort lächelnd und sprechend, zum Bungalow am oberen Grundstücksrand, der vom Wasser aus kaum zu erkennen war. Ohne zu wissen, was mir geschah, ließ ich doch alles geschehen: Tom, wie ich ihn nennen sollte, nachdem ich seinen richtigen Namen nicht nachsprechen konnte, weil er in meinen Ohren jedesmal anders klang, bald »Pomm«, bald »Gong«, Tom also, der dort das Sagen hatte, bat mich ins Haus; ich hätte ja auf der Terrasse gewartet. Drinnen war es schattig und fast leer bis auf asiatische Götterbilder, die überall standen, saßen oder lagen. Tom zeigte auf eine schwarze Ledercouch; dann brachte er, auch ohne daß ich auf seine munter weiter hervorplätschernden, aber nicht auseinanderzuhaltenden Worte meinerseits mehr als lächeln konnte, eine Karaffe vom köstlichen eisgekühlten Saft einer Frucht, die ich ohnehin nicht zu benennen gewußt hätte. Um wenigstens irgend etwas zu sagen, fragte ich ihn, ob er aus Vietnam sei: Sein Lächeln war also doch nicht angeboren … Und kaum hatte er die Lippen einmal frei, verstand ich ihn, sagte er doch klar und deutlich »Eiland!« Nun, wenn ich auch zu früh war und der Direktor noch nicht da, hatte ich meine Schuldigkeit doch getan – und für ein angeknackstes Landei einen langen Tag hinter mir: Auch ich stand auf. Tom aber, längst wieder lächelnd, brachte mich statt zur Vordertür an die Kellertreppe: »Waten!« betonte er fast beschwörend, und wies die Marmorstufen hinab. Was mich dort erwartete, war jedoch kein Schilfsee, sondern ein Schwimmbecken – und ich streifte mit dem verschwitzen Zeug auch alle Beklommenheit ab und sprang hinein. »Jetzt fehlt bloß noch Silvio …« dachte ich, während ich Bahnen zu ziehen versuchte. Als ich genug hatte vom Wassertreten im Fliesenviereck, stand Tom mit warmen Badetüchern bereit: Und da ich also alles so flauschig wie in der Weichspülerwerbung vorfand, ließ ich es mir wohl sein und gefallen, mich abtrocknen und in eine Sauna stecken, die sogar groß genug war, sich darin lang zu machen; worauf ich augenblicklich einschlief. Im Traum wurde ich noch einmal geweckt und eingewickelt, dann, da ich die Augen ja nicht mehr aufbekam, blind nach oben geführt; bald aber lag ich wieder, auf unfaßlich glatten, kühlen Laken, von denen ich auch mit geschlossenen Augen wußte, daß sie schwarz sein mußten. Dann entglitt alles sehr sanft, Öl dürfte im Spiel jener Hände gewesen sein, die mich nun mehr salbten als massierten, ein Balsam, der nur noch als Duft zu mir vordrang, und in mir haften blieb bis zum nächsten Morgen.

Hans habe gestern nachmittag kurzfristig nach London gemußt, sei zwar noch vor Mitternacht zurückgekommen, aber in aller Frühe schon wieder raus, und er lasse grüßen: Allmählich hörte ich mich in Toms Gelächle ein und konnte mir zusammenreimen, was er mir auftischte zum Frühstück auf der Terrasse. Der Tag war, wenn es denn möglich war, noch heiterer als der vorangegangene, in allen Nachbargärten sangen Vögel, es gab diese fettarme Margarine, und so ließ ich mir Pflaumenmusschrippen, Pampelmuse und Müsli schmecken. Wie ich noch dasaß und überlegte, ob ich zur Arbeit laufen sollte, was zweifellos ein schöner Weg gewesen wäre, aber vermutlich zu weit, um beizeiten hinzu-

kommen – da stand plötzlich Jennifer neben mir, wuchtete einen Aluminiumkoffer, in dem nur Blei sein konnte, auf den Tisch und ließ sich von Tom, der hinter ihr hergedackelt kam, eine Tasse bringen. »Hy! Jochen meint, es könnte dich interessieren, ein paar Photos mit mir zu machen!« Jennifer, das war die lange Rote aus der Agentur – ich wunderte mich selbst, daß ich mir ihren Namen gemerkt hatte. ›Ach, deshalb mußte ich die ganzen Klamotten anprobieren!‹ dachte ich. Dann, ich weiß selbst nicht warum, schlug ich grinsend den seidenen Morgenrock auseinander, den ich aus Hans' viel zu umfangreichen Beständen geborgt hatte: »So?« Sie schien es nicht lustig zu finden: »Vergiß es. Du magst ja ganz niedlich sein, aber zum Modeln bist du echt zu klein!« Nicht, daß ich davon auch nur geträumt hätte, aber so wie sie es sagte, spürte ich doch einen Stich im Handgelenk … Sie stürzte den Kaffee hinunter und stand schon wieder: »Mach hin, ich hab auch noch was anderes zu tun!« Da kam ich mir albern und ungezogen vor, und ich beeilte mich, etwas anzuziehen. Als ich ihn fragte, ob ich mir zu meinen Shorts ein frisches T-Shirt leihen dürfe, mußte Tom zur Abwechslung einmal echt lachen, und das sah alles andere als liebenswürdig, vielmehr ziemlich höhnisch aus: Ob ich denn nicht kapiert habe, so übersetzte ich die Theatralik, mit der er mir die Tragetaschen von gestern vor die Füße kippte, daß der ganze Plunder für mich bestimmt sei? In meinem Aufzug könne man mich schließlich nicht auf die Straße lassen … Erst wollte mir ja die Galle überlaufen, aber dann sagte ich mir im stillen »Suschie« vor, »Suschie«, noch einmal: »Suschie« – und siehe da, es wirkte, ich schluckte alles hinunter, lächelte das Breitmaul dankbar an und entschied mich passend zum Wetter für die nabelfreie Kluft.

Jennifer wartete auf der Straße, ich schwang mich neben sie in den uralten Kübelwagen aus Armeebeständen, und schon ging's hinein in den täglichen Daseinskampf. In den Gegenden, die wir dann abklapperten, schien er allerdings schon entschieden: Bis weit nach Mittag schleppte sie ihren Koffer durch Fabriken, in denen nichts mehr vorhanden war, das hätte stillstehen können; höchstens, daß irgendwo eine Rockband probte oder Typen in Lederjacken an schweren Maschinen herumschraubten. Nein, abnehmen durfte ich ihr nichts, und so blieb mir nichts weiter zu tun, als hinter ihr herzustolpern, mit leeren Händen, die nicht einmal in die Hosentaschen paßten. Das Malerische dieser Kulissen leuchtete mir sofort ein, die Vielfalt der Rot-, Rost- und Brauntöne von Rolltoren und Ziegelwänden, das Nebeneinander von verloschenen Schornsteinen und blühenden Kastanien, das Lichtspiel in Hallen mit halb blinden, halb eingeschlagenen Scheiben; nur schien sie gar kein Auge dafür zu haben. »Einen Lastenaufzug, aber ein echt abgewracktes Teil!« stieß sie hervor, als ich zum dritten Mal mit der Frage nervte, wonach sie suche; und ich, froh, endlich etwas beitragen zu können, sagte »Geh doch zur Oper!«, denn in deren Hof hatte ich einen gesehen. »Oper? Woher willst denn du das wissen?« Sie nahm das Kameraauge von einem defekten Sicherungskasten, den sie, wie sie sagte, auf Vorrat aufnahm, und guckte mich mißtrauisch an. »Weiß ich halt!« patzte ich zurück, denn ich hatte langsam wieder Hunger – und ihre herablassende Art satt. Sie sah nicht gerade überzeugt aus, aber dann schnappten die Schlösser ihres Staatskoffers doch ein: »Wir können es ja mal versuchen – das hier ist eh alles Schrott!« Beim Bühneneingang dagegen fand sie das gesuchte Motiv sofort, ich durfte sogar die silberne Reflexscheibe halten, und bei der anschließenden Fahrt zur Agentur gab es außer einem Schokoriegel aus dem Handschuhfach auch ein persönliches Wort: »Sieht übrigens echt Scheiße aus!« Womit außer meinem Haar wohl ›Schönen Dank auch!‹ gemeint gewesen sein dürfte.

Den Rest des Tages verbrachten wir auf einer Südseeinsel: vor einer Photographie des Paradieses im Computer, an der sie solange herum montierte, bis der Lastenaufzug aus dem Sand ragte, ohne daß es optisch knirschte; als durchquerte er den Globus. Vorübergehend hängte sie auch den Sicherungskasten an eine Palme, nahm ihn aber gleich wieder ab, weil weniger fast immer mehr sei: Ich versprach, es mir zu merken. »Bingo!« rief sie endlich – und die Maus in ihrer Hand hörte auf Zuruf und setzte den farbigen Ausdruck in Gang. »Fehlt da nicht noch die Losung?« fragte ich. »Aber hallo!« gab sie zur Antwort. Ich hatte, ohne mir etwas anmerken zu lassen, schon vom Kauderwelsch ihrer Erklärungen nichts verstanden, und nickte jetzt zu jedem ihrer Worte: »Aber texten ist nicht so mein Ding, dafür sind andere zuständig! Du kannst es ja schon mal zum Big Boß hoch tragen, ich habe jetzt Feierabend!« Hans war natürlich in einer Besprechung, und Jochen, der sein Vorzimmer eifersüchtig bewachte, legte das Ergebnis unserer Montage nach einem kurzen Blick zur Seite: »Na, fein.« Er starrte mir feindselig auf den Nabel: »Sind wir hier im Club, oder was? Hans will nachher auf die Insel ... Ich soll dich fragen, ob du mitkommen möchtest!?« Allein schon, um ihn zu ärgern, hätte ich ja gesagt ...

Vermutlich wäre ich nicht einmal dann auf festem Land geblieben, wenn ich geahnt hätte, daß diesmal von einem Streifen Sand in der Nordsee die Rede war, daß es statt mit dem Computer mit einem einmotorigen Flugzeug dorthin gehen, und daß Hans höchstselbst es zwischen Wolken und Weiden hindurch von Luftloch zu Luftloch steuern würde. »Keine Angst,« rief er über die Schulter nach hinten, wo neben dem Gepäck auf dem Notsitz gerade noch Platz für mich war, »richtig bedient, sind diese Maschinen genauso sicher wie die großen!« Und Jochen grinste sich eins dazu ...

Hätte ich da etwa sagen sollen: Ich bin überhaupt noch nie geflogen? Nicht einmal von der Schule, damals, als es Silvio im Ferienlager auf Rügen einfiel, gegen alle ausdrücklichen Verbote nach Sonnenuntergang schwimmen zu gehen – und wir prompt von der Marine aus unseren Hoheitsgewässern gefischt wurden? Mit einem Schlauchboot, weil das Wasser in der Binzer Bucht auch kurz vor Schweden noch so flach ist, daß wir beinahe stehen konnten? Ein Anruf bei meinem Vater, und der Vorfall war vergessen ... Da genoß ich doch lieber die Aussicht: auf die Küste, schnurgerade wie die zahllos daran aufgereihten Propeller, die den steten Wind knapp unter uns zu Strom mahlten; auf ein in allen Grautönen glitzerndes Meer, wo man offenbar auch über den Boden waten konnte, denn in der prallen Sonne schien sich gelbes Wetterzeug zu regen; und schließlich, es wurde wieder grün, die ersten Schilfdächer kamen uns nahe und ich machte nun doch lieber die Augen zu, die Aussicht auf ein paar Tage an der See. Und da war ich nun in einem schönen Pionierlager gelandet! Erst wunderte ich mich ja, als Hans von »Kampen« sprach, hätte ich ihm doch etwas Bequemeres als einen Zeltplatz und erst recht besseres Englisch zugetraut. Jochen jedoch, statt rot im Gesicht kurz vor der Weißglut, weil Hans diesmal hinten bei mir saß, chauffierte die bereitstehende Limousine in ein Dorf aus schilfgedeckten Katen, allesamt so herausgeputzt, als wären sie aus dänischen Flaggen geklinkert. »Reet!« röhrte er genervt in mein Entzükken, »Das Zeug heißt Reet!«, und bog ab in eine Einfahrt, aber ich sprang schon hinaus, ließ das unter seiner Grasmütze ziemlich ausladende Haus links liegen und lief zwischen blühenden Heckenrosen hindurch in die Dünen. Schon wogte der Strandhafer um mich, noch ein paar Schritte bergauf auf hölzernen, zugewehten Bohlen, dann stand ich, dort, wo er den Sand zum Wellenkamm schliff, im Wind wie über mir Lenkdrachen oder Möwen. Badende lagen, so weit das Auge reichte, kaum am Strand, und das Meer war so weit zurückgewichen, daß ich nicht sicher war, wo es in den Himmel überging, sosehr ich die Augen auch zusammenkniff gegen den Anprall von Licht und Quarz; oder waren es Salzkristalle? Jedenfalls schien die Sonne von diesem ungefähren Horizont noch weit genug entfernt zu sein. Kaum aber war ich aus den Klamotten, um Gischt und Brandung hinterherzulaufen – da holte statt dessen die gesellschaftliche Pflicht mich ein: Jochen, merklich besänftigt von meiner Nacktheit, sonst aber längst wieder rot, mit der nachgerade höflich vorgebrachten Bitte, mitzukommen – Hans wolle auf einen Begrüßungsschluck hinaus. Offensichtlich verlangte es die Sitte, daß man sich um diese Stunde anzog: und wie! Nicht, daß an dem hübschen, reetseligen Gasthof, vor dessen Garten Hans abgesetzt werden mußte, obwohl es keine dreihundert Schritte gewesen wären, weiter etwas Besonderes war, als eben der Umstand, daß dort alle Welt im großen Wagen vorfuhr: so daß Jochen keinen näheren Parkplatz fand, als wieder in seiner Einfahrt. Und doch schienen sich ihre Freunde dort sämtlich verabredet zu haben. »Hat Hans etwa Geburtstag?« raunte ich Jochen zu, aber der runzelte die Stirn und fuhr fort, links und rechts zu küssen: von Sonne und Wind gebräunte, aber nicht gegerbte, vielmehr gestraffte Wangen, die, auch ich konnte mich nun davon überzeugen, an den Lippen fettenden. Champagner also schmeckte ein bißchen nach Hautcreme – aber was wußte ich schon von Geschmack: Da gab es große dunkle Brillen offensichtlich eigens dazu, ins mehr oder minder blonde Haar gesteckt zu werden, Klunker, ich wäre nie darauf gekommen, daß sie echt sein könnten, die Ohrläppchen lang zogen, überhaupt Geschmeide, das sich um Hälse und Handgelenke schmiegte, desto schwerer, je deutlicher deren Flechsen oder Venen aller Hautpflege zum Trotz den Lauf der Zeit anzeigten, nackte Fesseln in Gold-

sandalen, deren Absatz hoch genug war, Furchen ins Gras zu reißen. »Kopf hoch! Es gibt Schlimmeres, als hier dabei zu sein!« Die mich da zwang, aufzusehen, weniger mit einer unberingten Rechten unter meinem Kinn als mit ihrer aufreizend dunklen Stimme, konnte selbst noch gar nicht so lange dazugehören; andererseits schien sie genau Bescheid zu wissen: »Du mußt nur zusehen, daß du auch was daraus machst – die Betthasen von Hans wechseln alle paar Wochen!«

Die Besitzerin der altvertrauten Stimme und des dazugehörigen, wenngleich nicht ganz passenden, weil auch aus der Nähe betrachtet, seit Jahren gleich jungenhaften Gesichts, stellte sich in mir zwar wohl das Wesen aus dem Tal der Ahnungslosen vor, setzte ihren Namen aber trotzdem als bekannt voraus: Und ganz zu Recht, ließ doch Silvio die Kiste auch nachmittags bei den Hausaufgaben laufen. Ihre Sendung, die einfach so wie sie hieß, als wäre ihr Name schon Programm, bestand darin, das Gezänk ihrer Gäste erst aufzustacheln und dann als ehrliche Haut zu schlichten. Im richtigen Leben aber, also wohl im Urlaub, schien sie wirklich den Überblick zu haben: Was lag näher, als sich an die große Schwester Moderatorin zu halten? Auch wenn Hans und Jochen dabei ziemlich durchschaubar wurden, die neben uns beflissen lachten, über die Witze eines hakennasigen Halbweltergewichtlers im Trachtenjanker: »Pixie«, lernte ich während sie lärmten, »eine Brauerei und zehntausend Hektar Wald in Hessen!« Ein leibhaftiger Fürst also sah auch nicht gesünder aus als irgendein ZK-Mitglied der alten Garde – wie sich überhaupt die verschiedenen Kampfklassen zu entsprechen schienen, auch wenn sie hier schwieriger einzuschätzen waren: Hatten Louises Hanseaten, was auch immer sie tatsächlich taten, wenigstens noch so ausgesehen, wie man sich Kaufleute vorzustellen hatte, hätte ich dem Mainzer Spezialspediteur, dem Bochumer Prominentenzahnarzt oder dem wichtigsten Computerschrottentsorger Bayerns in ihren grün-blau karierten Freizeithosen Herkunft und Beruf so wenig angesehen wie die Rangfolge ihres Vermögens. »Und wo ist die Intelligenz?« fragte ich, »Laß mal, außer Pixie sind die alle nicht blöd!« erhielt ich zur Antwort – und kam mir wieder mal ziemlich dumm vor. Inzwischen drängten sich die Trinkenden im Garten, unter einem freien Himmel, dessen Blau rasch satter wurde, und ich hätte langsam ganz gern gewußt, wann man endlich zum essen in die Gaststätte hineingehen würde – und wer hier überhaupt wessen Gast war? Außerdem fiel mir auf, daß hinterm Zaun, der niedrigen, mehr symbolischen Umfriedung, Leute ohne Glas in der Hand standen und zu uns herüber gafften: »Das sind die Zuschauer!« las die Frau aus dem Fernsehen meinen erstaunten Blick, und einen Augenblick lang schien es mir, als spiegelte eine Glasscheibe zwischen uns und ihnen – aber es war wohl nur die Linse einer auf uns gerichteten Kamera. »Und wer, bitte, sind für die da wir?« *wollte ich fragen, aber da tauchte plötzlich eine andere Frage auf, pflanzte sich bereits fort von Mund zu Mund: »Wohin gehen wir?« Am Ende fuhren wir: Isabella und ich vornweg auf ihrem Roller, auf der Landstraße den schmalen Inselrücken hinab nach und nach überholt von schnelleren Gefährten, mit Erreichen des Parkplatzes schließlich auch von Hans und Jochen samt zweier unbekannter Schöner eingeholt, die sie eben erst über den Zaun gebeten haben mußten. Ziel der Expedition in die Dämmerung war ein Blockhaus, das abgeschieden in den Dünen stand, ein Leuchtturm am Tagesrand, der wieder näher gerückten Nordsee gegenüber. Drinnen ging es bereits hoch her, auch die Bänke auf der windigen Veranda waren belegt, nur für Isabella hatte der küssende Wirt noch ein Plätzchen, und ehe ich wußte, wie mir geschah, hatte sie mich dicht neben sich gezogen. Hans schien die angekündigte Wartezeit ohnehin gut in den Kram zu passen, »Na dann gehen wir erst mal ne Runde baden, was?« rief er und lief samt Begleitung zum Strand hinunter, von wo Lachen und spitze Schreie herüberschallten. Im selben Augenblick berührte die Sonne den Horizont. »Wenn bei Capri die rote Sonne im Meer versinkt...« schmetterte es vom Tonband und alle sangen mit, wir aber steckten die Köpfe in eine Schiefertafel, ich buchstabierte Kreidekringel aus, die besagten, daß man Seetang und Seeigel essen kann und daß es sich, Isabella fuhr mir zum Trost durch die Haare, auch bei Seehasen um Meerestiere handelt. Schon hatte ich mich entschieden: »Ich glaube, heute abend versuche ich mal die Auster!«*

7 Als es endlich losgeht, ist der Übergang so sanft, daß Erik ihn fast nicht bemerkt, so unruhig er ihm auch entgegengesehen hat bis eben. Seit jedoch als letzter auch der Gastgeber hereingekommen ist, reihum allen die Hand geschüttelt und sich dann mit einem Stöhnen in den tiefen schwarzen Ledersessel direkt neben ihm herabgelassen hat, beginnen zumindest Eriks Herz und Magen zu vergessen, daß er hier nicht in einem Wohnzimmer an der Außenalster sitzt. Offenbar tut Ellens alter Chef nicht nur so, als könnte er sich an ihn erinnern, vom Empfang zum Abschied aus der Schriftleitung vor zwei Jahren: »Welcome to the club! Habe ich Ihnen nicht prophezeit, daß Sie im Osten landen? Go east, young man! Wer weiß, am Ende muß ich alter Esel auch noch nach Berlin...« Dann nimmt er einen Schluck Wasser, nippt am Wein, sieht einige Karteikarten durch, steckt sie zurück ins Sakko, schaut auf, an seinen erleuchteten Gästen vorbei ins Dunkle, noch einen Augenblick – und sagt dann einfach, ohne die Stimme sonderlich zu heben: »Guten Abend, meine Damen und Herren! Wir wollen heute abend über die Fremdenfeindlichkeit im Osten sprechen, brandaktuell sozusagen, und wir haben wie immer sachkundige Gäste...« Für die illustre Runde der Politprofis hätte auch Erik keinen Spickzettel gebraucht, es sind die üblichen Gesichter, die im Zusammenhang mit Körpern jedoch seltsam schmal wirken; er fragt sich wieder, was er hier soll, und rutscht, als nun er vorgestellt wird, unwillkürlich tiefer in den Sessel. »Stell dich nicht päpstlicher an als der Papst!« hat Ellen seine Bedenken weggewischt: »Schließlich haben wir das Okay von deinem Chef!« Erik kann sich bestens vorstellen, wie sie den armen Banz hinter seinem Rücken heimsucht, nicht etwa im Büro, sondern am Abend in der leeren Einraumwohnung, eine Flasche Château Margaux in der Hand, um ihn dann so lange in seine

Vorbehalte und Gegenargumente zu verstricken, bis er einknickt und »Also von mir aus!« ruft, nur um sie endlich loszuwerden. Keine Frage, daß Eriks Meinung dann gar nicht mehr eingeholt zu werden brauchte: um so weniger, als er sich am Morgen zuvor noch standhaft geweigert hatte, ins Schloß ihrer Ahnen einzuziehen, und er ja nicht im Ernst annehmen konnte, daß sie sich binnen eines Tages gleich zwei ihrer fabelhaften Einfälle aus dem Schädel schlagen würde. Der dritte sitzt ihm leibhaftig gegenüber und wechselt gerade, als nun die Reihe zuletzt an ihn kommt, einmal öfter die Kopfhautfarbe, von kalkweiß zu blutrot. Zu Erik hat der Moderator noch auswendig vorgetragen: »Dr. Staunsdorff ist seit kurzem Staatsanwalt vor Ort, kennt also die Probleme aus erster Hand und kann vielleicht ein paar, äh, bunte Einzelheiten aus der Praxis beisteuern!« Beim letzten Gast jedoch, der ihm seltsam unverwandt ins Gesicht starrt, kommt er nun doch ins Schwimmen: »Ja, und dann haben wir uns gedacht, wir laden uns mal einen von diesen Jugendlichen ein, also einen solchen, äh, Skinhead.« Auf das Stichwort hin fährt zwar eine Kamera hinter Eriks Rücken hervor und schwenkt hinunter auf die geschnürten Stiefel, jedoch dauert die Großaufnahme nicht lange genug, um dabei unbeobachtet die Karten aus dem Sakko zu nesteln: »Äh, Mario.« Silvio wagt nicht zu widersprechen.

Aber jetzt reden ohnehin erst einmal die Großköpfe: Rassismus gebe es ja wohl auch im Westen! empört sich der Rauschebart und hat recht. Ja, aber im Osten geschehe derlei statistisch viel häufiger! entgegnet die toupierte Dame und hat recht. Das Ganze sei doch wohl weniger ein geographisches als ein ökonomisches Phänomen! wirft schneidend der schüttere Dünne ein und hat recht. Gewiß, aber mindestens ebensosehr auch ein Problem kultureller Unterschiede! wägt der Gefönte fein ab und hat recht. Erik spürt, daß er nur krauses Zeug beisteuern könnte, statt der aalglatten Antworten wohl noch nicht einmal die richtigen, geradeaus aus dem Kopf kommenden Fragen. Linkisch lümmeln wie einst in der Schule hilft indes nichts, der Moderator kann ihn trotzdem vom Sessel unterscheiden, hat seinen zum dunklen Studiohintergrund fliehenden Blick bereits gestellt: Ob denn überhaupt schon sicher sei, daß der Anschlag fremdenfeindlich motiviert war? Erleichtert, sich erst recht verschanzen zu können hinter dem Gesetz, setzt Erik sich so hin wie Silvio, der sich hält wie eine Kerze: Selbstverständlich kann er sich zu laufenden Ermittlungen nicht äußern. Und grundsätzlich gesprochen? Vermag er den Sinn schärferer Gesetze nicht zu erkennen, solange das Personal und die Ausrüstung nicht einmal reichen, um die bestehenden durchzusetzen ... Banz dürfte zufrieden sein, denkt er – und fügt für Ellen hinzu, oder doch eher für Karin?, daß Erziehung allerdings keine Frage von mehr oder weniger Polizei sei. Womit nun endlich einmal der Kleine drankommt: der zwar sofort wieder aufflammt, vom optischen Reiz abgesehen für die Show aber eine Niete ist, trotz der altersgemäßen Überproduktion von Talg, und allenfalls Pickel auszudrücken wüßte: »Nö! Neonazi doch nicht! Nur eben für Deutschland und so ... Halt rechts!« gibt er auf Befragen zur Person an; so leidenschaftslos, als wäre sie eine Rolle, die er bloß verkörpert. »Aber gegen Ausländer habt ihr schon was?« Der Schaumeister fürchtet um seine Raubtiernummer, und das Schaf nimmt ihm prompt jede Sorge: »Nö – nur jetze, wennse alle rinnkomm!« – »Okay, und dann schmeißt ihr Brandsätze?« führt der Schlaumeier die Logik messerscharf zum Schluß, während Erik nicht zum ersten Mal auffällt, daß diese Landpomeranzen, wenn sie in die Stadt kommen und hochdeutsch sprechen wollen, berlinern. Natürlich fühlt sich der hier Vorgeführte, aber doch nicht Vernommene, nun verhört: »Woher wollen sie denn wissen, daß wir das waren?« Da muß der Rauschebart nun wirklich zustimmen – schließlich kann man nicht ein ganzes Land vorverurteilen. Da muß die Toupierte denn doch mütterlich, streng behutsam, die materialistisch-atheistische Grundprägung der Menschen dort zu bedenken geben. Da muß sich der Schüttere verwahren und zitternd vor Zorn vierzig Jahre Völkerfreundschaft ins Feld führen. Da muß der Gefönte die Kultur Kultur sein lassen und die mangelnde wirtschaftliche Dynamik ansprechen.

»Und wie war das mit eurem Club?« Erik wüßte selber gern, warum er sich so weit aus dem Sessel lehnt – wahrscheinlich ist es ihm einfach peinlich, wie hier über diesen Hautkopf hinweg geredet wird, oder über ihn vor seinen Augen, als spräche man hinter seinem Rücken; ihm am Arsch vorbei. Jedenfalls ist er selber darüber genauso erschrocken wie sein Gegenüber. Daß er wieder von der verkohlten Hütte anfängt, liegt jedoch nahe: schließlich hat Ellen ihre Suche nach dem Bösen dort begonnen, die Typen angequatscht, die dort die Zeit totschlugen, dort die Idee gehabt, einen von ihnen ins Fernsehstudio zu schleppen; auch wenn sich dann nur der harmloseste dazu bereit fand, oder vielmehr breitschlagen ließ. »Das... Nö! Wieso?« stammelt er, aber Erik will hier doch nichts ermitteln: »Ich meine die Schließung letzten Sommer – den Laden hat euch die Stadt doch dichtgemacht, richtig? Weil für so etwas jetzt kein Geld mehr da ist?« Du liebe Güte, die Frauen mögen ihn doch sowieso, für wen gibt er denn hier den Einfühlsamen? Am Ende kommt es noch so rüber, als habe er für irgend etwas Verständnis! Bevor er sich aber zurücknehmen kann, ist es zu spät: durch die Maske vor ihm geht ein feiner Riß, setzt sich vom Mund- zum Augenwinkel fort. Kein Lächeln, versteht sich, aber auch nicht dieses verschlagene Grinsen, das man Typen wie ihm aus der Fresse prügeln möchte, nein: das Zucken eines Kindes, das die nächste Ohrfeige erwartet und sich, mehr als für seine Angst, dafür schämt, daß man es schlägt. Ein Wimpernschlag, lang genug, das kleinste Vergehen der Kindheit zu gestehen. Seltsam, denkt Erik, die Wimpern hat er sich nicht abrasiert. »Ja, das war Scheiße!« sagt jetzt Silvio: nicht der Ost-Skin, den Ellen ihm in der Garderobe wie eine Trophäe präsentiert hat, sondern der Schüler, der Karin im Staatsbürgerkunde-Unterricht bestimmt nie aufgefallen ist. Er sagt es zu Erik, nur zu Erik, als stünden um sie herum keine Kameras und hinter ihm keine Kameraden, und schaut ihm dabei unbewaffneter ins Gesicht, als Erik sich je ihm zu nähern wagte. Erik spürt, daß dieser unverstellte Blick eine Herausforderung darstellt, der er weder ausweichen noch genügen kann; daß er gar nicht anders kann, als darauf einzugehen und sich angreifbar zu machen; und daß eine zittrige Erregung in ihm aufsteigt, die er seit seiner Jugend nicht mehr kannte: »Ja, das war Scheiße!« stimmt der Herr Staatsanwalt zu, dessen Erziehung ja nun auch nicht mit der Reifeprüfung anfing, Toleranz, Gewaltlosigkeit, sondern damit, daß er nicht nur gestillt, sondern auch gewickelt wurde, so lange er es wollte. »Aber was ihr dann gebaut habt, doch erst recht – ich meine, die Hütte abzufackeln bringt doch gar nichts. Warum habt ihr sie nicht lieber besetzt?« Na, großartig: jetzt rutscht ihm schon die Aufforderung heraus, das Recht nicht gar so ernst zu nehmen; Banz dürfte begeistert sein... Silvio aber scheint so verdutzt, daß er vergißt abzustreiten; und kann, so wie er Erik anguckt, in ihm unmöglich den Staatsanwalt erkennen, nicht einmal den Fremden, sondern nur den gestandenen Mann, dem es gefällt, sich angelegentlich für ihn, Klein Silvio sein bißchen Daseinskacke zu interessieren. Erik fühlt sich beschämt von dieser Zutraulichkeit: Denn er weiß natürlich, daß sie der weiche Augenblick ist, den man besser ausnützt, wenn man ein

Geständnis hören will. Am Ende klopft Banz ihm noch auf die Schulter: »Den Burschen haben sie ja ordentlich auf den Topf gesetzt!« Und er möchte weglaufen, als er sieht, wie dieses Baby (»Ja, fänden Sie das denn richtig?«) sich auf das bißchen Zuwendung hin seiner Autorität zuordnet. Beim Blick in den Spiegel hat er heute morgen zum ersten Mal ein graues Haar an seiner Schläfe ausgemacht – und es, schlagartig hellwach, ausgerissen. Aber dann fällt ihm seine Mutter ein; oder vielmehr, wie er vor ihr davongelaufen ist, als er sie zum ersten Mal mit der gepuderten Perücke sah. Nein, er will bestimmt nicht, daß es wirkt, als habe ausgerechnet er in dieser Runde den Mitbürgern draußen im Lande, gar ihrem Monsterkind etwas zu beweisen. Aber soll er die Sorge, sich die Finger braun und auch sonst keine elegante Figur dabei zu machen, etwa für wichtiger halten als die Chance, einem die Hand zu reichen, der im eigenen Exkrement feststeckt? Ellen mag ihn vielleicht uncool finden oder Karin gönnerhaft – geschenkt: er denkt an seine Mutter, ihren zähen Kampf um Rosen, daran, was sie ihm beigebracht hat. »Die eigenen Angelegenheiten in die Hand zu nehmen ist immer richtig!« – er redet ja schon wie seine Lehrer! Und was er jetzt endgültig in der Hand hat, ist dieser Halbwüchsige: weiche Masse, von der er trotz allem nicht empfinden kann, daß sie ihn einen feuchten Dreck angeht. Der Moderator sieht amüsiert zu, weil sowieso bald Werbepause ist. Nein, Silvio windet sich auf dem Ledersessel, er würde nicht gern in einer etwas dunkleren Haut stecken, wenn er bei Nacht mit Leuten wie sich selbst zusammenträfe. »Warst du denn selbst schon mal im Ausland?« Weil der Kleine ja bestimmt nicht der Hellste ist, will Erik Schritt für Schritt vorgehen; aber dann sieht er plötzlich die Frauen der Rindernomaden vor sich, die das Flechtwerk ihrer Rundhütten mit Dung bestreichen. Und er redet weiter, ohne erst Antwort abzuwarten oder nachzudenken: »Wenn du dich traust, nehme ich dich in den Sommerferien mit nach Afrika!«

Hinterher will Ellen feiern. Schließlich ist es Freitagabend – und Erik noch besser rübergekommen, als sie zu hoffen gewagt hätte. Sie stürzt aus der Kulisse auf ihn zu und fällt ihm um den Hals, während ihm ein Techniker das Mikrofon vom Revers pflückt: »Du warst ja richtig klasse, Mann! Also, diese Sozialpädagogennummer ...« Dann muß sie weiter zu den Aufnahmeleitern und Redakteuren, die ihren alten Boß umringen; vielleicht liebäugelt sie ja mit einem neuen Job. Erik jedenfalls steht auch nicht klüger zwischen den einander Kommandos zurufenden Kabelhilfen und Kulissenschiebern herum als Silvio, der wohl nur deshalb noch nicht abgehauen ist, weil der Tonassistent ihn vergessen zu haben scheint, er also noch an der Leine hängt. Der so arg nicht Erschütterte hat sich längst dünngemacht, der Bärtige rauscht um so empörter hinaus, der Dame aber ist es ein Bedürfnis, Erik zum Abschied die Hand zu reichen – oder vielmehr seine Rechte mit beiden Händen zu ergreifen: »Erlauben Sie mir, Ihnen meine Hochachtung auszusprechen! Alles, alles Gute für Ihre Arbeit!« Jetzt ist aber erst einmal Feierabend, bei Ellens Leuten geht es längst um die Restaurantfrage, auch die Technik drängt zum Aufbruch und dreht schon mal das Studiolicht ab, nur der Gefönte ackert unermüdlich weiter und schließt sich ihnen an, um den Kontakt zu den Medien zu pflegen. »Paßt der noch bei uns rein?« fragt Erik, als sie das erste Taxi aus dem feinen hanseatischen Regen fischen: Silvio, der ihnen mit gebührendem Abstand durch die nächtliche Sendeanstalt nachgedackelt ist, drückt sich noch immer in ihrer Nähe herum. Ellen hält es natürlich für einen Scherz: »Na klar, dann kannst du ihm bei Tisch von afrikanischen Initiationsriten vorschwärmen – da gibt's doch bestimmt auch was mit

Menschenjagd?« Und so stört niemand die Atmosphäre im Alsterfährhaus, das gesittete Tellerklappern, das lockere Durcheinanderplappern von Vorstellungen, Meinungen, Beurteilungen, unfehlbar ungefähr, gefahrlos, fair. Erik hat es so eingerichtet, daß er am anderen Ende der Tafel zu sitzen kommt, und betrachtet Ellen nun aus der Ferne: Sie strahlt zwischen dem alten Redaktionsreptil und diesem Friseurlehrling von Abgeordneten und scheint sich glänzend zu unterhalten. Ist es wirklich das, was sie im Leben will? Die Genugtuung, vor sich das ganze Restaurant als Publikum, hinter sich den Spiegel, den besten Überblick zu haben? Aber wahrscheinlich will sie einfach den gelungenen Abend genießen; was ja nicht zuviel verlangt ist. Und so schluckt er alles hinunter, Ruccola, Perlhuhnbrüstchen, Zabaione, überhört den Klatsch der Nachbarn über die Karrieresprünge und -knicke von Journalisten, deren Namen ihm ohnehin nichts sagen, nickt höchstens höflich zu Mutmaßungen über Chancen und Risiken der deutschen Einheit für den Medienstandort Hamburg. Nur einmal mischt er sich ein, als sie von Berlin-Mitte schwärmen, der Gegend um die Neue Synagoge, und plötzlich alle diesen Schimmer in den Augen haben, wie frisch vergoldet: gut bezahlte Zyniker, die im Abglanz der ersten unanfechtbaren Aura eine naive Begeisterung nachholen, die sie sich als Jugendliche nicht leisten konnten; auch wenn sie natürlich so tun, als billigten sie sich diesen Kick nur zu, um endlich einmal zu sehen, wo ihre Solidaritätszuschläge bleiben. »Die Kuppel wurde schon vor der Wende restauriert, mit Privatspenden!« sagt Erik da, als müßte er den Text der abwesenden Karin übernehmen. Bevor ihm wirklich aufgestoßen wäre, was ihm an all dem nicht schmeckt, übergibt man ihm ein Gespräch auf Ellens Handy: so flehentlich, wie sie aus der Ferne mit den Augen rollt, muß es etwas Unangenehmes sein.

Herbert schätzt sich sichtlich glücklich, daß Erik sofort ins Schanzenviertel kommt: Silvio sei vor einer Stunde eingetroffen, habe sich seither im Bad verbarrikadiert und drohe nun damit, die Bude in die Luft zu jagen: »Da steht immer Sprit für Christas Drucksachen, alte Lösungsmittel, was weiß ich – gut, daß du vorbeiguckst!« Erik ist gleich mulmig gewesen bei der Idee, den mutmaßlichen Brandstifter ausgerechnet Herbert zuzumuten, nicht nur als Passagier auf der Heimfahrt, sondern auch als Hausgast; und er hat sich nur herausgehalten, weil Ellen den Unfug so ausgemacht hat: »Wir können ihn ja schlecht ins Jahreszeiten buchen, und Herbergen für durchreisende Faschos wüßte ich keine in Hamburg!« – Debatte zwecklos. Dafür darf er jetzt das Kindermädchen spielen vor Herbys Klotür, die nicht mehr wie früher, als er noch öfter hier herumhing, von Aufklebern aus bunter PVC-Folie übersät ist, Schwerter zu Pflugscharen! und Atomkraft? Nein Danke! in allen Sprachen, sondern zugekleistert mit fast unlesbar eng bedruckten Zetteln, statt Hanf Kampf für Hafenstraße und Rote Flora. »Aufmachen!« ruft er, und muß auf Anhieb den richtigen Ton getroffen haben: bevor er dem ungemütlich im Flur stehenden Befehl Nachdruck verleihen kann mit einem Schlag aufs Blatt, geht die Tür schon vor ihm auf. Silvio zuckt zwar vor der erhobenen Faust zurück, guckt aber – ja, wie? Ducker heißt das Tier auf deutsch, Erik fand es später sogar im Duden: auch wenn der Wildführer, ein junger Buschmann, bei dem er hinten auf der offenen Ladefläche sitzen durfte, erst in der eigenen Klicklautsprache mit der Zunge schnalzte, als er es bei langsamer Fahrt im Gelände ausmachte und nun, nachdem es ihm gelungen war, den Konvoi winkend anzuhalten, ohne den Braten zu verscheuchen »Duiker« zischte, mit ei, auf Afrikaans: Eine Antilope, deren Kopf knapp über das Savannengras ragte, das seinerseits so hoch war wie die Motorhaube eines Landcruisers und, kurz nach seinem dreizehnten Geburtstag, Eriks Brust. Daddy hatte in all den Jahren ja noch nicht einmal Fotos schießen wollen: »Wozu haben wir Augen im Kopf, und ein Gedächtnis!« Hier aber ging es um etwas anderes: Die Safari war offiziell, eingeladen in die Wildreservate der Kalahari hatte der Staat in Gestalt seines smartesten Sekretärs, Mtebi, der auch privat bei ihnen ein und aus ging, in den folgenden Wagen saßen der chinesische Botschafter und ein sowjetischer Berater, der erste Schuß aber gebührte dem Vertreter des größten Entwicklungshilfeetats und Touristenpotentials. Jetzt erst erkannte auch Erik, worum es ging, er hatte in viel zu großer Tiefe fokussiert, das gehörnte Reh stand praktisch unmittelbar vor ihnen, keinen Steinwurf weit von der Piste: und starrte zu ihnen herüber. Es dauerte lange, bis die Winchester ausgepackt war; das Zielfernrohr, die Linse groß und dunkel wie die auf sie gerichteten Augen, ordnungsgemäß justiert; die Waffe entsichert, durchgeladen und endlich, wie aus Furcht vor einem Gegenangriff, über die Kühlerhaube hinweg in Anschlag gebracht... Je länger der Knall auf sich warten ließ, desto gewaltiger kam er Erik vor; als er, die Ohren nachhaltig betäubt, die Augen wieder aufzumachen wagte, stand das Tier noch immer da. Der Repetierhebel ließ sich scheinbar nur noch in Zeitlupe und ohne jedes Geräusch bewegen. Alle Blicke richteten sich auf Daddy, während Erik in den Mienen der Zuschauer las: das Jagdfieber des Führers, der wohl kaum älter war als er selbst, die blasierte Ironie des Staatssekretärs, den unverhohlenen Spott der Fahrer, das höfliche Bedauern des Russen, das narbige Pokerface des Chinesen. Dann fiel der zweite Schuß, und endlich begriff das blöde Vieh: sprang vor Schreck senkrecht in die Höhe und setzte im gestreckten Galopp davon. Mochte es der Buschjunge auch nicht fassen können, der Mann im Maoanzug vor sich in den Staub spucken, der Russe eher angenehm überrascht den erstaunlichen Eröffnungszug durchdenken, Mtebi aber, der als einziger wußte, wer der Bock in diesem Garten und wohin die Fahrkarte ausgestellt war, lächeln wie frisch geohrfeigt: Erik spürte in diesem Augenblick, was er an seinem Vater hatte; und daß er mit ihm gehen würde, sollte seine Mutter sich tatsächlich für diesen Fatzke scheiden lassen ... Eriks Rechte bewegt sich wie ohne sein Zutun auf Silvio zu und landet auf dessen Scheitel: ›Glatze‹ trifft die Sache gar nicht richtig, vielmehr fühlt es sich fast an wie das kurze, dichte, sandfarbene Fell seiner guten alten Babs: jener Klassemischung aus Ridgeback und Retriever, die, solange er ein Junge war, Tag für Tag gespickt mit prallen, auberginefarbenen Zecken, groß wie Zitzen, aus dem Busch zurückkam, und jedes Jahr mit einem neuen Wurf fleckiger Hyänenkinder. Richtig glatt ist nur die Wange, die ihm ziemlich heiß vorkommt, während die Schulter, auf der seine Hand am Ende liegenbleibt, tatsächlich zittert: »Okay, okay, alles in Ordnung – Komm!«

Als er die bedrängte Kreatur gerade aus dem engen Flur in die freie Wildbahn schieben will, klingelt das Telefon: Ellen, mit der fröhlichen Mitteilung, daß man jetzt zum Kiez aufbreche, sie erwarte ihn vor dem »Docks«. ›Ducker‹ geht es Erik durch den Kopf, dann ›Elen‹ und ›Kudu‹: kalt, heiß und viel zu schnell, um den Gedanken richtig zu fassen: eine schon wieder verglimmte Spur, die offenbar weniger mit flüchtigen Antilopen als mit gegenläufigen Interessen zu tun hat. Zu Silvio sagt er nur »Kann man damit wenigstens tanzen?« und deutet auf die Stiefel mit den schweren Sohlen. »Logo!« hätte Erik in seinem Alter wohl gesagt, oder »Ist doch scheißegal, Alter! Ich hasse tanzen«, oder auch »Am liebsten Pogo auf deiner Fresse!« Statt dessen knickt der Einzelkämpfer in seiner Ballonseidenjacke wortlos ein vor ihm, als hätte er ein Sprunggelenk im Rückgrat, bückt sich, schnürt die Dinger auf, streift sie ab und stellt sie ordentlich neben den Haufen unterschiedlichster Treter, die wohl so wenig wie Herbert und Christa jemals ein halbwegs passendes Paar ergaben: »Kann ich da was nehmen?« Erik wendet sich ab mit Grausen: was hat er dem alten Lateinlehrer nicht alles an den Kopf geworfen, das halbe Grundgesetz und die ganze Nazizeit hinterher, als der ihn einmal aufforderte, das Palästinensertuch im Unterricht abzulegen! Dann erst fällt ihm wieder ein, was aus ihm seither geworden ist; und welchen Grund dieses Bürschchen haben dürfte, sich beim Herrn Staatsanwalt lieb Kind zu machen... Auf der Straße hält sich Silvio dicht bei ihm, erkennbar, damit von den Aufnähern an seinen Ärmeln wenigstens das klägliche »Ich bin stolz, Deutscher zu sein!« in Eriks Dufflecoat verschwindet: dabei begegnen ihnen weder Punks, die ihr Wolfsrudel Gassi führen, noch auch nur Jungs, die sich etwa auf Türkisch unterhalten.

So eng, wie der sich an ihn heran drückt, kann Erik nicht umhin zu spüren, daß Silvio nach wie vor zittert – vielleicht ist er ja kurz davor, Nieselregen hin, Windböen her, auch noch die Bomberjacke auszuziehen: »Scheiß Gegend!« – »Wieso? Mir gefällt's hier!« Nicht genug damit, daß Erik unter seiner Kapuze so tun muß, als sei er selbst noch sechzehn und im grünen Parka unterwegs zu Herby, muß er nun zu allem Überfluß aus erzieherischen Gründen statt eines Taxis auch noch die S-Bahn nehmen. Wenigstens hat er den Dienstausweis dabei, falls ihn die Kollegen von der Bahnpolizei mal wieder für einen Dealer halten. ›Wie blaß kann ein Mensch bloß werden...‹ denkt er im überfüllten Waggon, und fragt sich, ob es nur am fahlen Licht liegt oder ob Silvio womöglich ernsthaft etwas fehlt. »Das ist doch wirklich nicht mehr normal!« bricht es auf der Rolltreppe zur Reeperbahn plötzlich aus dem Kalkweißen hervor, der bis dahin stumm vor sich hin gestarrt hat. »Leider doch!« zischt Erik, der den Mund auch lieber geschlossen hielte bis sie im Freien sind, und den süßsauren Dünsten erbrochenen oder verdauten Biers entronnen, die wie immer in der gefliesten Unterführung festhängen, auch wenn die Reinigungskräfte die Säufer, Penner, Junkies selbst gerade mal wieder hinausgespült haben mit dem Schlauch. Die Jungs von der Westküste lungern wie immer strategisch verteilt an allen Ausgängen herum, Erik hört den warnenden Pfiff sehr wohl, der ihm vorauseilt, sieht es sogar vor sich, wie die weißen Kügelchen hinter ihren Zähnen verschwinden: Aber all das geht ihn heute nichts mehr an! Er könnte, wenn nur die Decke nicht so niedrig wäre, einen Luftsprung machen bei dem Gedanken! Statt dessen denkt er fast zärtlich an sein neues Städtchen, die Vietnamesen, die dort an jeder Ecke das gefährliche Gift Nikotin verticken: Kein Zweifel, Herbert könnte ihn einer gewissen kleinbürgerlichen Sehnsucht nach Ruhe und Ordnung überführen ... Dann taucht er aus der Unterwelt auf und ein in die geliebte Glitzerstraße: Winzige Tropfen treiben schräg an Peep-Shows und Panoptikum vorüber, auf dem Asphalt sprüht und zischt es im Takt des regen Stop-and-Go-Verkehrs im Rotgelbgrünlichtviertel, vorm Operettenhaus steigt die reifere Jugend solcher Orte, die er im Westfälischen vermutet, beschwingt in bereitstehende Reisebusse, auf dem breiten Bürgersteig aber strömt und strudelt es: das Leben ... Nur, daß Ellen natürlich nicht in der Traube Vorstadtkids herumsteht, die noch um Einlaß in den In-Club betteln müssen; und Erik verspürt nicht die geringste Lust, in Lärm, Qualm und Dunkelheit nach ihr zu suchen, die sich ohne sein heiseres Gequengel, wann er wieder an die frische Luft darf, bestimmt gleich noch mal so gut amüsiert. ›Laß sie tanzen ...‹ denkt er und geht rasch weiter: rasch gehen und dabei nur aus den Augenwinkeln sehen, nur die Leuchtspuren von Gesichtern,

Schaufensterauslagen, Reklamen, in den Ohren nur die Geräuschkulisse, Gaudi im »Zillertal«, elektronisches Piepen und Klingeln aus Automatenspielhallen, Table-Dance-Musik, »Wenn die Herren einmal hereinschauen wollen – Eintritt frei, Flasche Bier fünf Mark!«, nichts, was ihn zum Stehenbleiben und Dazugehören zwänge, die Nasenflügel gebläht wie Spinnaker, mehr weg- als hin-, jedenfalls immer weiter vorangetrieben von Bratwurst-, Pizza-, Döner-, Tandooridünsten, und, was wäre exotischer, Kartoffelpuffer: das ist, seit er nach Hamburg kam, sein Tanz, Aufputschmittel, Rausch, ist seine Lust auf dieser Meile!

»Ich meine, das ist doch wirklich nicht mehr Deutschland hier!« Richtig, da hechelt ja jemand an seiner Seite. Was spricht dagegen, es sich so einfach zu machen wie Ellen: ›Stimmt. Genau deshalb komme ich ja gern her!‹? Immerhin ist er jahrelang unweigerlich hier gelandet, wenn er es in Blankenese nicht mehr aushielt; oder mit dem Naseweis nicht mehr, stets nett und lustig, der er dort zu sein hatte, um freundlich behandelt zu werden, nachweislich ausnehmend freundlich: als ein Gast. Ein Fremder auch noch nach zehn Jahren beim täglichen Einholen von Rundstücken beim Bäcker. Aber waren die Ausflüge, kleine Fluchten nach St. Pauli, deshalb Auswanderungsversuche? Und wenn ja, wohin – wenn nicht nach Deutschland? Rassismus, findet er, gibt's überall, Reibekuchen mit Apfelmus nur hier... Allerdings sträubt sich in ihm etwas dagegen, das, also nichts weniger als sich selber, jedem hergelaufenen Silvio zu erklären. »Wie kommst du eigentlich mit deinem Namen klar – klingt ja nicht gerade urgermanisch?« So wie er die Schultern darauf nach oben, die Jackentaschen aber mit den geballten Fäusten nach unten zieht und wortlos auf das glitzernde Pflaster vor sich eintritt, tut er Erik leid... Ist es wirklich erst ein paar Jahre her? Die Pizzarunde bei Rinaldo am zweiten Donnerstag im Monat war längst auseinandergelaufen, man ging früher in letzter Zeit, ob die alten Kommilitonen sich als Kollegen weniger zu sagen oder bloß mehr zu tun hatten. Erik streunte allein über den Kiez, nur so, ohne ein Ziel, dachte an früher. Es war spät, er war müde und hatte am nächsten Tag durchaus nicht frei, und doch hielt ihn etwas davon ab, nun die letzte S-Bahn zu besteigen: eine Spannung, die er zunächst für innere Ruhelosigkeit gehalten hatte, vielleicht Angst davor, wieder von der Arbeit zu träumen, von Akten, die unter seiner Hand, je rascher er schrieb, desto schneller wuchsen und sich vermehrten, um sich endlich als auswegloses Labyrinth um ihn zu türmen. Dann aber schien es ihm, als läge hier tatsächlich etwas in der Luft, als wartete alles gespannt auf ein Ereignis, das von außen eintreten würde: Statt sich allmählich zu verlaufen, in wer weiß welchen Vororten zu versickern, kurzem, aber tiefem Schlaf – wurde die Menge immer dichter. Schon stockte es vor ihm, er kam kaum noch voran, Rufe wurden laut, Gesänge wie samstags nach einem Heimsieg von St. Pauli, Leute, die ihm weder besoffen noch wie Fußballfans vorkamen, schwenkten Fahnen, auf den Gesichtern eine Trunkenheit, die aus anderem, glänzenderem Stoff gemacht schien, Hände mit Sektflaschen darin streckten sich auch ihm entgegen. Dann roch er es, roch es so, wie er es vorausgesagt hatte, seit der Riß im Fundament der Welt sichtbar geworden war – und konnte es doch nicht fassen: Zweitaktgemisch. Das Herz raste ihm vor Freude und vor Angst. Verwirrt hastete er davon, fand ein Taxi erst auf halbem Weg nach Hause. Als er aber am nächsten Tag in der Mittagspause wieder bei der Reeperbahn vorbeisah, so kurz nach dem Aufstehen sonst der verschlafenste Boulevard der Welt, und bei Tageslicht betrachtet bloß eine Budenstraße – war der Spuk mit dem Frühnebel keinesfalls verflogen: Rechts und links in Doppelreihen, auf Mittelstreifen, Busbuchten und Fahrradwegen parkten die pastellfarbenen Kisten, die Kollegen in Grün beschränkten sich darauf, eine Spur für den Durchgangsverkehr freizuhalten, auf dem Bürgersteig aber herrschte helles Blau. Aufrecht schritten die Fremden einher, in uniform verwaschenen Jeansanzügen, lässige Eroberer nach dem unerwartet leichten Sieg, in den Augen einen Ausdruck, der viel zu herausfordernd war, um etwas Geringeres als das Glück zu meinen; meist blond und groß, und von so grenzenlosem Selbstbewußtsein, daß Erik sich lächelnd dabei ertappte, sie fast für Überirdische zu halten ... Und wie jung diese Familien waren! Er sah, wie Mütter mit Mickeymouse auf dem Busen, Väter, Jahre jünger als er, mit dem lachenden Sohnemann auf der Schulter in Sex-Shops hineinspazierten; damals hätte er geschworen, daß aus Mecklenburg lauter Lichtgestalten kommen.

»Du warst wohl noch nicht oft im Westen?« Es klingt besserwisserisch und barsch, und genau so ist es Erik recht: Soll er mit diesem Milchgesicht reden wie mit seinesgleichen? So erleichtert der Altersunterschied ihm den Umgang: schließlich wüßte er nichts Dünkelhafteres, als mit heimlicher Rücksicht zu sprechen; diese ostentativen Versuche, ja nichts spüren zu lassen, wenn man etwas besser weiß ... Und seltsam, Silvio scheint es entweder gar nicht aufzufallen – oder mag er es sogar? Jedenfalls macht er das Maul auf, redet endlich einmal von sich: Klar war er schon oft im Westen, in Westberlin – und sogar hier! »Hier?« Sie schlendern gerade durch die Davidstraße, und Erik fragt sich, warum ihn diesmal keins der Mädchen anspricht, die in rosa Plüsch-Leggins vor den Hauseingängen von einem Stiefelchen aufs andere steigen, ›Hey, Mister, do you have a bit of time?‹ »Klar!« grinst Silvio – und Erik beschleicht zum ersten Mal der Verdacht, daß dieser Junge vielleicht doch nicht vollkommen blöd ist. ›Wenn er lächelt, ist er nicht mal häßlich!‹ denkt er, und schlägt, ohne sich viel dabei zu denken, die übliche Abkürzung durch die Herbertstraße ein, vorbei an den Sichtblenden mit der Aufschrift ›Für Frauen und Jugendliche unter 18 verboten!‹ Wieder muß er an seine Palästinenserschalzeit denken, und wie er damals zu Herbert aufsah; und daß es in diesem Alter doch immer nur darum geht, sich und allen anderen zu beweisen, daß man ein Mann ist ... Ob so ein Silvio eine Freundin hat? Und muß die sich für ihn eine Glatze schneiden lassen? Oder reduziert sich das ganze Problem am Ende darauf, daß er eben noch keine hat? Vielleicht überhaupt noch nie mit einer Frau? Nicht? Nur kann er ihn das ja schlecht fragen. Und dieser Silvio würdigt die Schaufenster keines Blickes, obwohl die Damen auf den Frotteesesseln deutlich jünger geworden sind, seit der eiserne Vorhang aufging; und obwohl Erik sich insgeheim vorgenommen hat, ihm die Erfahrung, wenn es sein muß, nun nicht kleinlich zu ersparen: wenn's der Völkerfreundschaft dient ... Aber vielleicht fehlt ihm auch bloß eine anständige Tracht Prügel: Denn bei der alten Domina, die, diskret genug, Erik nicht zu grüßen, gerade die Peitsche weggelegt hat, um ihre prächtige Perserkatze zu striegeln, bleibt Silvio nun stehen und schneidet abfällige Gesichter. »Na, soll ich dir einen ausgeben?« – »Von mir aus!« murrt der Schrecken des Abendlandes, »Nur müßte ich dann auch langsam mal was essen, sonst werd ich gleich besoffen!« Beschämt schiebt Erik den Minderjährigen aus der Sperrzone zurück in Richtung Spielbudenplatz: Womit füttert man hungrige Hunnen? Wurst, was sonst! Er sieht das feine englische Naserümpfen eines Sandy förmlich vor sich, findet sich selbst ziemlich zum Kotzen – und beschließt, Silvio zu einer richtigen Mahlzeit einzuladen. Aber soll er ihn deshalb zu »Cuneo« schleppen, pädagogisch wertvoll ins älteste Einwanderer-Restaurant auf deutschem Boden? Wo statt Matrosen aus Neapel längst

Typen ihre Nudeln mampfen, die es ganz witzig finden, daß man die rote Tür, diese, nein diese, so leicht verwechseln kann mit jener zu einem benachbarten Bordell? Und die sie beide im Zweifel für ein ganz witziges Pärchen hielten – fast wie von ihnen kreiert, als Blickfang für eine Deostift-Kampagne? Zum Glück scheint Silvio zu wissen, wo er hin will: nämlich erst einmal möglichst rasch an Davidswache und Schmitt's Tivoli vorbei, und dann in dieses gutbürgerliche Steakhaus, wo Erik noch nie war. Und nun sitzt der Herr Staatsanwalt vor einem süßlichen Weinbrand Marke ›Einheimisches Erzeugnis‹ und sieht dem Skinhead dabei zu, wie er auf dem Teller vor sich herumfuhrwerkt; und verkneift sich die Belehrung, daß man Rinderfilet englisch bestellen muß, blutig, wenn es zart sein soll; und empfindet bei jedem Brocken, der in dem jungen Gesicht vor ihm verschwindet, etwas wie – Rührung? Aber würde Ellen es nicht eher einen billigen, sentimentalen und dazu selbstherrlichen Triumph nennen? Die leicht gewonnene Gewißheit, daß er auf diesen Jungen Eindruck machen kann? Der ja eben noch kein Gesicht hat, nicht einmal einen großen Mund oder große Augen? Nur eine weiße Projektionsfläche, sogar juristisch bislang ein unbeschriebenes Blatt? Löschpapier allerdings, da er nun schon um das dritte Bier bittet… »Von mir aus – nur reiher mir nachher nicht die Bude voll, dann krieg ich Ärger mit der Freundin!« – »Danke – hatte echt keinen Bock, bei diesen Zecken zu bleiben!« Erik juckt es in den Fingern, ihm doch noch eine zu klatschen.

Louise legt sonst Wert darauf, daß man am Wochenende gemeinsam frühstückt; wenn bis Mittag wieder einmal nur Erik den Lockungen von Radiosinfonie und Kaffeeduft nachkommt, sie aber trotzdem gut aufgelegt bleibt, schwant ihm, daß es ungemütlich werden könnte: »Tanzen wart ihr? Na, dann laß Ellen ruhig schlafen – wir beide hatten ja schon lange keine Gelegenheit mehr, einmal zu klönen!« Natürlich will sie erfahren, wie es ihm bisher ergangen ist auf der neuen Stelle, ob er zurechtkommt mit Arbeit, Kollegen, Chef. Da er aber von Banz nichts Rechtes zu sagen weiß, von Karin, versteht sich, ganz zu schweigen, und also lieber unverfänglich von der unwirtlichen Landschaft anfängt, die Eiszeit und Tauwetter dort hinterlassen haben, von den Verformungen durch die Gewalt der Gletscher und der Anpassungsfähigkeit derer, die dort ausharrten, vom Blühen im Verborgenen und den verblüffenden tumben Stellen, an die man aber nicht rühren darf, weil sie, Erfrierungen der Seele, dagegen doch empfindlich sind, vom Schlamm, der nun jeden Weg beschwerlich macht, und der Verführung, stekkenzubleiben darin – winkt sie rasch ab und will von dem ganzen Quatsch nichts hören: »In fünf, sechs Jahren redet davon kein Mensch mehr – das waren immer brave und handfeste Leute, die werden sich schon berappeln!« Etwas Altes, lange nicht mehr Gebrauchtes macht ihre Stimme hart: Erik kann sich nicht erinnern, sie je so ungnädig gehört zu haben; fast hätte er es Gutsherrenart genannt. Doch dann fallen ihm ihre Erzählungen aus der schlimmen Zeit ein: das junge Mädchen, mit einer Mutter, die nach dem Verlust von Mann und Söhnen nicht mehr sprach auf der Flucht nach Westen, wo sie allein, ohne Verwandte auf die Füße kommen mußte. Im Gepäck nur die Erinnerung an Kinderjahre voller Klavier- und Geigenstunden und genug Talent, um einzuschätzen, daß es mit Glück zur Impresaria, keinesfalls zur Solistin reichen würde; als Erbe ein Name wie ein Blechkreuz, der in der Musikwelt eher schepperte als klang, den Stolz, sich seiner auch dann nicht zu entledigen, als sie mit Ellen schwanger wurde, etwas altmodisches Tafelsilber und sehr viel lederne Disziplin ... Nein, Louise hat längst abgeschlossen mit ihrer Herkunft und nur die Heimat wiedersehen wollen: »Haus und Park hatte ich in keinem besseren

Zustand erwartet, und es ist mir gleich, was damit wird; höchstens, daß ich der Kirche etwas gebe, damit sie die Gräber in Ordnung bringen kann. Aber weißt du, was mich umgehauen hat? Daß die Landschaft noch genauso aussieht wie in meiner Erinnerung!« Sie hat ja recht, denkt Erik: das Vorrecht der Älteren, sich am Erreichten zu erfreuen und versöhnlichen Rückblick zu halten. Ob Deutschland es aber schafft, gesund zu werden, menschenfreundlich, normal – ist nicht mehr ihre Sorge, sondern die seiner Generation. Und wie er den Müslilöffel so ableckt, wird er ihm zum Spiegel: »Kenne ich den, oder hattet ihr noch Besteck im Park vergraben?« Louise lacht zwar, läßt sich aber nicht ablenken, kommt vielmehr erst recht darauf zu sprechen, was ihr wirklich am Herzen liegt: »Du ärgerst dich über Ellen, stimmt's? Diese alberne Aktion mit dem alten Haus ... Weiß der Himmel, was da in sie gefahren ist – ich habe ihr den Floh bestimmt nicht ins Ohr gesetzt!« Sie legt ihm die Hand auf die Wange, fährt mit dem Daumen vorsichtig über den verschorften Kratzer, guckt ihn scharf an: »Aber glaubst du denn im Ernst, ihr geht es dabei um irgendwelche Ahnen? Sie wird sich wegen dir sorgen und in deiner Nähe bleiben wollen, weil sie glaubt, ihr könntet euch auseinanderleben! Frauen sind manchmal hysterisch, weißt du ...« Erik kann nur zurücklächeln, nicken – und hoffen, daß sie nicht spürt, wie heiß ihm das Blut dabei ins Gesicht schießt. Wie bestellt zu seiner Rettung, schlurft Silvio die Treppe herunter und bleibt unsicher in der Tür zum Eßzimmer stehen. Ehe Erik ihn vorstellen könnte, steht Louise auf und greift die noch halbvollen Milch- und Kaffeekannen – wie, um nur ja keine Hand frei zu haben: »Den jungen Mann habe ich ja gestern im Fernsehen bewundern dürfen – Mario, nicht? Na, wenn er soviel überschüssige Kraft hat, soll er dir nach dem Frühstück im Garten helfen – du wolltest mir doch längst einmal den abgestorbenen Boskop hinten am Schuppen roden!«

O je, denkt Erik, Louises heilpädagogische Gartenarbeit! Erst sägen wir den morschen Stamm durch, dann graben wir die verrottete Wurzel aus, mit Stumpf und Stiel. Bevor er Silvio aber einen Wink geben kann, vergiß die Alte! – legt der im Garten mit solchem Feuereifer los, als hätte er wirklich nur auf die Gelegenheit gewartet, einmal etwas Nützliches zu tun. Dabei ist er nach Ellens Recherche so wenig arbeitslos wie die statistische Mehrheit der jungen Rechten, vielmehr Oberschüler und nicht mal ein schlechter, so daß er in den Osterferien guten Gewissens Däumchen drehen könnte. Wahrscheinlich kommt ihm Louises ewiger Versuch zu erziehen nicht ungelegen, weil er ihm vertraut ist; und nun will er ihr beweisen, daß er kein wirklich faules Ei, sondern lediglich in schlechte Gesellschaft geraten ist. Nämlich in die der Bundesrepublik Deutschland; oder vielmehr in das, was er dank Karins Unterricht dafür hält... So gesehen, gibt es für Erik keinen Grund, Aufsicht zu führen. Er ist nicht verantwortlich für den Burschen, und wenn er sich Spaten oder Spitzhacke ins Bein haut, holt er eben den Krankenwagen. Warum nur sieht er ihm trotzdem lieber zu, muß er sogar den Impuls unterdrücken, die Hacke selbst in die Hand zu nehmen? Dabei ackert Silvio gar nicht mit roher Kraft, die ihm gefährlich werden könnte, stellt sich vielmehr geschickt an: offensichtlich genießt er es zu zeigen, was er kann – und Erik, statt sich um seinen eigenen Kram zu kümmern, gibt dazu auch noch den Statisten! »Führst du ihm jetzt vor, was Ausbeutung bedeutet, oder zeigt er dir das Prinzip der sozialistischen Arbeitsteilung?« Ellen ist also auch schon munter – oder jedenfalls wach genug, um ihre schlechte Laune an dem auszulassen, der ihr den gestrigen Abend verdorben hat; als könnte Silvio etwas dafür, daß sie lange nach den beiden heimkam und jetzt eine Sonnenbrille tragen muß... Naturgemäß versucht Erik, alle Zwietracht zu vermeiden, küßt sie und legt den Arm um sie: »Laß gut sein – Louise hat uns darum gebeten!« Aber Ellen, wenn sie böse ist, war noch nie durch irgend etwas zu bremsen: »Glückwunsch! Apfelbaum gefällt, Haus abgebrannt, jetzt brauchst du im Leben nur noch einen Menschen umzubringen... Die algerische Frau ist aber inzwischen übern Berg, kam gerade im Radio durch!« Der Engel, der durch den Garten stapft, spricht deutsch: siedend heiß fällt Erik ein, wie er staunte, als er die Bibel zum ersten Mal in Luthers Sprache las: diesen Bastard aus Volkstum und Herrschaftsanspruch, Urkraft mal Uhrmacherhaftigkeit, gezeugt, um Rom aufs Maul zu hauen; wie neidisch er auf diese schimmernde Sprachwehr war, die nicht gefangennehmen will, sondern jeglichen Widerspruch im Keim ersticken; und wie er verstummte vor manchen Sätzen deutscher Studienräte, ohnmächtig und so voller Wut, daß jeder eins auf die Fresse kriegte, der ihm in der nächsten Pause dumm kam... Sicherlich wäre es angezeigt, dem gefährdeten Jugendlichen den Pickel abzunehmen, bevor er sie alle unglücklich macht, nur bekommt Erik die Augen einfach nicht hoch aus dem Loch vor ihren Füßen: das doch zu flach ist, um darin zu verschwinden. Und er verhält sich wohl richtig, denn es geht ohne Tote ab, sogar ohne Zeichen von Verletztheit: »Mir doch egal!«

Erik holt Ellen erst im Haus ein, beim Flügel, neben der Bodenvase, die Louise wie jedes Jahr hingestellt hat, damit er sie ihr mit Forsythienzweigen und den ersten Buchentrieben füllt. Schnell windet sie sich aus seinen Armen: »Du mußt nicht glauben, daß ich dir auf die Pelle rücken will! Ich kann gut verstehen, wenn du mal ein bißchen Abstand brauchst!« – ›So ist das also‹, denkt Erik, ›am Ende steht man wieder da wie am Anfang, allein, mit leeren Händen, ohne Halt, sicher, daß einen niemand auffängt...‹ Und es fühlt sich nicht mal schlecht an: wie wenn man nackt und betrunken in die klare Winternacht hinaustritt. Dabei ist gar keine besondere Kälte in ihrem blauen Blick; wenn sie ihn so scharf ansieht, er weiß es längst, versucht sie, sich selbst in seinen dunkleren Augen zu erkennen. So war es schon an jenem Abend, als von der Redaktion der Schülerzeitung nur er aufkreuzte bei ihr, dem sie ein falsches Datum genannt hatte, er, statt nächste Woche wiederzukommen, aber ruhig bleiben sollte, allein mit ihr, auf ihrem Zimmer: Aus lauter Nervosität fing er an, über organisatorische Details der anstehenden Busfahrt nach Bonn, zur Demo gegen den Doppelbeschluß zu reden; sie hörte sich das eine Weile an, ergriff dann aber einseitig die Initiative, legte Leonard Cohen auf, den er ihr zum sechzehnten geschenkt hatte, weil er selbst ihn gut fand, kauerte sich ihm gegenüber auf den Fußboden und begann ihr Augenspiel. Natürlich spielte er mit: schlug die Augen erst nieder, als er merkte, daß sie es nicht mehr lange aushalten könnte, ohne selbst die Miene zu verziehen. Als nächstes spürte er ihre Lippen auf seinen und es wurde ernst. »Ja – aber wieso denn, nein ...« Auf dem falschen Fuß erwischt, als wäre es auf frischer Tat, tritt er von einem Bein aufs andere, sprachlos, ohne Rat. Warum kann er ihr nicht sagen, daß er sich auf Ostern mit ihr gefreut hat, genauso wie jedes Jahr, mit Eiern, Hasen, Strauß, Spaziergang, Messe? »Ich muß nachher sowieso zu einem Ortstermin mit Amnesty in Bremen, und morgen wollte ich mich mal wieder in Bonn herumtreiben!« Also spricht sie eigentlich von sich selber – und nur von diesem Wochenende! Langsam wird der Boden unter seinen Füßen wieder fest.

Endlich kommt er aufs freie Land. Die Alster, zunächst nur ein verdrecktes Fleet, durch das man sich vom Hafen in die Innenstadt schleusen kann, bald aber der zentrale Platz der Stadt, auf dem sich mit der HAPAG-Hauptverwaltung ihre Lage am großen Teich spiegelt, die Tatsache, daß sie von

Haus aus Rand ist, in der Mitte leer, dieselbe Alster, die sich gleich darauf zum weiten, allen gleich freundlich besonnten Spiegel für Alsterspaziergänger, Alstermarschierer, Alsterglocken öffnet, ein Seelein, an dem jeder alles baumeln lassen kann, auf dessen autofreien Uferwegen er aber erst recht in die Pedale gestiegen ist, die folglich rasch wieder ganz andere Alster, die als dutzendfach überbrückter Kanal durch stille Stadtquartiere aus Stuck und rotem Klinker fließt, endlich unter Trauerweiden am Friedhof vorüber, und danach noch kilometerlang durch untotes Gelände, Neubausiedlungen, Gewerbe, Vorstadt: die Alster also atmet endlich auf, streift ihr Stadtkostüm aus befestigten Ufern ab und verwandelt sich in sie selber, eine Holsteinerin ohne besondere Herkunft, ein Flüßchen eben vom flachen Land. Was nun zu sehen ist, Weiden, Pferde auf der Koppel, Waldrand, spricht eine Sprache, die jeder von klein auf versteht: selbst Silvio, der bisher stumm an Eriks Hinterrad hing, traut sich nun aus dem Windschatten hervor und schiebt sich an seine Seite: »Sind Sie sicher, daß der Weg richtig ist?« – »Nö – aber ist doch schön hier, nicht?« So wie Silvio ihn da ansieht, fällt Erik ein, daß er für ihn ein alter Sack ist und gefälligst zu wissen hat, wo es langgeht; also setzt er sich mit einem »Keine Sorge, *die* Strecke kenne ich auswendig!« wieder in Führung. Bis zu den Landungsbrücken hat er ohne nachzudenken der Elbe folgen können, die ja zunächst schnurstracks daher kommt, wo er hin will, dann aber hat er sich entscheiden müssen: Der Strom, eigentlich die Norderelbe, biegt ab der Speicherstadt immer mehr nach Süden. Tiefer nach Osten hätte allenfalls noch die Bille für ein Stück geführt: jenes Flüßchen, mit dem Erik Billbrook, Billstedt, Billwerder verbindet, Stadtteile, die er aus der Seitenscheibe kennt, seit Ellen sich einmal verfahren hat auf dem Weg zur Berliner Autobahn, oder waren es Hamm und Horn, Namen jedenfalls, die ihm kaum mehr zu sagen haben, als das endlose Vorüberhuschen dreistöckiger Wohnblocks aus den Nachkriegsjahren, phosphoreszierende Begriffe wie ›Flächenbombardement‹ und ›Wiederaufbau‹, ferner Osten jedenfalls, äußerste Mongolei. Er hat gezögert, geschaudert – und dann die vertraute Route nordwärts durch die Innenstadt gewählt. Den Weg zur holsteinischen Oma, auf den er sich in den ersten Jahren in Blankenese so oft gemacht hat, um dem Samstag zu entkommen: der beleidigenden Gewißheit, als einziger an der ganzen Schule auf jeder Fete gelitten zu sein, wer sie auch schmiß; und der Ahnung, daß er sich dort doch wieder nur elend fühlen und krank trinken würde ... Also befindet er sich mal wieder auf einem Umweg. Und genau um diesen Umweg dürfte es ihm schon gegangen sein, als ihm vorhin beim Anblick seines alten Rennrads im Schuppen auffiel, wie gut er es an seinem neuen Einsatzort gebrauchen könnte: denn um den bloßen Transport hätte er ja ebensogut Herbert bitten können. Und wenn er ehrlich ist, muß er sich eingestehen, daß der Gedanke an die Überführung ihn um so mehr gereizt hat, als ein Silvio zur Stelle war, den man bloß fragen mußte »Oder traust du dir die Tour nicht zu?«, um ihn auf Ellens Rad zu bringen: das Aluminiummodell, daß Erik ihr geschenkt und sie nie für mehr als kurze Spazierfahrten benutzt hat, das aber seit vielen Jahren traulich neben seinem lehnt und das zurückzulassen sie beide zweifellos als Liebesverrat gedeutet hätten. Tatsächlich schien Ellen so erleichtert über den Einfall gewesen zu sein, daß sie gar nicht darauf gekommen ist, Herberts VW-Bus ins Spiel zu bringen. Ja doch, selbstverständlich werde sie an Eriks CD-Spieler denken. Und, damit hatte er gar nicht gerechnet, sehr gern wolle sie dann auch die Gegend mit ihm erkunden: schließlich kenne sie dort im Gegensatz zu Hamburg noch nicht jeden Gullydeckel, und freue sich darauf, Neues zu entdecken! Sogar die Bitte, Silvios Schuhwerk bei

Herbert abzuholen, hat sie abgenickt ohne verkniffene Bemerkung.

»Warum haben Sie eigentlich kein Auto?« Die Frage mußte ja irgendwann einmal kommen. Sie rollen jetzt auf einem Wanderweg durch den Wald, und obgleich die Bäume auch im Naturpark Oberalster noch kahl sind, ist es doch still um sie: so still, daß sie die Speichen sirren hören, und dazwischen ab und zu ein Zwitschern über sich in den Zweigen, zu dem Louise bestimmt einen Namen wüßte. Von anderen Menschen und ihren Gefährten aber ist seit Minuten nichts mehr zu hören und zu sehen. Sie sind erst einmal allein miteinander, und es ist, als vergehe die Zeit weniger schnell. Oder vielmehr hat Erik verlangsamt und sich im Sattel aufgerichtet, um an der Waldluft durchzuatmen und den Rükken zu entspannen. So wenig, wie er sich letzthin bewegt hat, ist er es zu scharf angegangen; als müßte er dem Hintermann etwas zeigen, oder als könnte er ihn nur bei der Stange halten, wenn er ihn fordert und hart rannimmt. Jedenfalls klopft ihm das Herz im Hals, und er braucht dringend ein paar gemächlichere Kilometer. Ganz natürlich, daß Silvio da von hinten aufschließt und sich bis auf Höhe der Augenwinkel heranschiebt: sei es, weil er sich ohne Blickkontakt allein im Wald nicht wohl fühlt, sei es, weil er aus seiner besseren Kondition den Mut schöpft, auch das Kräfteverhältnis zwischen ihnen zu verkehren. Es mag ja ein gutes Zeichen sein, aber deshalb ist Erik noch nicht bereit, ihm zu gestehen »Weil ich rechts und links nicht auseinanderhalten kann!« Die Sache mit der Führerscheinprüfung, durch die er nicht einmal, sondern gleich dreimal in Folge gerasselt ist, weil er sich nach Richtungswechseln im Gegenverkehr wiederfand. Auch wenn er sie in England mit links nachgeholt hat, fährt er höchstens in Afrika; und auch da nur außerhalb der Stadt, wo sich die Pisten meilenweit nicht kreuzen, man kaum andere Verkehrsteilnehmer trifft und allenfalls Viehherden auf Vorfahrt bestehen. Hier im deutschen Wald dagegen können sie nur Herr und Hund vorübergehend wieder hintereinander zwingen: »Sitz!« hat der Herr schon weit vor ihnen und sehr laut befohlen; auch wenn er das deutsche Waldgesetz offenbar nicht kennt, nachdem Hunde im Wald anzuleinen sind. Immerhin sitzt der Dobermann tatsächlich brav da, die Hand des Herrn am Stachelhalsband, die Zunge noch hechelnd vom Apportieren vorm Gebiß. Schönes Tier, denkt Erik, während er vorüberfahrend schnell »Guten Tag!« sagt, und hört die Stimme des Herrn »Sitz! Ganz ruhig! Aus!« hinter sich. Für gewöhnlich gilt die Legende vom Verschlampen, von seiner Zerstreutheit also, die ihn Uhren, Papiere, Schlüssel in mythischer Zahl in ganz Norddeutschland verteilen ließ, so daß er auf ein Auto, wie auch auf ein Handy, lieber gleich verzichtete. Nur gut, daß nie jemand versucht hat, seine Mutter damit zu amüsieren: die erstaunt gewesen wäre, weil sie ihn als eher zu ordentlichen Jungen kennt. Ist das der Grund, warum er sein Wochenende freiwillig mit einem Silvio verbringt? Daß er endlich einen gefunden hätte, der es sich gefallen lassen muß, wenn er von seinem Fahrlehrer erzählt? Er hört doch die Sprüche vom Unterschied zwischen Urwald und Straßenverkehrsordnung noch wie gestern, die bis zur letzten Lektion wiederholten Witzchen rund um das Wort Vergaser, von denen nicht einmal Ellen weiß. Aber gehört das hier her? Schließlich ist er kein Versager! Andererseits gibt es hier keine Zeugen, und hinterher könnte er alles leugnen ... Schon kratzt das nie Ausgespuckte ihm im Hals, er räuspert sich – aber dann sagt er sich doch lieber wieder ›Heul doch!‹, schluckt alles hinunter, stößt eine Art Wolfsschrei aus, springt in die Pedalen, zieht den Zwischensprint an und spritzt davon, ohne sich nach einem Verfolger umzugucken.

Die schmucke Klinkerkate mit dem Reetdach an der Dorfstraße von Bargfeld sieht noch genauso aus wie früher, in den Fenstern scheinen sogar die alten Spitzenstores zu hängen, nur am Zaun ist abzulesen, daß hier lange kein Erik herumstrich. Als er sich jetzt an die morschen Latten lehnt, seine Oma sprach immer von Staketen, kracht es sogar vernehmlich; aber es ist nur das Schutzblech, auf das Silvio in diesem Moment von hinten auffährt. Wenigstens ist auch er außer Atem: »Wer wohnt da?« – »Keine Ahnung.« – »Und was wollen Sie hier?« – »Nichts.« Erik steigt ab, schnallt die Satteltasche auf und fördert zwei Büchsen Elektrolytgetränk zutage, zwei Müsliriegel, zwei Orangen und das Leinenbeutelchen mit dem Biltong. Klar, daß Silvio eher skeptisch guckt, als es ihm Erik unter die Nase hält. »Was ist das?« – »Biltong. Trockenfleisch vom Springbock, aus der Kalahari!« Statt nun aber dankend abzulehnen, greift er zu, betrachtet den faserigen Streifen, riecht daran, schiebt ihn sich mit sichtlichem Widerwillen in den Mund, kaut lange darauf herum, schluckt endlich – und greift erneut zu. Schwer zu sagen, ob er Geschmack am Fleisch oder am Gehorsam findet. Erik weiß wirklich nicht, was er hier will: Die Dorfstraße, bis heute so leer gefegt, daß man sie gefahrlos zur Skatebahn machen könnte, der Dorfladen, wo es beim Einkauf immer ein Karamelbonbon gab, die Dorfkirche, wo er sich durch den Stimmbruch sang, ohne daß es sonderlich aufgefallen wäre, der Dorffriedhof, wo seine Oma liegt, der Dorfkrug, den er nur einmal betreten hat, zu ihrem Leichenschmaus: mit der Mutter am Arm, vor der die Männer in Jägertracht aufstanden und die Hüte zogen, wie vor einer Erscheinung. Jetzt schallt Lachen von dort zu ihm herüber, und am Haus scheinen sich die Vorhänge bewegt zu haben. Nein, die knochige Alte mit ihren immer kalten Händen hat ihn nicht hierher gezogen, eher schon die Allee, die zum Herrenhaus führt, der Weg zum Mühlteich, wo er mit den Jungs schwarz angeln und nachts alleine schwimmen ging. Daß er hier zwar kaum ein Haus, dafür aber jeden Schober und Stall von innen kennt; das Schmatzen jener Melkanlagen, deren Saughülsen seine Phantasie anregten. Daß ihm der März noch jedes Jahr in die Nase sticht wie frische Milch und Sperma. Daß er hier so gut wie zu Hause war, ganz sicher in Feld, Wald und Wiese, eigentlich überall, außer in diesem Haus. Sein Vater, der hier alles unerträglich fand und seine Mutter auch nach der Rückkehr nach Deutschland nur besuchte, wenn sie wieder mal ein Jahr älter geworden war, hat es nach ihrem Tod verkauft, ohne es noch einmal zu betreten; also mit allem, was darin war. Erik fragt sich, was die neuen Bewohner wohl mit den afrikanischen Schnitzereien gemacht haben, dieser gräßlichen Airport-Art für Touristen, die der Vater als stolzer Patron eines Projektes zur Entwicklung lokaler Handwerkerkooperativen in Flugcontainern nach Europa brachte. Jedesmal wenn der Besuch anstand, wurde so ein Teil genommen, in eine Wolldecke gewickelt und in den Kofferraum gelegt; und die Oma wickelte es aus, rief »Nein, wie ist es denn bloß – aber hübsch, doch ...«, und stellte es Erik in die Mansarde: »Da fühlst du dich richtig heimisch, was, min Jong?« Ob auf den ochsenblutfarbenen Dielen noch immer die verstaubten Löwenfelle liegen? Seine heimlichen Heftchen darunter? Aber dann ist es ihm wieder egal. »Auf!« sagt er zu Silvio und nimmt ihm die leere Büchse ab, die er selbst in seinem Alter wohl noch in die Landschaft geschmissen hätte; Silvio, kaum hat er die Hände frei, biegt ihm das Schutzblech weg vom Reifen. »Danke – nach Lübeck ist es ungefähr noch mal genausoweit – wäre nett, wenn du ab und zu auch mal in den Wind gingst!«

Und natürlich zieht Silvio im Sog des rasenden Schwerverkehrs auf der Bundesstraße nun so gut mit, daß sie viel zu früh durchs Holstentor einrollen: Erik ist längst klar, daß Ellen ihm ein Kuckuckskind untergeschoben hat: Wenn dieses Weichei ein Neonazi sein soll, dann ist er der Osterhase; an die richtig harten Jungs dürfte auch sie sich nicht herangetraut haben. Seltsam nur, daß es ihm Spaß macht, den Bewährungshelfer zu spielen: ›Zeit genug, ihm ein paar Denkmäler zu zeigen – dann weiß er wenigstens mal, wovon er redet, wenn er die deutsche Kultur retten will!‹ denkt Erik, und folgt wie gewöhnlich zuerst dem Stadtgraben zum Domberg. Schon steht er vor der ungeschlachten, maßlos steil auffahrenden, dabei vom Alter längst nach vorn gekippten, rissigen und eben dadurch um so stolzer der Vergänglichkeit trotzenden Front des Doppelturms aus rohem Ziegel; ein einziges »Herr, erbarme Dich!« aus Lehm, das ihm auch diesmal wieder einen Schauer den Rücken hinunterjagt. Im Schiff selbst scheint man eher hinter dem Zeitplan zu liegen: Jedenfalls kommen »zwei kräftige junge Männer!« einem schwammigen Konzertmeister und einem schmächtigen Küster gerade recht, um das Cembalo aus dem vorm Seiteneingang parkenden Kombi zu wuchten und hineinzuschleppen – der Dirigent sei mit dem Bus des Knabenchors verspätet, und wenn die Solisten einträfen, müsse alles stehen. Zur Belohnung schreibt der Dicke einen Zettel für die Abendkasse, ohne daß Erik die Agentin von Baß und Bariton ins Spiel bringen müßte: tatsächlich hat ihm Louise diese Matthäuspassion ans Herz gelegt, die sie gern selbst gehört hätte, wenn sie nicht zu einer Aufführung in den Michel müßte; und ihm Grüße an ihre Schäfchen aufgetragen, falls er es sich überlege. Der Küster ist so nett, ihre Räder einzuschließen, und so kann Erik seinen üblichen Rundgang machen: Hamburg für Auswärtige, das heißt Hafen, Reeperbahn, Alster und die Altstadt – Lübecks. Jedenfalls hat er es stets so gehalten, und auch Silvio läßt es sich gefallen. Wobei es für Erik keinen Unterschied macht, wen er da herumführt, solange die Gefolgschaft eines Augenpaars es ihm ermöglicht, noch einmal zu sehen wie zum ersten Mal. Nein, das ist es nicht – er will zeigen: So unbedingt wie er es als Junge der Welt zeigen wollte, diese Welt, nun, da sie ihm gehört, einem andern. Daß er aus Hamburg dringend weg muß, ist ihm bei dem Spaziergang an der Elbe klargeworden: als er sich dabei ertappte, wie er den Führer für einen eingebildeten Begleiter gab, halblaut erklärte, was ein Küstenmotorboot sei, ein Schaufelbagger, eine Containerbrücke ... Silvio schwebt das Triumphkreuz denn doch zu hoch über dem Kopf, um es ernsthaft in Betracht zu ziehen, und die Bronzetüren muß er angrabschen an den blanken Stellen wie schon die Abergläubischen des Mittelalters. Vor den zerbrochenen Glocken in der Turmbasis, den Photos der zerbombten Ruine ist er jedoch sichtlich ergriffen: »Warum steht da nicht, wie viele Menschen damals gestorben sind?« Erik steht gerührt wie vom Donner: und muß sich eingestehen, daß er bisher eher an Steine und bemalte Holztafeln gedacht hat. Wie um allzu düstere Gedanken zu vertreiben, tritt er, da Silvio sich ja interessiert zeigt, mit ihm beim Gang durch die Stadt auch in die Marienkirche: die soviel heiterere, nicht zerstörte, mit ihrer bunten Originalbemalung. Als Silvio sich dann im Heilig-Geist-Spital kaum losreißen kann aus den Holzverschlägen für die Siechen und Armen, immer wieder fragt, bis wann genau das so in Betrieb war, dafür aber in St. Jakobi kaum einen Blick für die Orgel hat, auf der immerhin Bach gespielt hat, weil die barocken Prunkgräber in den Seitenkapellen »doch scheußlich!« seien – hätte Erik ihn ums Haar geküßt. Wie es sich gehört, will er den Ausflug in einem überheizten Café mit runden Tischchen und Plüschsesseln beim großen Tortenschlachten beenden, aber Silvio wird schon im vorgelagerten Ladengeschäft nervös, als schlüge ihm der Anblick etlicher Tonnen Marzipan auf den Magen; oder der von

Rentnern, die sich darum balgen, als wäre es das letzte Brot vorm Krieg. Jedenfalls zupft er Erik wie ein kleines Kind am Ärmel wieder hinaus in die Fußgängerzone: »Das Konzert gleich, ich meine in der Kirche – kann ich denn da so rein?« Zuerst will Erik ja spöttisch die Nase rümpfen, ihn damit trösten, daß Christen den ehrlichen Schweiß immer geschätzt, den Gebrauch von Wasser und Seife aber als Ritual der Juden und Muslime verachtet haben, in Notzeiten sogar ihr Vieh vor den Altar zu treiben pflegten; und daß die Bürger heute abend wohl weniger zum Riechen als zum Hören kommen. »Hier stinkt's« krächzt es da hinter seinem Rükken, Erik hat es genau gehört. Als er sich umdreht, guckt ein Opa so schnell weg – wie jemand, der genau um sein Vergehen weiß: Erik beschließt, daß es nicht lohnt, ihm so kurz vorm Abkratzen noch einen Dienstausweis zu zeigen ... Er wendet sich wieder Silvio zu und sieht, daß er sich ernsthaft unwohl fühlt in seiner Haut. »Blöd, im falschen Zeug zu stecken, hm? Und wie man es auch macht, irgendwo paßt man immer gerade nicht richtig rein ...« sülzt er da los, als wollte er einen ersten Verständnisblumentopf gewinnen: »Als ich zuerst in die Schule kam, war das einfacher, weil es eine Uniform gab. Die war für alle gleich, und keiner wurde schief angeguckt.« »Ja – eben!« Silvio schaut zu Erik hoch, als habe der zum ersten Mal etwas verstanden; dann aber guckt er sich wieder auf die Füße. »Na schön – würde dir so was gefallen?« Vor der Eisdiele hängen ein paar Typen in Silvios Alter herum und führen vor, vom Hosenboden in den Kniekehlen halb gefesselt, wie tief die Gürtellinie rutschen kann, ohne geblümte Boxershorts freizugeben: eine zum Jugendstil verkommene Ghetto-Pose, die Erik sich als Jugendlicher um keinen Preis zu eigen gemacht hätte, auf die Silvio aber getrost abfahren könnte, wenn er vor allem dazugehören will. Aber er ziert sich, weil man sich darin nicht bewegen könne und das Zeug obendrein teuer sei, läßt sich auch mit dem Hinweis darauf nicht umstimmen, daß es beim Fernsehen Honorar gibt, will nichts als irgendeine andere Jacke zu seiner Jeans. Und nimmt schließlich einen Trainingsanzug von der Stange: der Marke allerdings, die auch Erik trägt. Höchstens noch ein Base-Cap, das ihm Erik vor dem Dom wieder abzieht.

Zum Glück gibt es für sie nur noch Notplätze direkt beim Ausgang: so daß sie nach dem Schlußchoral dem aufbrausenden Applaus entkommen können; dieser Rache der Menschen an der Schönheit. Zum Glück stellt Silvio keine Fragen, als Erik aufspringt, ihn hinausschiebt, überstürzt die Räder klarmacht. So fahren sie schweigend in die Dunkelheit. Aufgewühlt wie Erik ist, will er die Innenstadt umgehen, diese Linse im Fluß, deren gekrümmte Längsachsen ihn noch jedesmal abgelenkt haben – so auch vorhin, als er in Gassen abseits der herausgeputzten Touristenpfade geriet, wo man mit Bierbüchsen in der Hand aus Fenstern lehnte und mit »Dom? Hier bei uns?« nur den gleichnamigen Hamburger Rummelplatz verband. Reflexartig folgt er der Trave, auf deren schwarzem Wasser sich Mond und Straßenlaternen spiegeln, als gehörten sie derselben Welt an. Nein, er möchte nicht wissen, worauf Silvio hinausgewollt hat, als er ihn beim Blick durchs betuchte Publikum gefragt hat, ob ihm nichts auffalle – echt nicht? Erik ist voller Musik, und er wünscht, es so lange wie möglich zu bleiben. Und wenn er die Augen schon nicht schließen kann, so ist es das Nächstbeste, bei Nacht ins Unbekannte hinaus zu rollen, im Vertrauen darauf, irgendwo anzukommen, solange man den Irrlichtern des Himmels und der Erde nur die Stirne hinhält; dem Fahrtwind, der sie kühlen wird. Die angestrahlte Stadtkulisse liegt bald hinter ihnen, Tor, Türme, Giebel, das nächste Flutlicht schwappt da vorn um Kais und Kräne, gleisnerisch kommt die Hafenbahn ins Spiel, blankes

Eisen, kalt beschienen, in dessen Spur er nun gerät, darin festhängt mit dem Reifen: das Hinterrad hebt ab, kopfheister sieht er sich schon aufs Pflaster gehen – doch da kommt das Vorderrad wieder frei, nichts passiert also, schnell weiter. Laderampen fliegen vorüber, in Augenhöhe da er sich über den Lenker beugt, dann aber muß er bremsen, sich aufrichten und umschauen, denn was er für das Ufer gehalten hat, entpuppt sich als Landzunge zwischen Hafenbecken. Silvio geht nach vorn, umfährt die Schuppen, führt ihn in finsteres Gelände: Ende aller Straßenlampen, am Horizont aber wabert es Orange, Sonnenuntergang ostnordost voraus, nein, nur ein Autobahndreieck im Quecksilberdampf: Im Schatten des Lärms folgen sie dem Travemünder Schenkel, bis er vom Wasser abspreizt. Dann ist es wieder fast still, ein Vorort streckt sich an dem schmalen See entlang, zu dem sich die Trave hier verbreitert, hölzerne Autobaldachine, Jägerzäune, bläulich durchschimmerte Gardinen, davor aber liegen endlich Wiesen. Der erste Leuchtturm steht am Ufer und zieht Erik mit dem gleichen Rot – Aus – Rot an, das durchs Geäst blinzelt, wenn er unter Louises Dach liegt; am Ufer gegenüber bewacht Wald die Küste, indem er ganz schwarz an sie herantritt. Der nächste Leuchtturm steht im Wasser, auch der übernächste und der überübernächste: Übernächtigt und erschöpft wie Erik ist, fällt er ab und zu in Sekundenschlaf, da – weg – da, die Betonplatten jedoch, die kaum der Weiden wegen hier liegen dürften, sind allemal eben genug, um blindlings geradeaus zu rollen. Übers Wiek loht Feuer, ferner Abglanz von Flammen, Funkenflug, weil sie aber nicht übers Wasser fahren können, müssen sie hinein in die letzte Enge vor dem Meer, erst über die Brücke zum Skandinavienkai hinüber: noch einmal blendet sie Kunstlicht, ein hell erleuchtetes Hochhaus, das heute nacht noch nach Finnland fahren wird, sie aber suchen das Weite, Dunkle – und kommen endlich an am Strand.

Der Scheiterhaufen auf der Sandzunge zwischen See und Wiek muß mindestens drei Mann hoch gewesen sein: Erik kennt den Ehrgeiz der Jungs in dieser Nacht, hat am Elbufer oft genug selber mitgemacht, seit Weihnachten alles Brennbare gesammelt. Als sie ankommen, hat sich das Ganze jedoch schon gesetzt, sackt alle Augenblicke unter Funkensprühen noch weiter in sich zusammen, droht aber nicht mehr umzustürzen und die Umstehenden zu verschütten: man rückt näher, hält die verrußten und glühenden Gesichter in die Hitze, die ersten lagern sich in den Sand. Auch Silvio drängt gleich zum Feuer, Erik aber baut zunächst das Zelt auf, etwas abseits, solange er dafür die Kraft hat; dann schließt er die Räder zusammen und folgt mit dem restlichen Proviant. Der Junge mit der richtig, also falsch herum aufgesetzten Kappe starrt so wie alle in die Flammen, gehört scheinbar mühelos dazu; ja, in dieser Stimmung könnte er sich öffnen, könnte preisgeben und verraten, wie unglücklich er von sich und andern denkt: Erik spürt, wie ihn Panik bei der Vorstellung beschleicht, ihm nun die Beichte abnehmen zu müssen. Und er ist heimlich erleichtert, als Silvio den Mund auch jetzt nur aufbekommt, um zu essen und zu trinken: das Bier, das Erik mit den Mädchen bei der Kiste getauscht hat, die seine verbeulte, mit Zebrafell bezogene Feldflasche zwar »Abartig!« finden, den Scotch darin aber zu mögen scheinen. Sie stoßen an, es klingt dumpf, und da muß Silvio nun doch grinsen, als wollte er sagen ›Braunglas auf Blech, was gibt's da schon zu reden, Alter …‹ Seltsam, denkt Erik, und schaut zum dunklen Waldrand, wo, keine hundert Meter weiter ostwärts die Grenze der Welt im Meer versank – um einfach zu verschwinden, über Nacht: Was sind Stacheldraht und Minen gegen die sanft rinnende Zeit? Er ist einfach zu alt, um die Silvios dieser Welt zu verstehen; und er denkt nicht daran, noch sehr viel älter zu werden auf dieser Party. So schauen sie schweigend vor sich hin, zur

Abwechslung mal hinaus aufs Wasser, bis das letzte Licht der Helsinkifähre im Nordosten unter den Horizont taucht. Als Erik aber gerade aufstehen will, mit einem Erwachsenensatz wie ›Mach nicht mehr so lange, morgen kommt auch noch eine Etappe!‹ – da kippt ihm Silvio gegen die Schulter. Erik wagt nicht, sich zu bewegen, sitzt nur seltsam berührt da, bewacht die regelmäßigen Atemzüge an seinem Ohr und sieht zu, wie langsam das Feuer herunterbrennt. Erst als die Märznacht doch allzu empfindlich aus dem Sand hoch kriecht, nimmt er den Schlafenden, dessen Kopf längst auf seinen Schoß gerutscht ist, vorsichtig aufs Kreuz und zieht sich mit ihm zurück in ihr klammes Anderthalbmann-Zelt. Eine Weile lauscht er noch auf leise Stimmen, Brennholzknistern, schrickt kaum auf vom lauten »Laß den Scheiß, Mann, das stinkt!«, denkt halb, daß die Gitarre, die da klimpert, auch besser aufgelegt sein könnte – dann ist er wieder in Afrika.

Am Sternenhimmel hat er es immer zuerst erkannt: das da ist weder der Große noch der Kleine Wagen, sondern zweifellos das Kreuz des Südens. Der Vater hat gestattet, daß er draußen schläft, bewacht vom Wildführer am Feuer: statt in dem großen stickigen Armeezelt, mit dessen schweren grünen Stoffbahnen alle Mann eine Stunde lang zu kämpfen hatten, bis es am Rand des ausgetrockneten Sees stand, wo sie auf der Lauer liegen. Die Herrschaften haben sich früh zurückgezogen, nachdem es mit dem Bier nichts Rechtes war, weil die Büchsen trotz der Kühltasche zu rundlichen, nicht ungefährlichen Wärmflaschen angeschwollen waren und der Deutsche trotzdem darauf bestand, ihm am Campingtisch Skat beizubringen. Die Fahrer, bevor sie ihre Schlafsäcke auf den Pritschen der Pick-ups ausrollten, wo sie sich etwas sicherer vor Schlangen wähnen, haben noch einen Flaschenhals Dacha geraucht, beißendes einheimisches

Gras. Jetzt schnarcht in der Wagenburg alles außer ihm und dem jungen Buschmann, der die Wache bis Sonnenaufgang angeblich freiwillig übernommen hat. Vielleicht schläft aber auch Erik und träumt den Blick durch die Akazienzweige nur, zu den Sternen und dieser flachen Silberschale, die ihr Licht über den weißen Salzsee ausgießt: Schläft ganz leicht und schreckt alle paar Augenblicke jäh auf, weil da ein fremdes Geräusch im Busch war, ein Schrei, ein Knacken oder Fauchen. Der Junge jedoch, dessen Namen er nicht einmal weiß, kauert noch immer reglos da; höchstens, daß die beiden abgestorbenen Baumstämme, zwischen deren Stirnseiten er ein Feuer hütet, dessen Schein kaum sein Gesicht erreicht, wieder ein Stück kürzer geworden sind. Den Versuch, sich mit vierfacher Übersetzung zu unterhalten, haben sie tagsüber lachend aufgegeben: Zunächst aus dem Englischen ins Setswana mit Hilfe von Mtebi, der zwar genau weiß, daß Eriks Mutter, der er ja nachstellt, von der Westküste, aus Ghana, stammt, es Eriks deutschem Vater aber trotzdem übelnimmt, daß sein Sohn die hiesige Landessprache nie gelernt hat. Von dort über Mtebis Fahrer, der als ANC-Aktivist aus Transvaal hier Asyl genießt, in widerwilliges Afrikaans, von dem endlich der San ein paar Brocken versteht, weil er als Nomadenkind in Südwest Kontakt mit burischen Missionaren hatte... Jetzt, da sie allein miteinander sind, sagt der San etwas auf San zu Erik, ein sanftes Schnalzen oder Klicken, grinst und deutet mit dem Kopf in die Nacht, und Erik, sofort beruhigt, murmelt etwas auf Deutsch zurück, und sie verstehen einander bestens: Vögel äffen Affenvögeln – alles im grünen Bereich, schlaf weiter. Oder es ist schon die zweite Nacht, und die Akazien hängen voller Fleisch, sechs halbe Gnus, kühlhausfertig gehäutet, aufgebrochen, ausgeweidet und zerlegt, und ein verräterischer Geruch nach Blut liegt in der Luft, und das Knacken im Gebüsch wird morgen früh zu einer Spur tellergroßer

Tatzen gehören, die keine drei Meter hinter Eriks Kopf verläuft. Und sein neuer Freund wird das Tier daneben in den Staub zeichnen, mit dem Finger: ein eleganter Umriß, viele regelmäßige Punkte darin: alles halb so wild, kein Löwe, nur ein Leopard. Und wenn Erik dann wieder in wirre Träume fällt, kommen immer die Hoden darin vor, die der Buschmann, mit dreizehn ausgewachsen, dem halbwüchsigen Bock als erstes abschnitt, nachdem sie die toten Tiere vom See ins Camp geschafft hatten. Nicht die auf dem weißen Sand schon schwarz anlaufende Lache hat ihn berührt, nicht die aus dem Maul gestreckte Zunge, rauh und grau, die eben noch Salz geleckt hat, oder die Perlen der letzten Losung; sondern die empfindsame Rundung dieser Eier, von denen er sich vorstellt, daß sie sich auch noch nie entladen haben. Oder vielmehr der Akt, sie abzuschneiden, nicht grob oder achtlos, vielmehr fast zärtlich, um sie Erik dann lächelnd hinzuhalten: Essen soll er sie, die Geste ist eindeutig, und dann greift der Jäger und Sammler im Staatsdienst sich an den Lederschurz: damit ein ganzer Kerl aus ihm wird! Erik versteht – und merkt, wie ihm einer hochkommt; wie ihm zugleich das Blut ins Gesicht schießt, weil um sie herum all die Männer lachen; wie er sich diesem Menschen gegenüber, der es ernst und freundlich mit ihm meint und das Zeug für ihn zum Garen in die heiße Asche packt, auf seine britische Schuluniformszivilität versteift; und wie er ihm dadurch wildfremd wird.

Aber dann ist es wieder die erste Nacht, und Erik weiß noch nicht, wie kalt es in der Kalahari wird, wenn der Sandboden kurz vor Sonnenaufgang die letzte gespeicherte Tageshitze zum sternklaren Himmel abgestrahlt hat. Er friert. Zittert und klappert mit den Zähnen wie niemals zuvor im Leben. Steif vor Kälte kriecht das Morgengrauen über See und Horizont herauf. Dann aber dämmert Erik, daß es noch mitten in der Nacht sein muß; daß er schläft, träumt und desto unbehelligter liegenbleiben darf, je fester er die Augen geschlossen hält; und es im Dunkel läßt, welcher Leib sich da nach Wärme suchend an ihn drängt. Aber dann war es wohl doch das Gnu und nicht der Löwe, Schreie werden laut, Rufen, Getrampel: Gleich wird geschossen, denkt er, dann explodiert etwas neben seinem Kopf, und eine Stichflamme scheint durch die Lider – oder ist es Zeltbahn? Silvio schreckt hoch, schaut Erik mit weit aufgerissenen Augen an, die schon mehr wissen, als sie fragen, kriegt den Reißverschluß am Eingang nicht auf, verheddert sich im Schlafsack, will raus, nur raus – und hat damit sicher recht, wenn man bedenkt, daß die hintere Zeltstange in diesem Moment einknickt, als wäre sie umgetreten worden. Erik selber liegt gelähmt und kann gar nichts tun, als zu versuchen, sich aus allem, was er hört und sieht, ein Bild zu machen; was da zersplittert, dürfte eine Gitarre gewesen sein. Jetzt hat Silvio es geschafft, schlägt die Plane auf und kriecht nach draußen: über der Ostsee ist noch alles schwarz, und die huschenden Schatten gehören nicht zu Tieren. Erik sieht noch, wie Silvio sich aufrichtet, um gleich darauf etwas ins Kreuz zu kriegen, wie er ins Knie bricht – und dann nichts mehr.

8 *»Ärger gehabt?« Ich hatte Ärger in der Agentur gehabt und hockte jetzt an der gläsernen Theke des Cappuccino, wo sich die Clique nach Feierabend zu treffen pflegte. Jana, die hier bediente, wenn sie nicht in die Kunsthochschule ging, stellte das obligatorische Glas O-Saft möglichst tonlos vor mir ab und sah mich anteilnehmend an. So arg war es gar nicht gewesen, ein paar harmlose Frotzeleien, wie sie wohl überall fällig werden, wenn man neu dazukommt; hier aber sagte man dazu Mobbing, und offenbar wurde von mir erwartet, daß ich es mir zu Herzen gehen ließe. Wie zart besaitet sie hier doch waren! Und wie sie aus allem eine Szene machten: So sollte ich nun nicht etwa trinken, das lauwarme Zeug diente zum Glück nur als Farbfleck vor den coolen Grau- und Chromtönen der Deko, sondern mich zu dem an Nase und Lippe beringten Täubchen hinüberbeugen, ihr tief in winzige Pupillen sehen und dankbar »Lieb, daß du fragst – geht schon wieder!« gurren: als wollte ich eine Episode zwischen uns vorbereiten, obwohl ich seit Tagen mit einem Jens zusammen war, während sie seit jeher zwischen einer Bea und einem Lutz schwankte; aber schließlich wußten wir alle nicht, was uns in den nächsten Wochen noch bevorstand. Jetzt jedenfalls rutschte erst einmal der Barhocker unter mir weg, den ich wohl zu weit aus dem Gleichgewicht gekippt hatte: ich schlug mit dem Kinn auf die Theke, stürzte bäuchlings zu Boden und bekam zu guter Letzt noch den Saft auf den Kopf, während das Glas haarscharf neben mir zerschellte. »Scheiße!« bemerkte Jana ebenso treffend wie trocken, während der Leiter »Aus!« brüllte, kurz vor dem Durchdrehen, weil wir ohnehin hinter dem Plan lagen: »Kann denn diese taube Nuß nicht mal gescheit sitzen, Herrgott!« So lag ich in einer klebrigen Lache auf dem Bauch, und all die seltsamen Wendungen zogen noch einmal an mir vorbei, die mein Leben letzthin genom-*

men hatte. Und ich dankte den Göttern, denen es gefallen hatte, mich hierher, zwischen die Glassplitter auf dem gebohnerten Fußboden zu verschlagen: Louise, Hans, endlich Isabella, deren bester Freund ein Produzent war, der immerzu frische Gesichter für seine Fortsetzungsoper brauchte. Alles in allem, schien mir, eine Erfolgsgeschichte, die sich gewaschen hatte. Ehe ich mich aber aufrappeln konnte, hatte die Maskenbildnerin (»Kopf hoch!«) mein Kinn angehoben und den Schaden daran in Augenschein genommen: »Das kriege ich nicht weggeschminkt!« Der Kameramann dagegen war zufrieden, weil er alles im Kasten hatte: »War doch ein geiler Stunt!« Also durfte ich erst einmal liegenbleiben, während kurzerhand alles umgeschrieben wurde: am Ende sollte Jana mir aufhelfen und mich, so paßte es ja sogar besser zu allem, was das Schicksal für uns beide noch bereithielt, auf das Zimmer in der zum Coffeeshop gehörenden Pension schaffen, wo sie wohnte, seit Bea sie rausgeworfen hatte, weil sie sich auf einer Party hatte küssen lassen von einem Jungen ... Der Take klappte fast auf Anhieb, nur einmal mußte ich wieder hinunter auf die Knie, weil der Typ, der kaum seines Geists wegen ausgesucht worden war, um jenen Jens zu verkörpern, der nun wie verabredet hinzukam, bei meinem Anblick das Grinsen nicht unterdrücken konnte; aber dann fiel ihm doch ein, daß er Profi war, und so stellten wir meine lachhafte Gestalt mit vereinter Kraft wieder auf die Beine.

Kaum aber hatte ich die Füße hochgelegt, da brachte Jana eine fremde Frau herein: »War nicht abzuwimmeln – sie sagt, sie kennt dich ...«, und ließ mich mit ihr allein. Eigentlich war nichts Besonderes an der Dame, außer dem, was sie trug vielleicht: alles eine Spur zu teuer, zu dicke Schminke, zu schwerer Schmuck; Louise hätte ihre Aufmachung kaum gebilligt. Und doch riß ihr Anblick etwas in mir auf: einen stechenden Schmerz an einer Stelle, die bis eben immer taub gewesen war; und einen Kindheitsjähzorn, den ich augenblicklich erkannte. Rasch klappte ich die Lider zu und zog den kalten Waschlappen darüber: vorhin hatte ich ihn mir mehr vorsorglich auf die Stirn gepackt, nun aber rumorte es dahinter doch bedenklich. Die Geschichte, wahrscheinlich hatte es so kommen müssen, kippte endgültig zum Kitsch: Als nächstes würde diese Kleindarstellerin, im Hauptberuf Friseuse, sich in Positur werfen vor mir und etwas rufen wie »Erkennst du denn deine eigene Mutter nicht wieder?« Karin hatte sie nach der Wende einmal in Düsseldorf besucht, ihr wohl auch Photos von mir mitgenommen, aber ich hatte schon die ihren nicht sehen wollen, noch viel weniger sie selber. Nein, Haß konnte ich für diese Person nicht empfinden; »Verräter muß man hassen!« hatte Silvios Vater mir geraten, als ich ihn viel später einmal fragte, warum mein Vater manchmal so eigenartig war. Aber ich war doch noch viel zu klein gewesen, damals, um die Frau aus Karl-Marx-Stadt zu vermissen, von der es bei uns nicht einmal ein Foto gab. Und hatte in einer zwölf Jahre älteren Schwester mindestens so viel Mutter gehabt, wie mir lieb sein konnte … Alles, was ich wollte, war, daß sie, wenn ich die Augen aufmachte, ebenso spurlos verschwunden sein würde, ohne jede Erklärung oder Nachricht, wie schon einmal. Statt dessen spürte ich, wie sie sich aufs Bett setzte, schweigend, neben meine Füße. Dann geschah lange gar nichts, außer daß mich der Ekel vor ihrem Parfum würgte; und dann sagte sie endlich »Nu?« Nur dieses entsetzliche kurze »Nu?«, das alles wiederbrachte: die langen mecklenburgischen Jahre mit einem Vater, der nicht nur nie wieder von seiner Frau, sondern auch sonst nicht mehr viel gesprochen hatte. Ich fuhr hoch und stürmte aus dem Zimmer, der Studiodekoration, ins Freie. »Kannst du auch sächseln?« hatte der Produzent wissen wollen, als Isabella mich ihm vor-

stellte, auf Sylt, bei einer Party, ich aber hatte »Kannst du auch Sexszenen?« verstanden und »Na klar!« gerufen; jetzt begann ich zu erkennen, daß es sich bei der Rolle, die ich spielte, um ein Mißverständnis handeln dürfte. Und ich wollte nur noch nach Hause.

Louise war leider verreist, für ein paar Tage geschäftlich unterwegs; um so froher war ich, daß ich Ellen in Blankenese antraf, wo sie sich letzthin kaum hatte blicken lassen. »Alle Achtung – Hans oder Isabella?« bestaunte sie mein prächtig verfärbtes Kinn. »Heißt das, du ziehst wieder hier ein?« – aber mir war jetzt nicht nach ihren Witzen. Schließlich wohnte ich im Gegensatz zu ihr schon seit Wochen wieder hier: Hans hatte ich seit Sylt nicht mehr gesehen und Isabella zuletzt nur noch einmal in München besucht, um in ihrer Show darüber zu zanken, ob Ossis die besseren Lover sind. »Fährst du nachher wieder rüber?« war alles, was ich wissen wollte, während ich begann, mich umzuziehen – seit der Sache mit ihrem Eric wollte sie ja am liebsten ständig in seiner Nähe sein. »Schon – «, schaute sie auf meiner Haut herum, als gäbe es da etwas zu entdecken, »aber so eilig habe ich es auch nicht; ich meine, du könntest dich ruhig vorher noch duschen…« – »Hinterher«, gab ich zurück, »aber erstmal könntest du mir die Haare schneiden!« Tatsächlich reichte die Zeit dann sogar für einen Spaziergang durch den Ort – immerhin war ich kurz vor Ostern hierher gekommen, und jetzt waren die Tage schon wieder so trübe, daß die Igel im Garten rund um die Uhr durchs Laub schnüffelten, die Sonne sah man weder auf- noch untergehen, und in den Geschäften hatten sie längst auf Weihnachten dekoriert. Und doch merkte ich, als ich so durch die Dämmerung stapfte, ziemlich nackt am Kopf und frierend vor Genugtuung über dieses grimmige Gefühl, daß mich nichts, was ich sah, etwas anging. Am ehesten noch die Elbe, die aber in Nebel und Zwielicht kaum auszumachen war, am wenigsten das Gymnasium, wo Louise mich nach den Sommerferien angemeldet hatte, damit ich nicht noch ein weiteres Jahr bis zum Abitur verlöre; was hier ohnehin länger dauerte als bei uns, weil alle mehr spielten und träumten statt zu lernen und in Nichts der rechte Zug war. In den paar Wochen, die ich dorthin gegangen war, hatte man mich in Ruhe gelassen, kein Mensch hatte mich geschlagen, bedroht, getreten oder auch nur häßlich hinter mir her gebrüllt, eigentlich war alles genauso gewesen, wie ich es mir zu Hause gewünscht hatte – und doch war da am Ende niemand, dem ich Guten Tag sagen wollte. Oder, da ich nun spürte, daß dies vielleicht ein Abschied war, auch nur Auf Wiedersehen. Deshalb also war ich vorhin wieder in jene abgerissene Jeans gesprungen, die Louise schon einmal in den Sack fürs Diakonische Werk stecken wollte: aus neuen Kleidern, die nur ich als Kostüm erkennen konnte, in alte, die alle anderen dafür halten mußten. Und wie ich jetzt so fröstelnd die Hände in die Taschen steckte, bekam ich einen zerknitterten Karton zu fassen: und wußte plötzlich, bei wem ich noch vorbeischauen wollte.

Dr. Dr. Giergenson war munter wie am ersten Abend und klatschte vor Freude in die Hände, als ich plötzlich vor seiner Tür stand: »Welch bezaubernde Überraschung! Wobei du dir reichlich viel Zeit gelassen hast mit einem alten Mann – na, nehmen wir es als Zeichen von Optimismus!« Er zog mich in das Apartment am Elbhang und machte erst einmal mehr Licht, um mich eingehend zu betrachten: »Siehst du, jetzt bist du schon älter geworden – vielleicht sogar hübscher, aber ernster!« »Danke – Sie nicht!« Andere Leute, dachte ich, klopfen sich vor Lachen auf die eigenen Schenkel... »Prachtvoll! Na, dann besorge ich uns erst einmal was zu trinken!« Noch aus der Küche, zwischen dem

Einschnappen der Kühlschranktür und dem Knall des Korkens hörte ich sein Kichern: und betrachtete derweil den lautlos laufenden Fernseher, die bunten Bilder von Badenden an den Wänden, die so recht nicht in den nüchternen Rahmen der Neubauwohnung paßten, endlich in der schwarzen Panoramascheibe mein Spiegelbild, durch das die Positionslampen eines Frachters zogen. Seltsam, plötzlich wünschte ich, daß auch ich aus Bronze wäre wie die ewig jungen Figuren davor: so kalt, oder wenigstens so nackt. »Kolbe!«: Der Professor reichte mir ein besonders hohes schmales Sektglas und begann, mir reihum seine Freunde vorzustellen, aber ich konnte mir ja schon die Namen der Lebenden kaum merken, denen ich in letzter Zeit begegnet war, was sollten mir da die Toten? Schmidt, Müller, Heckel, was wußte ich denn; mein Regisseur hieß Ulf Rott. Wichtig war bei all dem doch nur, daß es diese andere, buntere Welt überhaupt gab! Und daß sie nicht unweigerlich mit der Zeit verblaßte, vielmehr nach einem Menschenalter noch leuchtete wie am ersten Tag. »Na, wo bist du denn mit den Gedanken?« – »Ich?« antwortete ich, als wäre da noch ein anderer: »Nirgendwo!« Sollte ich diesem liebenswürdigen Greis etwa von der Angst erzählen, die ich schon als Kind vor dem Vergehen hatte? Und daß ich seit dem ersten Urlaub an der Ostsee am liebsten ein Leben lang nackt in der Welt sein wollte: ein namenloser Farbklecks zwischen Wald und Wellen? »Tu dir keinen Zwang an!« hätte er gesagt und es gewiß richtig zu nehmen gewußt, wenn ich ihm nun meinen Körper dargeboten hätte, zum Abschied noch einen Schluck aus dem Geschlecht; aber dann schämte ich mich doch meiner Jugend. Rasch stellte ich mein Glas ab: »Ich muß jetzt gehen …« – »Einen Moment noch, ich möchte dir gern etwas mitgeben – bitte!« Das »Bitte« klang, als sei ihm die Sache wichtig, und so nahm ich den Platz ein, den er mir nun zuwies. Strahlend baute sich der kleine alte Mann vor mir auf und zog etwas aus der Tasche: »Hand auf!« Es fühlte sich rund an, seidig, warm, nicht weich, aber auch nicht richtig hart: ein Bernstein, gerade so groß wie die Kuhle in der ausgestreckten Hand. »Ist da etwas drin eingeschlossen?« versuchte ich, die Angelegenheit zu durchschauen, und der Professor schüttelte ungeduldig den Kopf: »Ja doch. Aber das sieht man nicht! Also hör zu.« Und dann setzte er sich in den Sessel gegenüber und erzählte, ich weiß nicht was alles: von irgendeiner Bernsteinküste, woher er stamme, er, der Professor und er, der Stein; vom letzten Sommer seiner Kindheit, »da war ich gerade so alt wie du heute«, als der eine den anderen am Strand gefunden habe. Daß er ihn seither immer bei sich getragen habe, überallhin, nach Flandern, und zwanzig Jahre später als alter Wandervogel noch einmal bis an die Wolga, »Aber nicht nach Buchenwald, verstehst du?« Dies letzte Wort, so beschwörend er mich dabei auch ansah, verstand ich zwar am allerwenigsten, denn wie ein kommunistischer Veteran sah er nun gerade nicht aus, aber ich nickte selbstverständlich und ließ ihn reden: Daß er nur so alt geworden sei, weil dieses Steinharz ihn beschützt habe auf allen Wegen. Und daß er sich schon seit Jahren wünsche, jenes Schwein, das er gehabt habe im Leben, nun, da für ihn nicht mehr viel zu befürchten sei, weiterzugeben an einen jungen Menschen. Sollte ich es da berufen, daß ich auch ohne Kiesel in der Tasche noch nie von etwas anderem verfolgt gewesen war, als vom schieren, unverschämten Dusel? Nein, da gab es nur eine Antwort: »Ich fürchte, das kann ich nicht ausschlagen!« Dann begann auch in seiner Glotze zum Glück just jene halbe Stunde aus dem Alltag einer Modellagentur, in der dort zum ersten Mal dies neue, unverbrauchte Gesicht aus dem Osten auftaucht: so daß ich mich verabschieden konnte, ohne ihn gänzlich meines Anblicks zu berauben.

Was mir fehlte, war die Brücke, irgendeine Verbindung zwischen dem Leben, wie ich es früher hatte führen wollen, zu Hause, und jenem, das mich in eine weitere Welt verschlagen hatte; der Übergang von der einen in die andere Möglichkeit, zu sein. Aber dazwischen war nichts, nur Nacht und Nebel, durch die wir rasten wie im Traum: durch Landstriche, die ich nicht erkannte, über Landstraßen, deren Verlauf ich mit den Augen kaum so rasch folgen konnte wie Ellen mit dem Steuer; so daß ich mich an die Peilung der rot glimmenden UKW-Frequenz von NDR 3 am Radio hielt. Lediglich mein Vater fiel mir ein, der mich manchmal mitgenommen hatte auf lange Fahrten über Land im Lada, wenn es sich verbinden ließ mit einem Abstecher in die Hauptstadt oder an die See, und ich nicht allein bleiben sollte übers Wochenende. Auch damals hatte es nichts zu bereden gegeben und vollauf gereicht, daß man zusammen, geborgen im warmen und wohlriechenden Gefährt, durch die Nacht schoß; und auch damals kam man gelegentlich an eine Straßensperre – genau wie Ellen jetzt. Nur hätte mein Vater, um durchgewinkt zu werden, bloß »Was liegt an, Genosse?« durchs fingerbreit herabgelassene Fenster fragen müssen; höchstens das Handschuhfach aufklappen, wo auf den Papieren seine Makarov lag. Die Marke macht's, das hatte ich früh begriffen: nicht der Klappfix, den er nie vor mir benutzt hatte, sondern die Fabrikate von Dienstwagen und Dienstwaffe. Ellen dagegen kramte ihren Presseausweis hervor, aus dem Handschuhfach die Minolta, um sogar die Tür zu öffnen: Ein Windstoß, und ich wußte, wo wir waren: am Rangiergelände, eine Viertelstunde von zu Hause, ob man die Gleise nun zu Fuß auf dem schmalen Stahlsteig überquerte, oder mit dem Wagen den Umweg durch den neuen Tunnel hinterm Bahnhof machte. Das Heulen da erkannte ich auch gleich, es gehörte zum Herbst wie die Pilze, kündete von regelmäßiger Wiederkehr – und war in den letzten Jahren doch ausgefallen, als wäre es bloß sporadisch: die hoch drehenden Motoren von Panzern, die im ersten Gang auf Pritschenwaggons manövrierten. Als Kinder hatten wir uns nicht in der Nähe erwischen lassen, geschweige denn, dabei zusehen dürfen – und Ellen schreckte nicht einmal davor zurück, die Verladung der Garnison zu knipsen! »Na, die Freunde wirst du wohl vermissen, was!« triumphierte sie, von der Absperrung zurück, indem sie sich wieder auf den Sitz schwang – und hatte vielleicht recht: Nicht die Technik, die Silvio faszinieren mochte, würde mir fehlen, der Wodka, den man schon immer gegen Duschgel, die Uniformteile, Ausrüstungsstücke, sogar Waffen, die er letzthin gegen Westgeld über die Mauer am Waldrand hatte tauschen können. Einmal zeigte er mir eine Handgranate, und ich brachte statt »Mensch, schmeiß das Ding weg!« nur »Scharf!« heraus ... Und von Freundschaft hatte nur unablässig die Rede sein können, denn selbst ins Haus der gleichnamigen Gesellschaft durften die Jungs nur in Begleitung von Offizieren, alle Jubeltage mal; und auch dann den Mund nur aufmachen, um zu singen. Vermissen würde ich die verstohlenen Blicke hinterm Rücken ihres Spießes, wenn sie einmal in kleinen Gruppen in die Stadt geführt wurden; vielleicht sogar ein Lächeln, das den Verwegensten in seiner schlotternden Uniform noch jünger aussehen ließe; und, wie mir beim Anblick dieser Milchgesichter, die doch älter waren als ich, das Schamblut hochstieg. »Na, ich will lieber nicht wissen, was da alles zum Vorschein kommt – die haben doch jahrzehntelang jeden Dreck einfach ins Gelände gekippt!« wußte Ellen wie immer alles, und ließ den Wagen wieder an, weil die Kolonne inzwischen durch war: »Zu euch geht's durch den Tunnel da hinten und dann den Berg hoch, nicht?« Wir waren schon auf der Höhe, bevor mir schwante, daß sie meinen Vater und mich gemeint hatte; und daß ich mich für dieses Treffen lieber mit einer Nacht

Schlaf wappnen sollte. »Kann ich nicht mit zu euch?« Und so fand ich, sechs Monate nach dem ersten, nicht geglückten Versuch, mir den Kopf zu zerbrechen über gar nichts, doch noch freundliche Aufnahme im Schloß W.

»So also geht es im Irrenhaus zu ...«, dachte ich am nächsten Morgen, wie ich so am Frühstückstisch saß und in den diesigen Park hinaus sah: kein mit Tauperlen bestickter Rasen, sondern eine braune Brache, auf der ein Wahnsinniger gewütet haben mußte, ein Verhau aus gefällten Birkenstämmen und gerodeten Wurzelballen, Berge von Reisern, heruntergebrannte Scheiterhaufen, deren größter noch immer qualmte. Alles sah danach aus, als habe jemand versucht, das Dickicht jahrzehntelanger Vernachlässigung zu lichten, damit die Buchen, Eichen, Linden aus dem vorletzten Jahrhundert wieder Luft und Licht zum Leben hätten, dabei jedoch feststellen müssen, daß die alten Riesen unter dem jungen Wildwuchs morsch und hinfällig geworden waren – und dann alles verwüstet liegengelassen. Immerhin schien die Aktion ein paar lebensgroße Götter zutage gefördert zu haben: eine reichlich gestrige Gesellschaft aus mooshäutigem Sandstein, die sich, Schneckenfraß und Nieselregen kaum entronnen, im Ballsaal spreizte, als gehörte auch die geheizte Welt ihr ganz allein. Eine schamhaft Tuende mit Schuppenflechte, ein Bodybuilder, dem zwar nicht das gezückte Schwert, wohl aber der Schwanz abhanden gekommen war, dazu eine fette Tunte, die mit idiotischem Gesichtsausdruck versuchte, in eine steinerne Traube zu beißen. Von den irdischen Hausgenossen hatte ich am Abend nur die Haushofmeisterin kennengelernt: Ellen hatte uns vorgestellt, und sie mir ohne Umschweife ein Zimmer zugewiesen, das fast vollständig mit sperrigen Krankenhausbetten zugestellt war: »Hau dich irgendwo hin!« Was mir recht war, weil mir schlecht war: Hauptsache, ich war schnell in

die Horizontale gekommen, so daß ich, was da umherschwappte in meinem Kopf, zumindest an diesen unguten Drehbewegungen hindern konnte. Und auch jetzt, halbwegs wiederhergestellt nach zwölf Stunden Schlaf und kaum weniger halben Tassen kalten Kaffees, die andere stehengelassen hatten, schien ich allein zu sein mit dieser Christa in ihrer Livree voll goldener Gardinenschnüre. Eben noch war sie zum fast lautlosen Klirren eines Gespensterpogo durch den Saal getobt, jetzt stülpte sie ihre Kopfhörer dem bedauernswerten Krieger über, trat an den Tapeziertisch und steckte ihre Kippe genüßlich zu den anderen in den kaum angebrochenen Margarinebecher: »Wer morgens als letzter aufsteht, wäscht das Frühstücksgeschirr ab!« Es stank, aber gegen die Regel war nichts einzuwenden – auch wenn sie Christas ausschweifender Handbewegung nach die Bierflaschen und Tomatenteller des letzten Abends einschloß, Nudeltöpfe mit irgendeiner trocknenden Soljanka auf der klobigen Anrichte: im vorigen Leben noch ein Klavier, jetzt derart mit Kerzenwachs, Schmand, Lack beklekkert, daß von der kyrillischen Plakette fast nichts mehr zu entziffern war. Gerade wollte ich die Ärmel aufkrempeln, da klingelte es in meiner Tasche: Ulf, der mich in Hamburg vermuten mußte, mit der freudigen Mitteilung, daß die Reaktion der Zielgruppe auf die neue Figur durchweg positiv sei: »Die Kids lieben dich! Und was meinst du, was erst passiert, wenn sie zu sehen kriegen, wie du lächelst, nachdem du gerade auf die Fresse gefallen bist! Also ruh dich aus, morgen machen wir mit dir weiter!« – »Du bleibst, solange du willst!« hatte Ellen geweissagt, und genauso schien es nun zu kommen: »Entschuldige, ein anderes Mal gern«, wandte ich mich an Christa, »aber erst mal müßte ich dringend in die Stadt – ist jemand da, der mich fahren könnte?« Sie stutzte, spielte dann aber mit: riß die Flügeltür zum Park auf und keifte in den brandigen Dunst »Herr Bert!« Die auf den ersten Blick wenig vertrauenerweckende Erscheinung ließ nicht lange auf sich warten: wohl der Gärtner, der auch als Chauffeur fungierte – jedenfalls nahm ich kurz darauf in seinem verpilzten VW-Bus Platz. Und sagte den seltsamen Satz: »Nach Hause, bitte!«

Zu Hause war mir nie aufgefallen, daß wir beengt oder unschön gewohnt hätten; weil längst nicht jeder heraufkam in die Neubausiedlung, hatte ich mich eher dafür geschämt, wenn Gäste unser Bad bestaunten. Die Decke aber war mir noch überall nach kurzer Zeit auf den Kopf gefallen, wenn ich nicht gerade im Freien lag, ob nun bei dem oder bei der See, am liebsten allein unter meinem hochgespannten Himmel ... Als ich jetzt vorfuhr im Wendehammer, schlug mir plötzlich das Herz so heftig, daß ich Herbert zweimal um den Pudding fahren ließ, bevor ich ausstieg. Als sei der heiße Brei, um den es ging, jene Unkrautinsel, wo statt der neuen Telefonzelle mit den eingeschlagenen Scheiben und herausgerissenen Kabeln früher die alte gestanden hatte, auf die außer uns fast der ganze Block angewiesen gewesen war. Oder als mache es einen Unterschied, ob unser Name nun an den maroden runden Klingelknöpfen von früher fehlte, oder an den modernen Tasten, gegen die sie inzwischen ausgetauscht worden waren. Was mich trocken würgen machte, war doch mein Vater! Die Angst, er könnte merken, wie heruntergekommen mir hier alles vorkam. Nur war entweder die neue Klingel noch nicht verdrahtet – oder der Alte nicht daheim. Wahrscheinlich war es sowieso klüger, erst einmal bei seiner Großen vorzufühlen: Seiner Großen, die seit jeher sein Stolz, seine Freude, seine Stütze gewesen war ... Nur traf ich Karin im Hotel am Platz nicht an: Erst dachte ich ja, es sei wegen Rekonstruktion geschlossen, aber nein, »Wir sind auch während der Umbauten für Sie da!« stand da im Fenster – und hinter dem Empfang ein kleiner Herr, den ich nicht kannte. Nein, Karin arbeite nicht mehr hier, gab er sich zunächst zugeknöpft. Dann aber, »wai-ell die Verwandtschaft ja nicht zu übersee-hen«, ich also »janz die Schwester« sei, »nur ewen in lecker jong!«, es klang wie im Karneval, wobei er mehr hechelte als lachte und sich die dünnen Lippen leckte: dann also riskierte er die »jewisse Inn-Diskrezio-hon«, mich teilhaben zu lassen an seinem rheinischen Herrschaftswissen. Soweit ich dem Singsang folgen konnte, hatte Karin nach Düsseldorf gewechselt, in ein »Mutterhaus« – wohl jene Hotelkette, die den Kasten übernahm. Doch schien da noch etwas anderes zu sein: sie hatte sich versetzen lassen, weil sie schwanger war! Das also hatte mich die fremde Frau in Hamburg unbedingt wissen lassen wollen. »Sind wir jetzt schon soweit, daß man hier kein Kind mehr zur Welt bringen kann?« schwang sich etwas in mir zu einer Art Empörung auf – aber das Männchen konnte ja auch nichts dafür: »Na, in dem Fall – sie wird schon ihre Gründe haben!« Ratlos kletterte ich zurück zu Herbert. Wie er mich aber so treu ansah, kam mir doch noch eine Idee: »Fahr doch mal zum alten MfS-Gelände!« – »Wohin? Ich meine, woher soll ich wissen, wo das liegt?« – »Gleich hinterm Haus der DSF – na da, wo ihr euer Klavier geklaut habt – immer noch nichts? Fahr halt los, ich lotse!« Es war ja in dieser Stadt, die mir als Kind oft zerdehnt wie in einem Traum erschienen war, in Wirklichkeit alles nur einen Steinwurf weit entfernt – vor allem, wenn man die Abkürzungen kannte. So gesehen war alles beim alten, auch wenn am ehemaligen Haus der Freunde Gerüste standen und davor ein Schild »Neubau des Amts- und Landgerichtes«, während seitlich ein Glashaus angebaut wurde; und wenn Herbert auch zum alten Objekt der Firma »Ach, die Staatsanwaltschaft!« sagte, »sag das doch gleich!« Mir war es ziemlich einerlei, weil ich ohnehin nur zum Imbißstand davor ging: Der nämlich gehörte Silvios Vater, der schon immer die Versorgungseinrichtung geleitet hatte, und da er schon immer irgendwie im Business stand, nach der Abwicklung leicht auf eigenes Risiko weiterwursteln konnte. Und mein Vater, sosehr er sich auch sonst hatte hängen lassen, war seinen Würstchen treu geblieben: billig war's, kochen hatte er nie gelernt, und so blieb wenigstens dies beim alten. Wenn einer wußte, wo der alte Hauptmann steckte, dann sein Leib- und Magenkoch.

Das freundliche Gesicht, das mich begrüßte, sah Silvio allerdings gar nicht ähnlich: ein Vietnamese, vielleicht auch Thai oder Chinese – »Fidschi«, hatte ich gelernt, sollte man nicht sagen, weil es nicht schön war, aber deswegen konnte ich sie ja noch lange nicht auseinanderhalten. Er schien meine Frage genau zu verstehen, ich seine Antwort weniger; aber da nahm er eine Postkarte von dem Stapel zwischen Senf- und Ketchupflasche und reichte sie mir mit nachdrücklichem Kopfnicken herunter. Eine Gaststätte von innen war darauf zu sehen und ein Schriftzug: »Pizzeria Napoli«. Die Adresse sagte mir nichts, aber Herbert kannte den Laden, fuhr schnurstracks zur Fußgängerzone: also hatten auch dort die Straßen den Namen wechseln müssen. Zunächst war mir ja schleierhaft, was ich dort sollte, dann aber sah ich es schon durch die Scheibe der Gaststätte, in der früher immer ein dichter Vorhang gehangen hatte: Der Herr in Schwarz, der dort im Gastraum umherstolzierte und Serviettenvögel auf die Tische stellte – war Silvios Vater! Auch er erkannte mich sofort, kußte mich auf beide Wangen, schien richtig froh, mich zu sehen – oder doch nur darüber, daß er mir zeigen konnte, zu was er es gebracht hatte in letzter Zeit? Jedenfalls sprudelte er (»Du trinkst doch einen Espresso mit?«) sofort von der Gelegenheit los, die sich ihm mit dem Restaurant geboten habe: »Alles gerade erst frisch eingerichtet, da mußte man einfach zugreifen – der Imbiß läuft ja inzwischen von allein!« Es dauerte eine Weile, bis ich mit der Frage durchkam, wo wohl mein Vater stecke. »Dein Vater? Also, dein Vater ...«, er kratzte sich am Schädel, daß es quietschte, und ich wußte plötzlich wieder, warum er mir immer Gänsehaut gemacht hatte als Kind, »dein Herr Vater hat natürlich wieder einmal die ganz große Nummer gezogen!« Dann tischte er mir eine Geschichte auf, von der ich, auch ohne sie in Teilen schon zu kennen, nicht vermutet hätte, sie könnte seiner Vorstellungskraft entsprungen sein: Im Frühjahr sei hier ein Typ aufgetaucht, Staatsanwalt, einer aus dem Westen halt, aber irgendwie anders, mehr aus Afrika: ein ziemlich undurchsichtiger Typ, bemüht, ohne Scheuklappen zu erscheinen, aber am Ende doch mit dunkler Sonnenbrille unterwegs. Habe zunächst regelmäßig bei ihm am Stand gegessen, um dann allmählich anzufangen, neugierige Fragen zu stellen – na, bei ihm habe ja sofort alles Alarm geschellt. Als der Schnüffler dann aber auch noch seine Bekannte, angeblich bloß Journalistin, auf Silvio angesetzt habe, »klassisch« habe mein Vater eingeschätzt, »immer auf das schwächste Glied!« – da haben sie eben beschlossen, den Spieß umzudrehen. Mein Vater also habe Silvio geimpft und sich selbst mit dem Fremden angefreundet – »das heißt, erst dachten wir ja, er hätte sich aus dem Staub gemacht, denn zwischendurch war er mal wochenlang verschwunden.« Ich fragte mich, ob er etwa glaubte, es unterliege irgendeiner Geheimhaltung, daß sein Sohn den bewußtlosen Mann aus ihrem brennenden Zelt gezogen hatte – oder ob er es wirklich nicht wußte? Und wenn nicht – warum Silvio ihm die Heldentat dann wohl verschwiegen hätte? Unterdessen tat sein ahnungsloser Papi weiter wichtig: »Aber dann ist er wieder aufgetaucht, als sei nichts gewesen, kam wieder alle Tage an den Stand – na, und da ließ es sich ja leicht einrichten, daß er mit deinem Vater ins Gespräch kam.« Nur hätten sich die beiden, beim

Versuch, sich wechselseitig auszuhorchen, bald mit immer offenerem Visier gestritten – und mein Vater sei dabei endlich aus seinem Schneckenhaus gekommen: »Ich glaube fast, daß sich die beiden mochten. Und als der Alte mal wieder vom Auswandern anfing, hat der andere ihm einen Vorschlag gemacht.« Kurz und klein, mein Vater arbeite jetzt als Sicherheitsberater einer Diamantenmine: »Und zwar für ein Gehalt, für das jeder gern in die Wüste geschickt worden wäre!« – »In Afrika??« – »In Afrika. Aber frag doch Silvio, der war dort zu Besuch im Sommer!«

Im selben Augenblick flog die Tür auf. Es war wie damals, als sie uns aus der Ostsee zogen: Das schwarze Wasser war mir immer unheimlicher geworden, je weiter vom Ufer entfernt es völlig still war, fast glatt, viel zu gemütlich temperiert, und noch immer so flach, daß wir mehr wateten als schwammen: träge wassertretend auf etwas zuwateten, von dem wir wußten, daß es unausweichlich war. Nicht weil wir es mit der größten Anstrengung je erreichen könnten, sondern weil es von sich aus zukommen würde auf uns – desto rascher, je eher wir müde würden. In jenem Moment, den wir weder fürchteten noch ersehnten, da wir mit den Lichtern an der Küste die Orientierung verlieren würden. Statt dessen flog eine Leuchtkugel durch die Nacht, teilte sie schlagartig in Materie und Atmosphäre – und ich begriff, wie finster es um mich herum gewesen war. Und daß es vor mir einen Horizont gab … »Zecke!!« rief Silvio – wie hübsch er doch mit Haaren auf dem Kopf und etwas Farbe im Gesicht war! »Wußte ich es doch, daß du über kurz oder lang zurückkommst!« Er drückte mir ein Bündel fleischfarbener Astern in die Hand: »Mach mal, bitte …« Stumm kürzte ich die kümmerlichen Blumen und steckte sie paarweise in die zu den Kerzenständern und Aschenbechern passenden Porzellankolben auf den Tischen. Währenddessen schaute Herbert herein, um nachzusehen, wo ich geblieben war: »Wenn der Herr, bitte, Platz nehmen wollen, wir sind geöffnet!« sprach Silvio ihn an – und ich versuchte, nicht dabei zu grinsen, weil er so geschwollen daherredete und nicht einmal wußte, daß man nicht »bitte« sagte, sondern »gern«, »Nehmen sie gern Platz!«, oder auch »ruhig«, keinesfalls aber »bitte«. Denn das konnte er ja noch lernen – und sonst war ja alles, alles gut …

9 Es klingt wie Maschinengewehrfeuer, aber es sind nur die neuen Fahnen. Schwarz, Rot, grün, blau, orange – Erik weiß eher, was er sieht, von den vielen Mauern in der Stadt, die die gleichen frohen Farben aufgemalt tragen, als daß er sie im Augenblick unterscheiden könnte: zumal bei dem geschweiften Muster, wie gemacht zum Ausfransen im Wind. Hier oben, über der Promenade von Seapoint, wo man es sich leisten kann, gutes Tuch in den Sturm zu hängen, nur, um auch einmal Flagge zu zeigen, auf der Dachterrasse der Holiday Residence Positano, vor dem Penthouse im achten Stock, fallen die Böen mit Orkanstärke aus dem wolkenlos violetten Himmel; gut, daß die Brüstung vor ihm wirklich brusthoch ist. »Kap der Stürme!« brüllt er so laut er kann, nimmt die Brille ab und hält der Welt die nackten Lider hin: er spürt den Fahrtwind auf einem kurzen Trip durch die Hölle. Wie ehrlich doch die Portugiesen die Landstriche tauften, die sie entdeckten: denen diese Landzunge nur die letzte Hürde vor dem freien Seeweg nach Indien war. Wie albern dagegen jenes »der guten Hoffnung« klingt, das sich Werbetexter der holländischen Kompanie aus den Tintenfingern gesogen haben, um Siedler ins Hinterland zu locken. »So you like it?« Die Mutter holt ihn zurück aus dem kleinen Schwindel; der Einbildung, er hebe, gegen den Sonnenwind kreuzend, vom Boden ab. Erik stülpt die dunklen Gläser wieder über und öffnet vorsichtig die Augen. Und siehe da, diesmal tut das erste einfallende Licht im Kopf kaum weh, er braucht das Gesicht nicht zu verziehen – und wird dankbar angelächelt: »Better, sonny?« ›Ja!‹, will er rufen, ›viel besser!‹ Und er läßt es, zum einen, weil er ihre ständige Sorge um sein Befinden beschwerlich findet, zum andern, weil er sie keinesfalls beeinflußt haben will, wenn sie sich statt für das Haus am Strand von Muizenberg hierfür entscheidet – hinterher heißt es, sie

habe die Wohnung nur für ihn gekauft, nun müsse er auch bleiben!

Ginge es nur um die Aussicht einiger Ferienwochen im Jahr, fiele Erik die Wahl nicht schwer. Sie sind jetzt seit zwei Wochen am Kap, haben die Stadt der Länge und Breite nach durchstreift, vielmehr die verschiedenen Villenvororte, und sie ganz unvergleichlich gefunden: Blouwbergstrand, wo es zwar ungefähr so atemberaubend wie in St. Peter Ording aussieht, man aber den hinreißendsten Blick auf den Tafelberg hat; Clifton, wo weiße Panoramahäuser der letzten Jahrzehnte Kalifornien spielen und mit zur Schau gestellter Lässigkeit fast von den Klippen kippen, als ließe die Angst vor dem großen Beben sich so besiegen; ein windiges Fischerdorf wie in der Bretagne, komplett mit Konservenfabrik und Marinestützpunkt, dessen Namen er sich nicht gemerkt hat; Rondebosch, wo die Bäume in den Himmel wachsen, uralte Eichen und jene gewaltigen Nadelbäume, die hier schlicht Pinien heißen, auch wenn es Mammutbäume sind, in deren ausladendem Sonnenschutz die richtig Reichen residieren; Constantia, wo sie in einer Art überdimensioniertem Friesenhaus aus dem siebzehnten Jahrhundert abgestiegen sind, zwischen Weinbergen und Reisebussen wie in der Pfalz; endlich Muizenberg, auf der anderen Seite des Kaps, am Indischen Ozean, wo es, anders als hier am Südatlantik, wirklich ungefähr so aussieht, wie Erik sich Positano vorstellt: malerische Häuser in üppigen mediterranen Gärten. Nur daß das Wasser türkisfarben ist, warm wie Babypisse, und in Wellen auf den Strand rollt, die den Schwimmer noch dicht am Ufer in den Himmel heben wie aus der Tiefe auftauchende Tiere ... Klar, daß Ellen bei der »blöden Tourinummer!« nicht lange mitgespielt hat. Nicht, daß sie nicht gewußt hätte, was hinter den bunt bemalten Mauern abseits jener Landstraßen liegt, die das weitläufige

Stadtgebiet erschließen. Aber schließlich will sie von der Reise einen Bericht aus dem neuen Südafrika mitbringen, und da fallen ihr nun mal zuerst Townships ein: jene Armensiedlungen aus Wellblechhütten, mit deren Anblick im Fernsehen sie aufgewachsen ist und die sie nun in der Wirklichkeit wiederfinden muß, um ihre Beobachtungen für objektiv zu halten. »Soweto liegt bei Johannesburg!« hat Erik eingewendet, und »am Kap leben mindestens so viele Asiaten wie Afrikaner!«, und »lauf wenigstens nicht mit der Kamera herum!«, aber sie hat darauf bestanden, sich selbst ein Bild zu machen, auch wenn die Archive davon voll sind. Ja, verdammt, er hat Angst um sie gehabt – aber wenn es nur das gewesen wäre, zöge sie bestimmt alleine durch die Gegend. Ma jedoch, gegen den Widerspruch einer jüngeren Frau immun, hat es geschafft, Ellen den Fahrer mitzugeben, der ihren klimatisierten Benz die tausend Meilen hierher kutschiert hat: ausgerechnet mit dem Hinweis, daß am Burenkap längst nicht alle Englisch sprechen! So froh Erik darüber war, daß Ellen es sich gefallen ließ, hätte er doch gehofft, daß sie das Scheinargument durchschaute: weil ja ein Tswana ebensowenig Xhosa versteht wie sie! Um so weniger hat er daran gedacht, ihr selbst Begleitschutz anzubieten. Er ist zur Erholung hier und von Beruf weder Entwicklungshelfer noch Sozialarbeiter – und er weiß im übrigen, wie die Armen leben auch sonst überall in Afrika: nämlich materiell im Zweifel um einige Wohlstandsabfälle schlechter als hier … »Please! Don't lean over like that – I'll have nightmares of you falling off!« Die Mutter hakt sich bei ihm unter und zieht ihn zurück ins sichere Apartment, in dessen Einrichtung sich die Nierenkurven der Fassade spiegeln; Geschmacksache. Vielleicht läßt Erik sich ja ganz gern etwas bemuttern: als Kind hat sie ihn nicht gerade mit Zuwendung verwöhnen können, nach seinem Mißgeschick aber wollte sie sich unbedingt Zeit nehmen für ihn – und es scheint ihr dieser erste Urlaub seit Mtebis Ernennung zum Minister mindestens so gut zu tun wie ihm. Er braucht ja zu Hause niemandem zu erzählen, daß sie gegen alle Standes- und Sicherheitsregeln selbst fährt ... »If you like it we could make a contract on the spot!«

Wie auf Stichwort entsteigt dem altersschwachen Aufzug in diesem Moment Mr. Reingold nebst malayischem Hausboy, der den Teewagen steuert, während er selbst eine Flasche Riesling aus Franschhoek in der Hand hält: die Verhandlung mit dem Besitzer der Holiday Residence wird spätestens in dem Moment zur Plauderstunde, als Erik ihn auf deutsch fragt: »Was für ein aparter Name! Wirklich wie bei Wagner?«, und er im besten Frankfurterisch »Ei, was glaawe Sie dann – bidde ohne H!« entgegnet. Zunächst hat Eriks Ma ja nur etwas gesucht, um mal schnell übers Wochenende ans Meer fliegen zu können, zum Arzt, ein bißchen Shopping: Immerhin braucht man jetzt bei Reisen nach Südafrika kein schlechtes Gewissen mehr zu haben, weder schwarz getauschte Rand noch einen zweiten Paß, um ohne Burenstempel weiterhin ungehindert zwischen den Frontstaaten hin und her reisen zu können. Aber so gut es ihr hier nun gefällt, entschließt sie sich kurzerhand, das ganze Gebäude zu erwerben: Erik mag der blätternde Schick des Seebades gefallen, die von Palmen und Hotels gesäumte Promenade, die auf eine goldene Zeit nach dem Krieg schließen läßt. Seine Mutter dagegen denkt an den Kreis derer daheim, die ihr nicht nur in Rechtsdingen vertrauen, sondern auch ihren Frisiersalon frequentieren oder in ihrem Country-Club dinieren und folglich auch hier sicher gern ihre Kunden würden – und entscheidet sich statt für Muizenberg doch für die größere Nähe zu Flughafen und City. Über das Finanzielle wird man sich rasch einig. Der eine will möglichst viel herausholen aus seinem Haus und aus dem Land, die andere möglichst wenig zahlen, und beide wissen, wie man Konflikte auf Kosten Dritter löst: Warum durch einen hohen offiziellen Kaufpreis beiden Seiten Ärger mit der Devisenausfuhrkontrolle machen, wenn man in der Schweiz harte Dollars liegen hat? Erik ertappt sich als braver Bürger beim Versuch, lieber nicht genau hinzuhören: Als gingen ihn die Steuergesetze afrikanischer Staaten etwas an; oder als müßte er sich wie Ellen dafür interessieren, was und wie De Beers für Lobbyarbeit zahlt, die über anwaltliche Bemühungen hinausgeht. Mr. Reingold scheint etwas ganz anderes Bauchschmerzen zu bereiten: Beim Anstoßen auf den Abschluß zieht er ein Gesicht, das den vorzüglichen Winzern kaum gerecht wird, deren Vorfahren nach der Bartholomäusnacht ins Land kamen. Sie dürften ihn, bitte, nicht falsch verstehen (er spricht nun wieder Englisch wie ein Deutscher), wenn er all die Jahre geblieben sei, ausgerechnet jetzt aber das Land verlasse. Selbstverständlich habe er die jetzige Entwicklung still erhofft – so wie zuletzt habe es ja auch nicht weitergehen können. Und vielleicht hätte man nach dem Massaker von Sharpeville fortgehen müssen – wer von den alten Bekannten überhaupt noch lebe, sei inzwischen ja längst in Australien oder Kalifornien. Nur habe er als Junge bei den eigenen Eltern erlebt, was Auswanderung bedeute: mitten im Leben noch einmal bei Null anfangen zu müssen. Zwanzig Jahre Mühsal, bis man es wieder zu etwas gebracht habe wie diesem Haus. Aber es habe doch kein Mensch damit gerechnet, daß diese burischen Esel es so weit treiben würden, das ganze Land zu ruinieren – und sich trotzdem würden so lange halten können! Es sei eben nicht jeder ein Held wie Herr Mandela – er jedenfalls nur ein alter Mann, der den Lebensabend bei einem Sohn verbringen wolle, der nach dem Medizinstudium nach Neuseeland gegangen sei... Erik schlägt es auf den Magen, wie sich der nette ältere Herr in seinem Nierensessel windet, aber die Mutter hat für derartiges Zartgefühl keine Zeit: Sein Wunsch sei doch nur natürlich – die Familie gehört zusammen! Und, nach dem an dieser Stelle fälligen Seitenblick auf ihren Sprößling: Was er aber an Mandela bewundere, könne sie nicht recht verstehen – der eigentliche Held sei doch De Klerk, der habe schließlich etwas zu verlieren! Erleichtert und dankbar lächelt der Freigesprochene sie an: Es sei ja auch ein Wunder, wie friedlich bisher alles verlaufe! Und daß der ANC nun so viele qualifizierte Leute für Justiz und Verwaltung stellen könne! Wo die bloß gesteckt haben mögen die ganze Zeit? Erik muß an die frische Luft.

Vielleicht ist das schönste an Seapoint ja der Ausblick auf Robben Island: die Gefängnisfestung in der Tafelbucht, schemenhaft vor dem Horizont; daß alles vage, ungefähre Sehnen hier einen klaren Fluchtpunkt hat. Nur schade, daß Mandelas Zelle längst zur Touristenattraktion geworden ist... Erik reißt sich los vom eisgrauen Südatlantik, in dessen antarktische Strömung sich nur ein paar Surfer in blauer Schutzhaut trauen, und folgt seinen Augen zum Freibad am Ende der Promenade, von wo der Wind ihm Kinderschreien zuträgt. Als er näher kommt, zersetzen Chlorschwaden den Gestank, mit dem am Strand der Seetang fault: armdicke Schläuche, die er zuerst für gekappte interkontinentale Telegrafenkabel gehalten hat. In dem Betonbecken, an dessen Wänden die dünn übertünchten Lettern »Slegs Blankes – Whites only« noch zu lesen sind, tobt das blanke Leben. Erik setzt sich auf eine Bank und sieht sich das eine Weile an, denkt grimmig: »Mein Gott, wie ein alter Mann!« – aber selbst das wird ihm bald zu bunt. Er ist dem Anprall auf alle Sinne einfach noch nicht wieder gewachsen, steht auf, dreht benommen ab, torkelt geradezu über die Uferstraße – und fängt sich wieder zwischen den Gärten, mit denen die stillen

Seitenstraßen sich zum Lions Hill hochziehen. Hier scheint sich seit Queen Victorias Zeiten gar nichts verändert zu haben, bequem und gediegen stehen die Häuser auf ihrem Rasen und geben Erik, er weiß selber nicht wie, Mut. Herr Reingold hat ja recht, wenn er über die Friedfertigkeit der Wende staunt, die Freundlichkeit und Rücksicht im Umgang miteinander, den mit Händen zu greifenden guten Willen, der wie ein Zauber auf dem Land liegt – oder vielmehr über den Vierteln derer, die etwas zu verlieren haben. ›Paradiesisch‹: das dumme Wort will, einmal gedacht, Erik nicht wieder aus dem Kopf. Wo dieser nicht ganz irdische Schwebezustand doch gewiß nicht aus Unschuld herrührt, sondern im Gegenteil aus dem kollektiven Bewußtsein einer Schuld; als hätte die Leute hier jahrelang nackte Angst bedrückt, und nun verlören sie, jäh erleichtert, schon die Bodenhaftung, bloß weil am Ende nichts gerächt wird. Polizei hat Erik im Stadtbild kaum gesehen, aber dafür stehen in allen Gärten Schilder, die Eindringlingen in allen Landessprachen und mit eindringlichen Piktogrammen den Gebrauch von Schußwaffen ausmalen. Die irdischen Zustände haben Erik wieder, er pflückt rasch eine verschrumpelte Passionsfrucht aus dem letzten Sommer und biegt in die Hauptgeschäftsstraße des Vororts ein. Plötzlich muß er an Karin denken. In der nahen, nur vom Granitkopf des Löwenbergs verdeckten City mit ihren heruntergekommenen Banktürmen, ähneln die Kaufhäuser aus Furcht vor Plünderungen eher Bunkern. Hier im Vorort sind die Schaufenster immerhin nicht zugemauert, aber dennoch beweisen Angebot und Zustand jedes Ladens, daß der Westen doch Ernst gemacht haben muß mit den Sanktionen. Erik sollte wohl Genugtuung empfinden – zumal das, was übrigblieb für Besucher aus Harare, Lusaka oder Gaborone allemal noch das Einkaufsparadies ist. Aber der Anblick von Sergio's Pizzeria mit den roten Kunstlederbänken und der Wurlitzer Musikbox aus den Fünfzigern stimmt ihn eher melancholisch; wahrscheinlich, weil man der Stadt ansieht, daß sie sich einmal mit Rio, Sidney oder San Franzisko messen konnte. Zwei barfüßige Schulschwänzer grinsen ihn an und verschwinden in Joe's Billardsalon, aus Myer's Delikatessen ziehen herzhafte Schmalzdünste, ihn aber verführt ein indischer Supermarkt, wie er ihn kennt aus Afrika: Stapel von Konservenbüchsen, Säcke voll Maismehl und Bohnen, Kürbisse und Melonen in allen Größen, Formen, Farben, Okras und Avocados, grüne Kochbananen und die kleinen roten, die hier auf Afrikaans mit dem malayischen Lehnwort Piesang ausgeschildert sind, Orangen, Mangos, Äpfel – ja, auch Guaven. Mit einer Tüte Lychees aus Transvaal setzt er sich auf die nächste Mauer.

Karin hing doch an seinen Lippen in jener Nacht im Eisenstein! Ohne diesen großen, auffordernden Blick hätte er doch gar nicht so viel erzählt: es war ja nicht so, daß er sie hätte beeindrucken müssen – und wenn, hätte er nicht ausgerechnet mit Afrika angefangen. Ihn machten Leute mit allzuviel Kindheit und Herkunft auch leicht ungehalten – aber warum hat sie ihn erst ermuntert zu seinen zweifellos verklärten Erinnerungen, wenn sie selbst an den Universitäten von Berlin und sogar Moskau einen objektiven Standpunkt gewonnen hatte? Zumal sie auch Kommilitonen hatte, die darauf vorbereitet wurden, ihre südafrikanische Heimat zu befreien? Wer weiß, hätte er nicht die AIDS-Krise im südlichen Afrika angesprochen, wäre sie vielleicht hinterm Berg geblieben mit ihrer Sicht der Dinge. Aber so muß sie sich herausgefordert gefühlt haben, solidarisch für ihre vermeintlich angegriffenen schwarzen Freunde einzustehen: daß man an der Krankheit gut erkennen könne, wie der Westen es halte mit Afrika, daß er nämlich Profite für Pharmakonzerne allemal über Menschenleben stelle. Erik hat gar nicht widersprochen, nur der Fairneß halber darauf hingewiesen, daß es für die Massen in Afrika zwar nicht die teuren Medikamente, aber seit Jahren genug Kondome gibt – Westware, wohlgemerkt. Daß die aber kein Mann benutzt, wo Aufklärung gegen eine Tradition steht, die in Sachen Sex vor allem insofern streng ist, daß man darüber nicht spricht. Es war, als hätte nunmehr er bei Karin gegen ein heiliges Tabu verstoßen: »Ja, klar – und am Hunger sind die Afrikaner natürlich auch selbst schuld, nicht etwa die Weltwirtschaftsordnung – hab ich recht?« fuhr sie ihn an. Hätte er nicht vor lauter Schreck auf den Kneipentisch vor sich gestarrt, wäre ihm gleich aufgefallen, daß sie blutrot angelaufen war, und er hätte ihr um des lieben Friedens willen rasch widersprochen, sprich zugestimmt. So aber wagte er es auch noch, eine differenzierte Antwort zu versuchen: daß Hunger im fruchtbaren Land südlich der Sahara fast immer Kriegsfolge sei, wenn nicht Kriegswaffe; daß Menschen jene Katastrophen machen, die man nicht ewig der Kolonialzeit ankreiden könne oder als ferngesteuertes Tun willenloser Stellvertreter erklären; daß Neid und Haß zwischen Stämmen, Völkern, Religionen ja kein Vorrecht des weißen Mannes sei, sowenig wie Diktatur, Korruption und die Mißachtung der Menschenrechte. Menschenrechte! Das Wort hätte er nun nicht in den Mund nehmen sollen! Wo doch jedes Kind weiß, daß das Geschwafel von den Menschenrechten für den Westen bloß ein Vorwand ist, um seine Interessen durchzusetzen! Wo sind denn diese Menschenrechte in der hungernden Hälfte der Welt?! Sinnlos, dagegen einzuwenden, daß in Eriks Heimatland niemand hungern müsse; und, daß das seiner Meinung nach damit zusammenhänge, daß es dort seit der Unabhängigkeit nie Krieg oder Bürgerkrieg gegeben habe, was wiederum auch daher kommen dürfte, daß es stets eine Demokratie gewesen sei, mit allen bürgerlichen Freiheiten, nicht nur des Marktes und Gewerbes, sondern vor allem der Meinungsäußerung und der Wahl. »Dir ist also egal, wenn die Leute hungern, solange sie frei wählen dürfen!« Erik hatte vorher nie begriffen, warum seinem Vater jener Wettlauf so wichtig war, den er sich jahrelang mit Russen und Kubanern um den begabtesten Nachwuchs aus den Flüchtlingslagern des ANC geliefert hatte: jedes Stipendium an eine britische oder westdeutsche Uni ein Etappensieg, jedes für Moskau ein Rückschlag; nun langsam dämmerte ihm, worum es gegangen war. Und er spürte, wie auch ihm endlich die Galle hochkam: »Mir ist es nicht egal, wenn Untertanen einfach das Maul gestopft wird – und wäre es mit einer Schale Reis; oder von mir aus auch mit einer Neubauwohnung!« Was ihm als nächstes über den Mund fuhr, durchs Gesicht, den Hals hinunter über Rücken und Brust bis in die Hose, und jedes weitere Wort verschlug, war ein Glas Rotwein. Reaktionärer Pinkel, der er war, konnte er gar nicht reagieren, nur verdutzt um ein Taschentuch bitten.

Die Papiertüte mit den pickeligen braunrosa Schalen auf seinen Knien ist gänzlich durchweicht vom Saft der überreifen Lychees; Erik versucht, sich die Finger trockenzulecken, aber die Hände bleiben ein bißchen klebrig. Dabei schmeckt es gar nicht besonders, unbestimmt säuerlich und süß, ein bißchen wie Mottenkugeln: Das Aufregende ist der große, glatte, harte Stein, der weniger im Fruchtfleisch steckt als in einem zarten Häutchen … Und wie er so auf dem letzten herumlutscht, zerreißt plötzlich der trübe Schleier, der letzthin wie ein fliegender Schatten auf ihm lag. Erik springt auf, knüllt Papier und Abfall zu einem Ball zusammen, versenkt ihn, ohne einen Augenblick zu zielen, sicher im Drahtkorb an der Ecke, verbeugt sich knapp gegen die Pfiffe der dort herumlungernden Kids und hastet los, denselben Weg, den er gekommen ist, zurück: denn er weiß wieder, was tun. Erst einmal muß er den Trödler wiederfinden – und da ist er ja schon: Erik tritt ein, es bimmelt, und er hat, bevor die Dame mit den Stützstrümpfen aus dem Hinterzimmer angewatschelt kommt, schon in der Hand, was er vorhin aus dem Augenwinkel im Schaufenster ausgemacht hat, zwischen versilberten Teekannen und unvollständigen Servicen mit gemeinen Heckenrosen darauf. Soll die Alte ihre Dauerwellen schütteln über das Objekt seiner Begierde, er will weder feilschen noch mit ihr plaudern, und einzuwickeln braucht sie ihm die verstaubte Gipsbüste von Churchill auch nicht: Er zahlt ihr die paar Rand und tritt, heiter und zuversichtlich wie seit Monaten nicht mehr, wieder hinaus in Kapstadts warme Wintersonne. Er wird zurückkehren an seinen Schreibtisch, auf den Platz, von dem der brave Banz ihm seit Ostern alle paar Wochen schreibt, daß er ihn freihalte für ihn, obwohl an Vorgängen sowenig Mangel wie an Nachfolgeaspiranten sei. Er wird den alten Tory schrubben, bis er weiß geworden ist wie ein Albino, ihm ein Plätzchen zwischen den Aktenstapeln ›Einstellen‹ und ›Anklagen‹ freiräumen – und ab jetzt nur noch tun, was er für seine Pflicht hält.

»Victory, my dear! Nur vergiß lieber nie, daß dasselbe Zeichen nicht überall das gleiche heißt – in Spanien bedeutet das zum Beispiel ›Fick dich!‹« Ellen begrüßt Erik auf Reingolds Parkplatzhof zwar mit gespreiztem Zeige- und Mittelfinger, küßt ihn dann aber doch und leckt sich danach sogar die Lippen: »Dabei schmeckst du gar nicht nach Blut, Schweiß und Tränen ... Ma läßt dir ausrichten, sie hat sich noch mal in die City fahren lassen, weil sie zur Bank muß. Wir sollen selbst zum Flughafen und uns dann alle um acht beim Türken im Malay-Quarter treffen – Tisch hat sie schon bestellt!« – »Aye, Aye, Ma'am!« grinst Erik und zieht sie Richtung Lift, »Komm, ich will dir etwas zeigen!« Aber sie sträubt sich, als läge ausgerechnet ihr daran, daß Silvio nur ja pünktlich vom Flugzeug abgeholt wird: wo sie die Idee, das böse Kind mit Sommerferien in Afrika zu belohnen, doch nach wie vor abwegig findet. »Bloß, weil ...« hat sie seit damals immer wieder angefangen, und Erik hat jedesmal ergänzt: »... er mir das Leben gerettet hat?« Das stimmte zwar nicht, weil die Einladung ja längst ausgesprochen war, als Silvio ihm schlimmere Verbrennungen ersparte, so daß er, bis auf die vorübergehende Minderung der Sehkraft mit heiler Haut davongekommen ist. Aber seit jenem Vorfall kommt er bei ihr mit fast allem durch – auch jetzt. Rumpelnd lassen sie sich nach oben tragen, eng umschlungen, wie es ihr Brauch noch aus Schülerzeiten will, obwohl es in diesem Aufzug gar keine Überwachungskamera gibt; dafür das Gipsding, das zwischen ihnen stört. »Geile Teile – aber das hab ich doch alles schon gesehen ...«, will Ellen ihn oben drängeln, aber Erik geht es doch nicht um diesen Fifties-Krempel. Er öffnet die gläserne Terrassentür, und es ist, als drückte dieselbe Windböe, die ihn zur Brüstung zieht, Ellen zurück in die Wohnung. Aber dann läßt sie sich doch locken, er stellt sich hinter sie hin und hebt die Arme: »Da!« – »Die Knastinsel?« fragt sie verunsichert: ›warum glaubt er bloß, er müsse ihr von etwas so Offensichtlichem anfangen?‹ »Quatsch.« Sie wirkt erleichtert, wie zur Strafe dafür aber auch ratlos: »Die Palmen?« – »Kalt.« – »Der Strand?« – »Immerhin ein bißchen wärmer als die Sonne.« Lustlos beginnt sie, alles Naheliegende aufzuzählen, Autos, Häuser, Menschen, Wind, während Erik immer einsilbiger wird, um seine Erregung zu verbergen: vielleicht kann er sich so ja vorwärts tasten zum heißen Brei. Als sie endlich »Der Himmel?« fragt, und gleich darauf »Das Meer?«, kann er nur noch wahrheitsgemäß grunzen, Ja und Nein zugleich: dazwischen. Jetzt hat er den harten Kern berührt – aber sie weicht aus, dreht sich zu ihm um, im

Gesicht ein Lächeln wie ›Das ist ja alles nett, aber ich habe jetzt leider keine Zeit, mit kleinen Jungs zu spielen‹, stopft das T-Shirt mit der neuen Flagge auf der Brust zurück in die Jeans und schließt sie. »Wir müssen jetzt wirklich los, Eric!«

»Ja« sagt Erik. Er freut sich auf die Zeit mit Silvio, die schon vorbereitete Safari, sein Gesicht, wenn ihnen auf irgendeiner Buschpiste der erste wilde Elefant begegnet ... Er nimmt Ellen noch einmal in den Arm – und da sieht er es, über ihre Schulter hinweg, ganz dahinten, dort, wo sich Himmel und Meer berühren: Ein Buckel, eine kaum wahrnehmbare Ausstülpung im Horizont – schon verschwunden. Vielleicht ja doch nur die Erdkrümmung, oder der Knick in seiner Optik – aber nein, da ist er wieder, und ein zweiter gleich daneben. Kein Zweifel, was da draußen bald auf-, bald wieder untertaucht, ist bei weitem zu groß für Wellen: es sind Wale! Freie Geschöpfe, die diese Küste auf ihrer Wanderung um den Erdball besuchen. So überwältigt ist Erik von dem Anblick, daß alles andere plötzlich von allein geht: »Ich will ein Kind!«